瞳文社
TONGWENSHE

仙梦云萝

莲沐初光

著

天津出版传媒集团

天津人民出版社

图书在版编目（ＣＩＰ）数据

仙梦云萝 / 莲沐初光著. -- 天津：
天津人民出版社, 2015.4（2020.3重印）
ISBN 978-7-201-09269-0-01

Ⅰ.①仙… Ⅱ.①莲… Ⅲ.①长篇小说－中国－当代
Ⅳ.①I247.5

中国版本图书馆CIP数据核字(2015)第069863号

仙梦云萝
XIANMENG YUNLUO
莲沐初光 著

出　　版	天津人民出版社
出 版 人	刘　庆
地　　址	天津市和平区西康路35号康岳大厦
邮政编码	300051
邮购电话	（022）23332469
网　　址	http：//www.tjrmcbs.com
电子信箱	reader@tjrmcbs.com
责任编辑	玮丽斯
装帧设计	梦　柔 杨思慧
制版印刷	三河市华东印刷有限公司印刷
经　　销	新华书店
开　　本	710毫米×1000毫米　1/16
印　　张	17
字　　数	325千字
版权印次	2015年4月第1版　2020年3月第2次印刷
定　　价	45.80元

目录

目录

第一章

几回知君在人间

春雨润如酥。

正是三月天，日头起得晚，这个江南小镇上还鲜有行人，可是八卦消息已经开始撒腿狂奔了。

街边的店小二一边拆着门板，一边和身旁人议论："白家这是作了什么孽……"

"可不是，白老爷一夜急白了头。"

"听说那白小姐天生丽质，比天上的仙女儿还美上几分，怎么就得了这个病呢？果真是红颜薄命吗？"

比仙女还美上几分？

云萝执着一柄粉绸伞经过，恰好就听到了这句，不觉有些好笑。这些人说得跟真的似的，只怕仙女到了跟前也不认得。

原本想继续走，可是偏偏有一股香味散进雨水里，幽幽地向她缠过来。循着香味，云萝走到一户人家门前，看到上书两个大字，白府。

朱红大门阔气十足，人有钱，就连那两头石狮子都威武一些。看来这里就是那名生了病的白小姐府上。

本来不想管，但谁让她嗅到这股不同寻常的香味了呢。

门口正站着一个垂头丧气的管家，见着个行人就有气无力地喊一嗓子："老爷有令，能治小姐怪病之人，赏钱管够，赏饭管饱！"

好大的口气！饭能管饱，但是钱能管够吗？还有人会嫌弃钱多？

不多想，云萝收了伞，上前道："我能治好你家小姐的病，请引荐吧。"

管家打量了一下云萝，只见她一张清艳若桃花的脸，一双美目如浸了冰水的黑曜石，滴溜溜看进人心里去，忙正了神色回答："姑娘，不会法术就别多问了。我家老爷说了，治好了小姐的病重重有赏，若是治不好就得割了舌头赶到外乡。"

"我能治好。"

管家一怔："可你还没问我家小姐得了什么病呢？"

"你家小姐一个月前卧病不起，只嚷着浑身没劲儿，到后来神志不清，连婚事都取消了，吃了多少药都不见好，白老爷觉得白小姐恐怕是被什么不干净的东西给魔住了。"

闻言，管家脸上的肉抖了抖，表情肃然。

她猜得一丝都不错。

"姑娘，府上还请了另一名道长。你的法术若是比他强，老爷自然会让你来诊治小姐。"

云萝笑着应了。

一路跟着管家到了院子，云萝看到已经摆好了香炉桌案，案前有一名灰衣道长正在做法。

看到她，道长嗤笑："哪里来的漂亮姑娘，不去跟情郎相会，也来跟我们抢饭碗？"

云萝也不恼，半句话也没有搭理。灰衣道长捋了捋袖子，大喝一声："看好了！"说着，向桌案上的一只桃子指了指，那桃子竟然歪歪扭扭地浮在了半空中。

这个法术叫作"浮生浮世"。

管家试探地看向云萝。

云萝施施然伸出手指勾了勾，再展开手心，那里已经赫然多了一枚桃核。

道长浑身一震，用随身带的利剑剖开桃子，发现里面空空如也，桃核已经不见了。

"这位姑娘取胜！道长，您好走，我差人送你出去。"管家下了逐客令。

道长不服气地嚷嚷："凭什么！只是一招隔空取物，就比我强了？"

管家只苦笑不多言。

道长终于拉下脸来，哼了一声便离开了。

等到他一走，长廊处忽然有人鼓掌，一名乡绅模样的男子步出，喜道："姑娘，你知道我为什么让管家选你吗？"

云萝料定他就是白老爷，落落大方道："知道。"

"那你说说看。"

云萝低头看着手心里的那枚桃核："你看中我隔空取物的戏法，也就是说，白小姐的病其实是……肚子里有了不该有的东西。"

管家吓得恨不得上前捂住她的嘴，见左右没有婆子来打扰，才跺脚道："姑娘放仔细些，别知道什么都往外嚷嚷。"

白老爷也是惨白了一张脸，叹道："唉，家门不幸啊……"

在白老爷的叙说下，云萝才知道了事情的来龙去脉。

要说这也奇了，白小姐尚未出阁，平时家教甚严，从未与男子有过任何接触，却在出

阁前夕突然诊出了喜脉。白老爷着急上火，赶紧让郎中配了红花端给白小姐。可两碗红花灌进去，白小姐的肚子却更鼓了。

云萝心里已经有了把握："白老爷，白小姐的病，我有把握了，你领我去看看便是。"

两人欢天喜地地将云萝迎进了白小姐的闺房。云萝吸了吸鼻子，只觉得那香味更浓郁了。

梨花木床上垂着密密匝匝的纱帐，依稀可见里面躺着一名女子。白老爷看了看云萝，她立即会意，走上前轻轻掀开帘子。

那本是如芙蓉花般美丽的女子，却像被一夕之间抽去了灵气，肚皮鼓鼓的，人也只恹恹地躺着，垂着眼皮无精打采。

云萝轻唤："白小姐。"

她抬眼看了看云萝，干枯的嘴唇中挤出一句话："爹又请来了郎中？呵，不管你给我配什么药，对我都没用。"

云萝无视她的敌意，接着诊断，果然把出了喜脉。可按照白老爷说的，这身孕才两个月，那么这肚子也大得太离谱了。

"这孩子天赋异禀，多少碗红花都打不掉！我劝你还是别白费力气了，趁早逃走吧！不然你知道了白家的秘密，我爹不会放过你的！"白小姐强撑着身子坐起来。

云萝若有所思地问："你真的确定，你肚子里有孩子？"

"那还有假？"

云萝并不多说，往白小姐额头上一按，她就昏睡了过去，再勾了勾手指，几缕白色雾气便从白小姐额头上渗出，最后显示出影影绰绰的场景。这，便是白小姐整日做的美梦了。

之前散发出诱人香味的，正是这个美梦。

世有传说，梦貘是一种上古时代的神兽，传说中，他们以梦为食，吞噬梦境，也可以使梦境重现。云萝在成仙之前，正是凡间的一只异兽。

当然，他们也有不能食用的梦。恶毒恐怖的梦不可食用，天机的梦不可食用，否则轻则上吐下泻，重则万劫不复。

成仙后一千年，她还记得那首引梦的歌令，可以被梦貘们唱得或凄婉或欢快。那首《如梦小令》是这样唱的：

楼外飞花入帘，
奁内青烟疏淡。
梦中浮光浅，
总觉词长笺短。
轻叹，轻叹，
裳边鸳鸯成半。

一曲终了，人们的美梦就会从身体上浮出，梦貘将美梦吞下，得以饱腹。

如今自己已经成为仙人，但还是抵挡不出美梦的诱惑。

云萝往美梦中看去，果然看到梦中有一名相貌不凡的少年。眼极黑，眉极直，挺拔身躯如同傲骨雪松立于世间，青色披风翻卷如飞鹄，只看一眼便觉得天高云淡，再挪不开目光。

原来，白小姐对他是相思成疾。

云萝心中了然，从房中步出。

白老爷连忙迎上来："姑娘，小女的胎……"他有意无意地盯着她的手，似乎在想那神乎其神的隔空取物。

"白小姐没有怀孕。"

白老爷一惊："既是如此，那为何小腹一天天地大了起来？"

"人之一念，放下便是放下了，放不下便是执念。白小姐爱慕一名男子，但因为种种原因无法和他在一起，这情念就成了执念，最后整日幻想为他生儿育女，以至于走火入魔，身体也相应发生变化，甚至能够诊断出喜脉。可其实没有孩子，所以无论喝下多少碗红花都不顶用。"

说白了，就是太想要个孩子，结果就假怀孕了。

"可是小女并未踏出闺房，如何有爱慕的男子？"

"花朝节那日，白小姐是不是和侍女出了门，结果路遇一家宅子失火，差点儿身陷火海？"

白老爷点头。

那就是了。年轻脸皮薄的大家闺秀，遇到英雄救美的戏码，就义无反顾地深陷其中，

一颗春心就再也收不回来。

明白了女儿的病因，白老爷又喜又怒。喜的是自己女儿并没有失身，怒的是居然是这种不知羞耻的病因。他忍着怒气问："那姑娘可有解决的办法？"

云萝计上心来："这不难，只是解铃还须系铃人，终究得白小姐自己放下执念。"

"一切都拜托姑娘了。"

云萝言罢，便提步进了书房。

白小姐依旧昏睡，喃喃地喊着一个人的名字。

云萝在床沿坐下，将那个梦引出，然后运足仙气对着梦中的美少年一吹，那少年脸上就长满了麻子。这种法术叫作改梦，梦貘族可以改掉凡人的梦境。

你不是喜欢俊男吗？我就让你的梦中情人变成麻子脸，看你还怎么情有独钟、海枯石烂。

果然，将那个梦重新塞回白小姐脑袋里之后，她不再梦呓，而是皱起好看的柳叶眉，睡得极不安稳。

半炷香之后，云萝才将白小姐晃醒。

白小姐看到她，柳眉倒竖："你怎么还没走？"

"我刚才又给你诊了一回脉，你不曾有孕。"

"不可能！"白小姐有些癫狂，"信期有两个月没来了，肚子也一天天地变大，许多郎中都说是喜脉，怎么就不是？"

"确是不曾有孕，我还骗你不成？"云萝施施然起了身，"你若是不信，我帮你去找你的情哥哥如何？"

白小姐一怔，似乎是记起了梦中情境，有些犹豫。她明明记得他是个貌美的翩翩公子，为什么自己只能梦到一张麻子脸？

"你若是为了个貌似潘安的男子也就罢了，偏偏是个貌丑的男子。白小姐，你可想过，值不值得？"云萝知道白小姐的心理已经起了变化，连忙循循诱导。

白小姐犹豫："可是……就这样忘了他，也太显得我凉薄了。"

就算是因为痴迷皮相才爱上，也不可能说放下就放下那个人。云萝了然于心，继续劝道："你不肯对他凉薄，可曾想过对父母凉薄？因为你病了，白老爷不知道受了多少罪，这些你可想过？"

白小姐顿时面露羞愧："我……"

“快别多想了，等下去跟白老爷请个安，你还是他的好女儿。”云萝安慰性地拍了拍她的手背。

白小姐点头，对她的敌意已经荡然无存，继而对她敞开了心扉。

“我从生下来就活在这园子里，爹管得严，我也不知道外头是什么样儿的。后来，爹打算让我嫁给镇上的宁少爷，可我连他的样子都没见过！打心眼里，我偏偏要跟爹对着干。所以花朝节遇着个男子就迷糊了，为了他要死要活的。唉，好姐姐，你说我这是为了什么？”

云萝明白，她的相思病已经好了大半，还是梦里那张麻子脸起了作用，于是将她扶下床：“女孩儿家哪有不做梦的？如今梦醒了就罢，快起床梳洗，见你父亲去吧！”

领着赏钱从白府走出，云萝去了镇子上唯一的码头。白府的事算是一个小小的插曲，不耽误她的要紧差事。

雨水总算是停歇了，连带着空气都清新了不少，不少船夫在岸边解绳解锚，开始准备接应生意。

“船家，去清河山。”她跳上一艘小船，径直走进船舱。

站在船头的船夫高喝一声：“好嘞！”木桨划水，泛起一圈圈的涟漪，小船就离了岸。

云萝歪在船舱里休息，可鼻子里还是隐隐缠绕着那股香味。她苦笑，白小姐的梦再香再美味，她都不可以吃下去。

梦貘食梦，天经地义。

可若是吃下了不该吃的梦，那后果将不堪设想。

云萝记得自己尚未成仙的时候，某天夜里随大伙一起去觅食。一只小梦貘不懂事，闯进人家十五六岁的小姑娘闺房里，没头没脑地就吞下一个梦。结果梦入肚，不亚于凡人食用药物，小梦貘浑身滚烫，恨不得立即化为人形去人间婚配。云萝和另外几只梦貘费了九牛二虎之力才制住了她。等那只小梦貘回过神来，想起自己的所作所为，又羞愤得寻死觅活。云萝又是一番折腾，好不容易才劝得她回心转意。

之后，族长下令，吃梦之前都要将那个梦境打开看一看，确认无事才可以吞下。否则，那个梦再香甜也不可以吃下去。

想起往事，总是有许多可以细细说来。

只是，当年的梦貘族，如今都怎样了呢？

云萝眼角有些湿，索性出了船舱看湖景。

这一看不打紧，她暗呼不妙。

只见那船夫立在船头，手里的桨早就丢在了一边，可是脚下小船的速度却丝毫未减。

这世上还有不划桨就能走的船？

云萝心念一动，上前问："船家究竟是什么人？"

那人头戴笠帽，猛然回头看她，露出两道锐利的目光。

云萝忍不住后退，那根本不是风里来雨里去的皮实面相，而是一张清俊少年的脸。他，根本不是什么船夫！

"我是谁，没必要告诉你。"他语气不善，声音却是好听，如同削金断玉般清脆。

说话间，云萝却已经恍惚记起，他和白小姐梦境中的情哥哥很是相像。当下，她便犹豫地问："你，莫非是白小姐……"

"我只是救了她而已，谁想到惹出这么多麻烦！"他没好气地说。

云萝笑了笑："船家，我看你也是个不凡的，应该知道沾染了情爱就会损了道行……要不是我帮你解开白小姐的心结，恐怕你至少得减上一百年的修行呢。这么说来，我也算你半个恩人，你可不要恩将仇报。"

那人傲然而立："我不会动你，但你可要多付些船资。"

云萝稳了稳心神："多少？"

"三千两银子。"

她闻言，伸开双臂转了个圈，玲珑的身姿仿佛随时都能被风吹走："你看，我像是带了那么多银子的人吗？"

"银票也成。"他斜眼。

"银票也没有。"

那少年弯唇，伸手一勾，手指头都没碰到她，却让她整个人都失了重心，一头栽在甲板上。

与此同时，一张银票晃悠悠地从她腰中飘了出来，就像长了眼睛，转眼就到了那少年手中。

"谢了。"少年将手里的银票甩得哗啦响。

云萝差点儿喷出一口血来。

以为小仙挣点香火钱很容易吗？忙活了半天，刚从白家得了三千两银子，就被这个来路不明的家伙给诓去了！

只是自己是仙，居然被他一个小动作就制服了……难不成，他也是仙人？

"我可有得罪你，为什么你要跟我过不去？"云萝气急败坏地站起来。

少年露齿一笑，冷洌的气质顿时去了大半："谁让你给我画了一张麻子脸？"

爱美之心人皆有之，原来他恼火的是这个。云萝想起自己给他画的那张麻子脸，有些想笑又极力忍住。

"早知道你会来找我算账，我就再给你安个猪鼻子。"

少年冷笑一声，并不言语。云萝却已经觉察到不妙，探出身子临水一照，顿时勃然大怒。

不知何时，她脸上居然多了一颗媒婆痣！原本清丽的脸上，因为多了这么个玩意，顿时变得滑稽可笑。

云萝气得手指都抖了："你，侮辱上仙，回头我定要禀告西王母，治你个不敬之罪！"

"你要告就告去，我只是以牙还牙而已。你可别忘了，是你先冒犯我的！"

云萝心头一惊，已经明白了他也是位了不得的上仙，便不再言语。只是这人虽然同为仙人，自己却从未见过他。

"你要怎样才去掉这颗痣？"云萝装作可怜巴巴的样子问他。

他端起架子，道："等我高兴。"

云萝正要发作，那少年已经一指前方："那就是清河山。你不下船，我可就不停了。"

云萝拎起裙摆，刚要上岸，忽然记起了什么，回头警告他道："我付了船资，你可不许擅自离开。"

"那是自然。"少年一手按着太阳穴，一手将银票晃了晃。云萝狠狠瞪了他一眼，才上了岸。

清河山是地仙的聚集地。云萝刚飞上山顶，就发觉天仙下凡赏赐仙酒的消息早就传遍

了整个清河山。

不多时，山上的地仙都出来迎接了。有空空道人、龙山道人、孢子精、狐狸怪、鲤鱼精……呼啦啦地跪了一地，看得她眼花缭乱。

龙山道人满脸堆笑地道："仙女下凡，我等有失远迎，还望恕罪。"

云萝下意识地摸了一下脸，幸好她机灵，摘朵花将那颗媒婆痣掩住，否则这会儿就出洋相了。

"无妨，你们起来说话。"云萝随手从袖中取出一只锦袋，袋口往下，一抖，一股仙气便飘逸而出。旁边的空地上出现了桌案、糕点和酒水等物。糕点是集合了日月精华所制，香气扑鼻，几位地仙差点儿流了哈喇子。

"你们地仙平日为人间太平也做了不少贡献，西王母特意派我来赏赐你们一场春日宴。"

地仙们纷纷谢恩。

云萝这才松了口气。

其实她这趟来，当然不是为了御赐仙品，而是有其他的目的。

这世界上最尊贵的仙，自然是住在天宫里的。地仙虽然道行高深，却只能待在人间，要受那颠沛流离之苦。但如果地仙们仙骨很正，修为也很纯，那么就有资格升上天庭，位列仙班。

因为云萝成仙之前有识梦的能力，所以西王母就将识别仙骨这份差事交给她了。毕竟人心隔肚皮，地仙里仙骨正的并不好分辨，索性灌醉了看看他们平时的梦，就可以判断这个人有没有坏心眼了。

这个目的当然不能告诉这些地仙。否则，他们为了能升上天宫，一个个地铆足了劲来巴结她，反而要坏事。

思及此，云萝舒展了一下广袖："你们不必拘束，都落座吧，春日宴本来就是要高高兴兴的。"

地仙们谢过，纷纷落座。

"启禀仙女，我有一事要禀告。"空空道人突然从桌案后起身。

云萝道："有事禀来。"

空空道人忿忿然瞪了一眼龙山道人，才咬牙切齿地对她道："龙山道人最近收了一名炉鼎！"

龙山道人一惊，忙起身道："仙女明鉴，我是收了一名炉鼎，但一来没伤及炉鼎的性命，二来她是自愿的！"

云萝闻言，淡淡一笑。

所谓炉鼎，就是用于男女双修，以提升男修的功力的一种方法。

"如果是为了修为，也未尝不可。"云萝浮在半空，懒洋洋地道。

空空道人攥紧了拳头，高声喊："可是……那炉鼎长得很像仙女您！这是对上仙的大不敬。"

云萝只觉血液"呼啦"一声冲上头顶。

长得像她？

当她是什么人了！

龙山道人见她脸色大变，忙跪下解释："仙女明鉴，空空道人血口喷人！我那炉鼎是有几分像仙子，但当初……是那女修主动找我，愿意做我的炉鼎的！并不是我有意侮辱仙子！"

云萝还是动了怒。这帮地仙肠子弯弯绕绕，坏心思不比凡人少，这一次都算计到她头上了。

可如果着手处理龙山道人，那差事可就要泡汤了。

"罢了！难免有相似的脸面，料你龙山道人也不敢造次！"云萝威仪十足地道，"我见这附近山清水秀，想要清修一番，你们自行方便，不用跟着了。"说完，她便冷着脸，驾云离开。

清河山上栽满了紫竹林，竹叶绿得能滴出水来。云萝挑了一棵半人粗的竹子，倚靠着看湖景。

远远地，那一叶扁舟还停在山脚下，掌舵的少年闲得无聊，正在湖上踩水玩，身形矫健利索如蛟龙。

"不知道这是哪位仙尊。"云萝凝眉回忆了一遍，还是心头茫然。

紫竹林里风声飒然，如同有一双无形的手在拨动丝竹。云绕雾缠之中，她能够听到不远处的春日宴，有人雅兴起，高唱"绿酒一杯歌一遍"。不过一盏茶工夫，那些声音便渐渐低下去，接着是一片静谧。

没有地仙能够抵挡得了醉仙酒。

云萝起身，重新飞回到方才的山顶空地上，就看见诸位地仙已经躺在地上睡得横七竖

八。酒量最好的龙山道人，靠在山石上打起了盹，两撇小胡子被风吹起又落下。老老实实的白狐精，此刻正枕着自己的大尾巴睡得香。

而其他地仙更是不用说，早就神游太虚了。

云萝走到龙山道人身边，伸手在他额头上摸了摸，旋即摇头道："仙骨不正，而且平日酗酒亏了不少根基，不行。"

一句话，就判定了龙山道人永远只能是个地仙，无法飞升天界。

她走到白狐精身旁，使劲将尾巴抽出来，放在手里摸了摸，自言自语地道："仙骨很正，可惜修行懒散，还得过上五百年才行。"

"修为懒散，也比仙骨不正要好得多。"她又说道，心疼地看了看玉盘中被龙山道人吃得只剩碎末的绿蔻糕，摇头叹息："可惜了西王母御赐的春日宴，竟便宜了这般蠢物。"

最后，云萝选了几个修为不错的地仙，开始引梦。三个梦境徐徐升起，分别是空空道人、鲤鱼精和貔貅兽的美梦。

只要她将三个地仙的梦境察看一番，没有违清修的事情，这次的差事就能了结。

可是，她饿了。

白小姐的梦委实香甜，勾起了她肚子里的馋虫。作为一只梦貘，无时无刻不在想着人间的美梦，那种滋味真是销魂蚀骨。

其实，云萝腰间的荷包里就装着一个美梦。

那个梦散发着诱人的香味，可她不能吃。因为，那是心上人留给她的最后一件东西了。

云萝回头看了一眼四周，紫竹林在身后迎风摇曳，空无一人。如果吃掉这几个美梦，委实是无人发觉的。

她小心地将鲤鱼精的梦境吞下，顿时觉得一股清凉水雾迎面扑来，犹如海面浩渺生虚烟，有凌风驾云之妙。

在吃掉梦境的同时，也能看到梦中的情景。她来了兴致，将貔貅兽的梦境也吞了下去。

这个梦境是金黄色的，带着璀璨的光点，刚一入口就嗅到一股牡丹馥郁的香气。梦境中的画卷在脑海中徐徐打开，竟是一派高堂富贵的景象。

云萝醒来时，发现自己躺在一家普通客栈的客房里。床上垂着棉纱帐子，被风吹得一晃一动。房内摆放着桌椅和茶壶，并无异样。

她咬牙下床，灌下整整一壶茶水才恢复了精神。

走下木质楼梯，店小二巴巴地迎了上来："姑娘，您醒啦？"

云萝看外头天色已大亮，便问："是谁把我送来的？"

"一个年轻公子，这么高，面皮儿生得极俊。他说您偶感风寒，想要在这里住上两天。今儿早上他说出去抓药，还没回来呢！要不，您上去等等，我给端点儿包子上去？"

"不用了，我这就走。"

店小二有些犹豫，云萝甩给他几锭碎银子，他便喜笑颜开地接了。

"姑娘您好走，回头再来。"

云萝走了两步，忽然回头问："小二，你这镇上可有什么比较灵验的庙？我想去拜拜。"

"这您可问对人了，咱这小镇最有名的就是龙王庙，据说龙三太子还显过灵呢！这方圆百里啊，香客不断呢！"

云萝有些发怔，想起那少年黑曜石一般的眼睛，惶惶然有些失望。

犹记得那日，他俯身轻吻，牢牢地钳住她。头顶是星汉万里，华彩满空，身边是清凉湖水，水声冷然。

这附近的龙王她是见过的，并不是那少年。

这么看来，他必定是龙三太子了。

不知怎的，她竟有几分期望那少年也是天宫的仙。说不定，偶尔还能打个照面。

地仙无诏不得进入天宫，如果他是龙子，那么恐怕过上千年也再难见面了。

云萝怏怏地向店小二道别，一路出了客栈。算算时辰差不多，她拐进一条偏僻的巷子，念了个御天咒便升入云霄。

大仙女早已在南天门等候，见她前来，便笑眯眯地迎上去："仙子辛苦了。"

云萝屈膝一礼："有劳大仙女等候了。"

"仙子此次去清河山，可有什么收获？"

云萝心虚，定了下心神才将鲤鱼精和貔貅兽的修为描述了一遍。当然，她下意识地隐

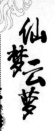

瞒了空空道人的春梦一事，只说他不堪大任。

　　"仙子辛苦了，我就去禀告母后。"大仙女了然，又道，"你回仙厨宫之后，稍作休息就去星河采些珍珠吧，曦华公主要用。"

　　"是。"

第二章

太虚星河落九天……

算起来，云萝在中天天宫里担任仙厨一职，已经一千年了。

在天宫里，仙人以日月精华为食物，时日一久，难免感觉单调无聊，于是就用福禄寿三种仙气做成各类糕点来吃。

不过，时日一久，照样无聊。

上仙们不知道，凡人一生要经历多重灾难，可都有一副享福的胃。那人间的珍馐佳肴如果真的端到他们面前，估计上仙们都要纷纷下凡了。

云萝刚刚担任仙厨的时候，试着用人间的厨艺做了一道菜，结果震撼了整个天宫。西王母将她的仙阶连升三级，还特指她准备蟠桃会的菜品，让她出尽了风头。

当然，也有修为不高的小仙在背后说三道四。他们偷偷议论："云萝成仙之前，不就是人界的一只小异兽吗？没想到这么有能耐，用凡人的一点粗糙手艺就巴结上了西王母。"

云萝对这种非议充耳不闻，只安心做菜，偶尔用梦貘的法力帮忙看看地仙们的仙骨，日子过得倒也悠闲自在。

后来，西王母将仙女阿舒指派给她做帮手，云萝的身边才总算多了一个可以说话聊天的人。

回到仙厨宫，阿舒正蹲在一只红泥小火炉前扇火。见她回来，阿舒惊喜道："云萝姐姐，你这么快就回来啦？"

云萝含笑点头，然后催促她："这素汤你炖了这么久，早就酥烂了，快跟我一起去星河采珍珠去。"

阿舒欢呼一声，就去准备了。

传说在人间，星河被叫作银河，银河的尽头就是人间。银河落九天，那应是一条壮美的瀑布。

在云萝还是人间的一只普通梦貘时，她曾经无数次抬头望着银河。没想到，此时今日，她竟然和侍女在银河上泛舟采珠。

四周静谧，整个天地只有一山、一水。

山是太虚山，山上生着许多奇珍仙物。水是星河水，在太虚上下蜿蜒而过，山影倒映在水面上，又被层层的波光揉碎。

船头上垂着一盏风灯，散发出昏黄的柔光。其实不用风灯，她们也能看清楚周围的景色，因为水底有许多漂亮的光点，熠熠生辉。

"云萝姐姐，那些都是什么？好美！"阿舒指着河底喊。

云萝一边整理渔网，一边回答："那些就是星河里的河蚌，它们对仙人很友好，会自动张开蚌片，露出闪闪发光的珍珠。"

将渔网撒到水中，只见那些光点开始移动，渐渐游进网中。不用说，今晚的收获很丰厚，她和阿舒费了九牛二虎之力，才将那些蚌类拖上小船。

阿舒从一只蚌里拣出珍珠，睁大眼睛问："云萝姐姐，这些蚌是怎么生产出珍珠的？"

云萝嗤笑："亏你也是从凡间修炼成仙的，难道不知道这珍珠最初只是一颗沙？"

每颗珍珠都是一颗沙，被河蚌含进身体里，久而久之，就变成了华美的珍珠。

"可是我听说，这星河因为位于仙界边缘，河水至清，没有一粒沙石。"阿舒疑惑地问，"没有沙石，河蚌里怎么会有珍珠呢？"

她回答说："这些变成珍珠的沙石，并不是真正的沙石。"

"那是什么？"

"这里是太虚幻境，有些凡人的魂魄可以通过梦境来到这里，他们会在星河边吐露心事，这些心事就会变成一粒沙石。沙石落进河蚌里，就形成了珍珠。"

说着，她捡起一粒珍珠，吹了一口气，里面果然飘来一名女子的声音："夫君出征御敌，都离家三年了，战争什么时候才能结束？"

又捡起一颗，吹一口气，一个男人的声音从珍珠里发出："好男儿就应该博一个王侯之名，我发誓，不立军功绝不回乡！"

阿舒诧异地问："姐姐，难道这个女子和男子是……"

"不错，他们是一对分离已久的夫妻。"她感慨地说，"妻子思念丈夫，丈夫一心封侯，这就是人间的悲哀——他们永远不会明白对方的心意，只会用自己的方式来为对方着想。"

阿舒沉默了一下，将两颗珠子放在一起，运用仙力将它们合二为一。两颗珠子嵌在一起，像极了一颗心。

"你这是做什么？"

　　她苦笑了一下："云萝姐姐，我是在想，他们既然无法见面，那么两个人的心事珍珠放在一起也是不错的。说不定，他们总有一天会灵犀相通，明白对方的心意。"

　　云萝揉了揉她的头发："好吧，这两颗珍珠就送给你了。"

　　只用了片刻工夫，珍珠就堆满了小船。

　　"我们回去吧。"云萝看了看天边，北斗宫开始放出光亮，几个时辰已经悄然过去。

　　阿舒忽然一指前方："云萝姐姐，那个人是不是凡人的魂魄？"

　　云萝眯着眼睛一看，可不是，前方不远处有一个人影坐在岸边，只是看不清楚面容。想了想，她用披风将珍珠盖了起来，又熄灭了风灯，然后对阿舒低声道："你在这里等着，我去看看就来。"

　　凭直觉，她感觉那个人并不是凡人。

　　云萝轻轻一跃，双足踩在水面上，悄悄向他飞去。躲在一块礁石后面，她只看到那人的背影，同时也发现他的披风上没有一条缝纫的丝线。

　　只有上仙穿着的天衣才无缝。难道，这个人竟然是一位上仙？

　　他静静地坐在夜色里，手里执着一根鱼竿，竟是在垂钓。身上的披风逶迤在地，依稀可以看出，上面绣着一条龙。

　　云萝正打算离开，就在这时，忽然仙光大盛，水底亮如白昼。那上仙手上发力，一使劲将鱼竿拉出水面。就在一瞬间，云萝看到鱼钩上竟然有一颗拳头大小的明珠，被生生地扯出水面。

　　也许他太过用力，那明珠被抛到半空，竟然脱离了鱼钩，直直地向她这边飞来！

　　云萝想也没想，伸手接住明珠，然后揣进怀里。那明珠和别的珍珠不同，触手温热，竟是一颗数百年幻珠！

　　她激动地哆嗦起来，幻珠是千年难寻的仙物，没想到踏破铁鞋无觅处，得来全不费工夫！

　　往礁石外面一看，只见那位上仙向这边飞奔而来。云萝连忙往水下一沉，飞快地向小船游了过去。

　　"别走！"

　　那上仙在背后大喊一声。

　　她吓得一哆嗦，直接化为一条小鱼游进一只河蚌。

　　云萝蹲在蚌壳里，凝神屏气听着水面上的动静。只听阿舒的尖叫传来："你，你是谁，要做什么？"

　　阿舒果然被列为怀疑对象。云萝让河蚌悄悄地游上去，附在船板上，以防备发生任何意外。

　　只听一个清冷的男声响起："把幻珠交出来。"

　　阿舒怒答："我不知道什么幻珠！我是仙厨宫里的仙女，奉命来这里采珠的。"

　　"哦？就你一个人？"

　　没想到，阿舒哆哆嗦嗦地回答："我……一个人来的。"

　　"你真的没见过幻珠？"他又问。

　　"真的没见过！"

　　那上仙哼笑："看你这样子也不像是她。"

　　"那……那你可以离开这条船吗？我还要运这些珍珠回去，耽误了西王母的差事，你可担不起责任。"

　　云萝的心都提到了嗓子眼，心中暗暗祈祷那位上仙一定要放过阿舒。不料，只听他慢悠悠地说："我当然可以离开，不过我也相信，偷走幻珠的人就在这附近。"

　　云萝心虚地将蚌壳合得严密了一些。

　　"那你想怎样？"阿舒问。

　　云萝缩在河蚌里，久久没有听到回答，正琢磨着那名上仙究竟想干什么，忽然觉察出河水有点儿古怪，竟然透着一股……酒味？

　　不好！

　　云萝连忙念了一个避水咒，可是已经晚了，她不慎喝了几口河水，浑身顿时燥热起来。

　　那人的声音就在这时传来："这是足以醉倒任何一名仙人的千年醉，相信偷幻珠的人还躲在水里。"

　　"咕咚"一声，一只空酒壶落在水中。她透过蚌壳缝隙看着那只酒壶飘远，只感觉力气渐渐流失。

　　出来混果然迟早要还的，刚用醉仙酒醉倒了一众地仙，就有上仙用千年醉来醉倒了她。来不及感叹，她已睡了过去。

　　再醒来，是被阿舒的声音唤醒的。

　　"姐姐，姐姐，你在哪里？"

她一个激灵起身，发现自己仍躺在蚌壳里，身上乏力，骨骼几乎都要醉得酥软。掀开蚌壳，云萝看到外头天光大亮，四周并无上仙的踪影，这才放心地喊了一声："我在这里。"

小船靠着河岸，上面的珍珠不知何时都被运走了。她解了仙术，变回人形一头栽进船舱里。

阿舒吓了一大跳："姐姐，你怎么了？"

"还不是他……他的那个千年醉。"她抚着疼痛不已的头，"他呢？"

"他见很久都没有人浮上来，就离开了。我怕他在暗处监视，把珍珠都送回宫里之后才敢来找你。"阿舒吃力地将她搀扶起来。

原来如此。

幸好她躲在蚌壳里，不然等醉酒之后浮上水面，幻珠就保不住了。

"云萝姐姐，还有，西王母突然命人传话，让你马上做几道菜，送到云霄殿去，还要向荷花仙姑禀报昨天考验地仙的情况。"

"那就速速回去。"

"可是……"阿舒犹豫地看着她，"你这样没事吗？"

她深吸一口气，说："放心，还挺得住。"其实眼前已经开始乱冒金星。云萝咬紧牙关，将怀里的幻珠塞得紧了些，跟跟跄跄地和阿舒走回仙厨宫。

关门将幻珠藏好，她才放心地饮下一大碗解酒汤。可奇怪的是，喝下解酒汤一个时辰，她依然感到头昏脑涨。

含了一口青柠，酸涩无比的味道在口中蔓延，才让她的头脑清醒了几分。云萝和阿舒一阵忙活，做出了几道清爽可口的小菜。

之后，她拎着红漆食盒，施施然向云霄殿走去。一路上仙雾缭绕，带着淡香扑面而来，更是让人脚下发虚。

云霄殿的仙女们看到了，纷纷向她行礼："仙厨大人，西王母已经在里面等候多时了。"

云萝道了声谢，眼角瞥见宫路旁边的水池里，荷花开得正艳。想到自己身上还带着淡淡酒气，她便抬手摘了一朵荷花戴在头上。

荷香淡雅，萦绕鼻间。

走到大殿门前，她正要掀起面前的珠帘，忽然望见金碧辉煌的云霄殿上坐着一人。那人穿石青色披风，雍容气度卓尔不凡。只是让她心惊肉跳的是，那披风上绣着一条腾云驾雾的青龙。

人间天上，有几个能配得上穿那青龙披风的？

她迟疑，回头低声问侍立在旁的仙姑："西王母今日宴请的是谁？"

"是句芒大人。"

她一怔。难不成，昨夜在星河边垂钓幻珠的人，竟然是句芒大人？

他可是惹不起的大人物。据《仙经》记载，东南西北各有神兽镇守，东有青龙，南有朱雀，西有白虎，北有玄武。这句芒大人就是镇守东方的青龙，在天宫也是举足轻重的人物。

更可怕的是，她还拿了他的幻珠。

昨天，阿舒告诉句芒说自己是仙厨宫的人，而仙厨宫就阿舒和她两人。如今，就算是个傻子，也该猜出幻珠一事和她脱不了干系了。

"那他来找西王母所为何事？"

仙姑皱眉："这个我也不清楚，只知道句芒大人一大早就来到这里，和西王母商议了许久。"

云萝心头狂跳。

是福不是祸，是祸躲不过。她定了定神，撩开珠帘，笑容满面地走进去。殿内的仙女们将食盒接了过去，一一布菜。

西王母和仙帝一起坐在金銮座上，笑容慈爱。

句芒则坐在旁边，一双漆黑眼眸一眨不眨地看着她，长眉紧蹙，薄唇紧抿，当真是华贵无双。

方才看得匆忙，她没有看清楚他的容颜。此时定神一瞧，云萝顿时心惊肉跳。他，居然是在江南小镇里渡她过河的少年！

原来他竟然不是龙三太子，而是句芒大人？

句芒估计也认出了她，眼中有一丝震惊，目光倏忽便锐利了几分。然而很快，那震惊便转化为一片冰冷。

西王母扫了一眼菜肴，对身边的句芒说："你离开天界三百年了，大概还不知道如今的仙厨手艺是天宫一绝吧？"

"当然不知道，"句芒墨黑的眼眸中意味深长，"想必仙厨大人本事很大，经常去星河那里淘宝物吧？"

他果然怀疑她了！

西王母没有听出他话中玄机，笑着说："你这么一说我倒记起了，昨日云萝还去星河那里淘了珍珠。"

云萝忙抢着说："回禀娘娘，昨日我身上太乏，所以没有去星河，而是让阿舒去采珠了。"

句芒冷哼一声，似是不信："可是我昨晚明明……"

不等他说下去，她几步上了殿阶，掀开菜肴的盖子，语中带笑："句芒大人，可还满意菜色？这是红油拌笋丝，笋丝要切得极细，佐料才能入味。还有这道菜是竹荪汤，菌伞如网，色香味俱全，您一定要尝尝。"

他怔住，似是不懂她为何突然这般热情。

在他们都看不见的角度，云萝用左手使劲掐自己大腿，一股痛楚传来之后，脸颊上开始发烫，眼中也有了几分水光。

接着，她妩媚地喊："句芒大人……"

那声音甜腻得她自己都要吐了。但她现在还不能吐，为了幻珠，她要将这场戏演下去。

仙帝捋捋胡须，执箸尝了一口菜，满意地直点头："仙厨的手艺又长进了。"

西王母倒是看出了几分端倪："句芒，你可要多吃点儿，不能辜负云萝仙厨的一番心意。云萝，我只当你性子淡泊，没想到也有簪花悦君的一天。"

云萝抚了抚发髻上的那朵粉荷，含羞带怯地低下头："娘娘莫要取笑我了。句芒大人威名在外，云萝倒是慕名已久了。"

句芒冷下神色："仙厨别装了，你昨天不还偷了我的宝物吗？"

她一惊："什么宝物？"

"昨夜我在星河里钓出一枚稀世珍奇的珠子，不想被你捡去。怎么，一夜之间，仙厨就失忆了不成？"他唇角一弯，字字肃杀。

仙帝拧起眉头看她，西王母面露诧异："这究竟是怎么一回事？"

暗地里，她又使劲掐了一下大腿，这次痛得她直接掉下两颗眼泪。

她跪在地上，声音哽咽："句芒大人，昨晚是阿舒去采珠的，我不知道她是否得罪了你，待我回去问个仔细再来给你一个交代。你若还是不信，大可以让仙帝削了我的仙职，以证明我对大人的心天地可鉴，日月可昭！"

他冷笑一声："那个丫头什么都不知道，你都忍心拿来顶罪？也未免太小瞧她了。"

大腿估计被掐肿了，剧痛无比。她眼泪涟涟，看向西王母："娘娘，我是真的没见过什么宝物。"

西王母和仙帝对视一眼,然后柔声对她说:"你先起来吧。"

有戏。

她心中窃喜,忍不住弯了弯嘴角,连忙装作擦泪来挡住脸颊。

只听西王母说:"句芒,不是我偏袒她们二人,云萝平日性情淡泊,从来不喜欢积攒什么仙物。最重要的一点,她对你仰慕已久,就算是有宝贝,也早就献给你了,怎么会私藏幻珠不给你呢?"

她趁机火上浇油:"是呀,句芒大人,不知那宝物能不能吃?若是不能用来做菜,我要来何用?"

他眉头紧紧蹙起:"我还有一个问题想要问你,那日你怎么没等我回来?"

云萝吓得魂飞魄散,原来那天救她的少年竟是他。

要是让西王母知道,她因为吃了春梦,被句芒大人带到客栈度过了一天一夜,她还有渣可剩下吗?

情急之下,她嘴硬道:"句芒大人,你真的认错人了,我不懂你说的意思。"

句芒慢慢品酒,并不发话,冷不丁地抛来一句话:"你在成仙之前是一只梦貘?"

"是。"

"那你在梦貘之前是什么?"

云萝语塞,半晌儿才答:"句芒大人真是说笑了,异兽没有前世转生,不过是天地之灵气所化,受上天庇佑才得以繁衍,我在梦貘之前自然什么都不是。"

他仍然用那种莫名的眼神看着她,让她心里一阵发虚。

西王母见状,大概明白是劝不动了,便悠然笑开:"云萝,若是无事就退下吧。"

云萝从殿中出来,已是大汗淋漓。不料刚飞出宫苑大门,就听到身后有人喊她的名字。回身一看,竟是句芒。

他阔步走来,石青色披风猎猎作响。她干笑:"句芒大人怎么出来了?可是有什么吩咐?"

他的目光在她面上逡巡了一圈,然后问:"在星河的那晚,真的不是你?"

"不是。"云萝斩钉截铁。

他轻声地"哦"了一声,摇头叹息:"那可真是可惜了……这个荷包估计是那个小贼落下的,如今也不能归还了。"

说着,他慢慢举起了手中的物什——居然是一个荷包。

云萝下意识地往腰中一摸，那里空空如也，当下心头一急，劈手就去夺荷包。

他避开她的手，笑着说："抢什么抢，你不是说你没去过星河吗？既然没去过，这个荷包自然不是你丢的。"

她发怒了："给我！"

句芒不理睬她，只是摩挲着荷包，自言自语地说："这个盘扣倒是做得挺精致的，不知道荷包里装的是什么？"

说着，他就要打开荷包，眼睛却盯着她。

"你想怎样？"

他说："你把幻珠还给我，我就把荷包给你。"

云萝冷笑着说："我昨晚没去过星河，不代表以前没去过星河！这荷包就是前几天丢的，你不能凭这一点推断我拿了你的幻珠。"

"真是狡辩。"他低头轻笑一声，"你曾被一个梦亏了道行，还是我救的你。早知道你恩将仇报，我就该任你备受折磨。"

云萝愤愤然地道："我又没让你救！你凭什么……"说到一半她就说不下去了，只觉得脸上烫得要融化了。

他也有些不自在，转移了视线道："你长得像我一个故人，我不愿意见你被那般折磨。"

罢了罢了，就当是被哮天犬咬了一口，被二郎神盯了一眼，她权当没这回事发生。

思及此，云萝也不想废话太多，劈手就去夺荷包。不想凭空忽然出现一道绯红的影子，狠狠地撞在她的胸口上。她一个重心不稳跌倒在地，竟半天也没能站起来。

一只手伸到她的面前。

抬头一看，句芒正低头看她，神色不明："还不快起来？"

"句芒大人，她对你无礼，你怎么可以这样轻饶了她？"一个清脆的声音响起。

云萝转移视线，看到一个面容娇美的少女站在不远处，身穿绯红色天衣，绣着祥云的披帛从臂弯中垂下。估计刚才推了自己一掌的人就是她。

这个少女她认得，是西王母宠爱的六仙女曦华公主。

句芒不理她，只将手往云萝面前又伸了伸，似是催促她赶快起来。她抓着他的手起身，对曦华公主说："仙厨云萝见过公主。"

曦华哼笑一声，看向别处不理睬她。旁边的仙女小声提醒她："公主，你忘记你来这里是因为……"

她这才恍然大悟："对哦，我来这里是要找句芒大人理论的，怎么跟一个小小仙厨杠上了？"

句芒瞥了她一眼，兴味索然，就要离开。曦华连忙上前，伸出双臂拦住他："你不许走。"

"让开。"

"你……你别欺负人，你今天不给我一个说法，我就不让开。"曦华满脸通红，眼睛里有泪光闪现。

句芒盯着她，一字一句道："有话就快说。"

曦华咬了咬下唇："我问你，你前阵子是不是和蓐收大人喝酒了？"

"是又怎样？"

只见曦华一副快哭的样子："自从他跟你喝了酒之后，就要毁掉我和他之间的婚约！你说，是不是你从中作梗？"

"扑哧——"

云萝忍不住笑了出来。

句芒十分淡定地回答："曦华公主，我对你又没有企图，干吗要拆散你的婚约？"

"你对我没有企图，但是保不齐……蓐收大人对你……你自己明白！"曦华强词夺理。

句芒的脸瞬间变得通红。

这一次，云萝实在忍不住了，捧腹大笑起来："公主，你说得对，句芒大人和蓐收大人的确有不错的私交。"

句芒脸色铁青，咬牙切齿地道："还请云萝仙子不要乱说话。"

她耸耸肩膀，转脸不再看他。

曦华是个聪明人，开始做泫然欲泣状："蓐收大人要解除婚约，很快我就要变成整个天界的笑话了！句芒大人，这件事你必须给我个交代。"

"要我怎么补偿？"

曦华偷偷地抬头看他："补偿嘛，要你……要你娶我，做神妃。"

一瞬间，云萝恍然大悟。

敢情曦华公主的一颗芳心，全系在句芒大人身上了。

这一招真是一石二鸟，先说蓐收大人要毁掉婚约，再强迫句芒迎娶自己，这种表白还真是不显山不露水。

她上前笑着说："公主，这个主意真是绝妙！"

"你！"句芒勃然大怒，脸色铁青地看着她。

云萝上前一步，在他耳边轻声说："你把荷包还给我，我就帮你解围。"

他咬牙切齿："不用了！"

话音刚落，曦华已经抹着眼泪扑了过来："我要回禀父皇母后，你欺负我。"

句芒一把推开她，冷声说："公主请自重。"

曦华面子上挂不住，脸上红一阵白一阵，突然一跺脚，从腰中抽出一根紫金鞭，挽了一个漂亮的鞭花，瞬间就向句芒攻击而来！

句芒后退一步，牢牢地抓住鞭尾："你打不过我。"

曦华自小就被宠坏了，哪里还顾得上思考这些东西，一咬牙抽回鞭子，继续向这边甩来。

情势急转而下，如果事情闹大了，对谁都不好。云萝急了，忙大喊："公主，你听他解释，其实……"

一道鞭影袭来，重重地击在她的右肩上。

云萝只觉右半边身子一麻，剧烈的痛楚便铺天盖地般袭来。眼前天旋地转，她最后只看到句芒一把扶住她，脸上全是焦急。

唉，她这是中了"必然昏死过去"的诅咒吗？几天之内昏过去这么多次，连她都嫌烦了。

一股难耐的窒息感压在她的胸口，让她无法呼吸。

这是要死了吗？

可就算是要死，她还想再看一眼那个荷包。

那是他送给她的。

阿舒问过她许多次，她爱吃什么。

云萝总是笑一笑回答，她爱吃这世间的美梦。

阿舒不知道的是，云萝随身携带的那个荷包里，就有一个美梦。那个梦非常美味，散发着诱人的香气，让云萝更加饥肠辘辘。

可是她不能吃它，不能吃。

因为，那是承湛留给她的最后一件东西了。

三百年前，司命仙君一时新鲜，下凡游玩，在一条山溪旁睡着了。一只小梦貘无意中吃掉了司命仙君的美梦，于是知道了隐秘的天机，还将这个天机告诉给全部族人。

天庭为之震怒，以泄露天机的罪名将整个梦貘族镇压在灵虚山下。因为她恰好升仙，所以才逃过此劫。

承湛只比她晚升仙一个月，眼看着逃不过这个劫难，于是冒死将一个梦抛给了她。然后，云萝眼睁睁地看着他和其他族人一同被压在灵虚山下。

承湛给她的梦，幸福得让她流泪。在梦中，她穿着火红吉服，戴着凤冠嫁给了他。透过凤冠上的珠帘，她看到他笑得那样幸福自得。

难怪他也跟着她一起修仙。天条里面有这么一条，仙凡不可结合，仙人只能和仙人婚娶。

可惜，他的心意她知道得太晚了。天命如山，就算她哭哑了喉咙，也没有办法让承湛走出灵虚山的禁锢。

突然，半空中传来一阵喜乐，在云萝头顶盘旋不绝。

不知怎的，她总觉得这阵喜乐特别悦耳动听，让全身有一种被熨烫过后的舒爽感觉，那股窒息感也消弭不见。

有人轻声唤她：“云萝，云萝……”

她惊喜，循着那个声音摸了过去：“承湛，是你吗？”

手被紧紧握住，那个声音激动得有些颤抖：“是我，云萝，我来娶你了！”

她猛地睁开眼睛，看到承湛站在面前。他还是往昔模样，眉目温润，眼神清澈如一泓湖水。

“这是……这是怎么回事？”云萝看着他身上的大红喜服，再低头看看自己，顿时大吃一惊。

头上的凤冠沉重无比，面帘是用细小的珍珠串成，垂到眼前摇摇晃晃，发出细碎的声响。而她身上，居然还穿着绣着繁复花纹的霞帔……这是民间用于嫁娶的新娘喜服。

云萝不知所措。

“云萝，梦貘族长在等我们，我们要赶快去让他为我们证婚。”承湛语气温柔，“我发誓，一生一世一双人。”

“承湛，你让我想一想……”她惊慌失措地说，“不对，梦貘族触犯天条，被压在灵虚山下了啊。而你，承湛，你也被……”

他看着她，默不作声，眼神中却浮现悲哀。

云萝如遭雷击，喃喃地道："承湛，难道这是……梦？"

他缓缓地点头。

"云萝，以前是我太懦弱，总不敢对你表露心意。如今靠着托梦，我终于可以迎娶你了，你喜欢吗？"

他示意她看向身后，那里停着一台喜轿，旁边还有四只抬轿的梦貘。

那一刻，往事涌上心头。

承湛是族长的儿子，她和他一起长大，可谓青梅竹马。

当云萝决定修仙时，她受到全族人的耻笑。

——你一只凡间的异兽，至今也不知道你生身父母是谁，也敢去修仙啊？

——你要修仙，有慧根吗，有仙骨吗？什么都没有，还痴心妄想？

后来，承湛也决定修仙。

他在全族大会上宣布这个消息的时候，族人们沸腾了。

不管族长如何反对，承湛都一意孤行。

后来，他偷偷地问她，云萝，你知道我为什么要修仙吗？

她摇头。承湛在族中的地位已经很高了，她想不通他为什么也要修仙。

他笑了，说，那是因为你啊，云萝，如果我也修仙，那么以后就没人敢耻笑你了。上天入地，我都陪你。

思及此，她心潮澎湃。

尽管知道眼前的一切不是真的，她还是郑重地对承湛说："好，我嫁给你。上天入地，我都陪你。"

承湛深深地看了她一眼："有你这句话，就够了。"

紧握住她的手，突然失了力道。

云萝大惊失色，忙去抓他，却扑了一个空。承湛的身体渐渐变得透明，他笑得是那般无力。

最后，只剩她一个人。

"不——"

云萝失声惊叫。

就在这时，听到旁边有人喊："仙厨大人醒了！"

"云萝姐姐！"阿舒的脸在她上方出现，"你终于醒了！"

她吃力地撑起身子，打量着陌生的宫房："我这是在哪里？"

"这是句芒大人的神宫。"

云萝吓了一跳，看向阿舒身后，只见句芒坐在椅子上，正用深邃的目光看着她。

旁边的仙女捧着药碗走过来："仙厨大人，先喝药吧。"

她捧过药碗一饮而尽。

"你们先下去吧，我要和仙厨大人说几句话。"他慢悠悠地说。

阿舒凑在她耳边，悄悄地说："我在外面等着，如果句芒大人敢对你无礼，我就冲进来……"

"冲进来和她一起挨揍吗？"句芒的声音冷冷地响起。

阿舒咽了一口唾沫，回头干笑："是为仙厨大人保驾护航。"

云萝捏了捏眉心。如果阿舒真的冲进来，只会让死她一个变成死她们两个而已。

等房间里只剩他们俩时，句芒才开口："你的伤势挺重的，我已经将你身上的酒毒解了。"

"谢谢。"他果然不是那种赶尽杀绝的上仙。

他的声音有些低沉："你要怎样才能把幻珠给我？"

云萝也不再绕弯子，沉吟了一下："等我用完幻珠，就给你。现在，你把荷包还给我吧。"

句芒将荷包递了过来。

她接过来，竟然发现原本鼓鼓囊囊的荷包瘪了下去，忙问："这里面的东西呢？"

他云淡风轻地说："你的伤很重，需要补充仙力。你知道，在天宫不比在人间，这次我可不能帮你渡仙气了。我发现你们梦貘族只能吃凡人的梦，正好你荷包里有一个美梦……"

"所以你就给我吃了？"

句芒微微颔首。

那是承湛留给她最后的东西，她足足留在身边三百年，他居然喂给她吃了！

一股怒气在胸口炸开，彻底摧毁了她的理智。云萝怒不可遏地喊："你知道这个美梦对我有多重要吗？就算我死，你也不该……"

声音哽在喉咙里，她一句话也说不出来了，往脸上一抹，满脸是泪。

难怪在她昏睡过去的时候，她做了那样的梦……她竟然吃掉了承湛的心意。

句芒愕然。

云萝翻身下床，飞快地向外冲去。

阿舒也许听到了她的喊声，从外面冲进来："不许欺负云萝姐姐！"

云萝一把拉住她："走，我们回仙厨宫！"

"等一下！"句芒在身后喊。

他走过来，紧紧地盯住云萝，声音掷地有声："抱歉，是我考虑不周，过会儿我会派人送仙药给仙厨宫。"

云萝没有看他，只冷冷地说："大人还是省些仙药吧！仙厨宫，没有那个福分！"

第三章

玉中犹带茜红丝……

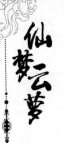

因为云萝的伤是曦华公主所为，所以西王母派人来看顾一番，特许她休息数日。

荷花仙姑带来许多仙药，嘱咐云萝要好好养伤。等她走了之后，阿舒愤愤然地为云萝整理被褥："姐姐，你就是脾气太好了！若是我，非要西王母惩治一下那个无法无天的六公主不可！"

"多一事不如少一事，我乐得清闲。"

阿舒坐下来，觑着云萝的神色："对了，云萝姐姐，你说……曦华公主和蓐收大人真的有婚约？"

她想了想："之前没听说过，可能只是私下里商定的。"

阿舒闻言，顿时黯然。

云萝心念一动："莫非你……喜欢蓐收大人？"

"哪有？"阿舒几乎跳起来，脸上绯红一片。

云萝看她那样子，心中料定了七八分，忍不住苦笑道："这也没什么，只是蓐收大人是上古神祇，你若是想做神妃，就要仙帝和西王母应允才可，不是那么容易的事情。"

阿舒黯然点头。

云萝抓住她的手，道："我可能要睡几个时辰，你好好看着，别让人来打扰我。"

"知道了！"阿舒重重地点头。

阿舒出去之后，果然没有再进来。

云萝从床上坐起，蹑手蹑脚地穿戴好衣物，然后从被褥底下摸出幻珠，塞进腰间放好。接着，她念了个穿墙咒，就出了仙厨宫。

其实这鞭伤也来得正好，让她可以没有顾忌地去凡间和婳嬺叙旧。

婳嬺是梦貘族的女祭司，因为多次上通下达天意，劳苦功高，所以她没有被压在灵虚山下，而是被锁进帝都的上清观里，成了一名签神。

虽说从此失去了自由，要做几百年的签神，但是比起压在灵虚山下，已经好太多了。

到达凡间正是灯火通明的时候。

云萝在街上慢慢走着，脚下的青石板路凹凸不平，硌得脚心有些酸痛。再看街道两旁的店铺，无不挂着火红灯笼，烛光透过笼纸，折射出暖人的微芒。

走到上清观前，许多善男信女从门口进进出出，脸上带着虔诚的表情。

"听说这里的签特别灵验，你求了没有？"

"这里的签哪是那么容易求的？只好改日再来了。"

和她擦肩而过的两名少女这样议论着。

云萝微微一笑，看来媜姬在这里做得不错。

云萝走到观里，道姑立刻迎了上来："施主是要求签吗？"

"求一支签多少银子？"

道姑说："银钱多少，就看施主的心意了。只是上清观每日只许求三签，就算达官贵人一掷千金，也不可违例。"

她来了兴趣："这规矩是谁定的？"

"签神显灵，无人敢逾矩。施主来得巧，今日还剩一签，就待有缘人。"

看她说得虔诚，云萝心中不由得暗笑。若她知道自己是签神的朋友，还不知道该如何惶恐呢。

"那我算不算有缘人？"

道姑领云萝进了一间侧房，指着桌上放着的玉盆："看是否有缘，还要试一试才知道。"

侧房里已经站了许多人，看来都是来试运气的。只是有些人大概是无缘，看上去垂头丧气的。

云萝上前一看，那玉盆十分精妙，盆底竟然有几条红丝，纠纠缠缠地绕在一起，像极了一条锦鲤。

"只要能够使得这玉盆有所变化，就是今日最后一个有缘人。"道姑对众人说。

那红丝嵌在玉中，哪里能动得分毫呢？

很多人眼中露出失望之色，可是也不甘心白来一趟，都上前抚摸玉盆，玉盆中的红丝锦鲤自然是一动不动，于是他们都叹息着离开了。

云萝也上前抚摸，和别人一样，玉中红丝没有任何变化。

"看来今日第三签是送不出去了。"道姑说。

她灵机一动，对着玉盆开始吟唱：

楼外飞花入帘，
奁内青烟疏淡。
梦中浮光浅，

总觉词长笺短。

轻叹，轻叹，

裳边鸳鸯成半。

这是梦貘族的《如梦小令》，如果这玉盆与婳姬心灵相通，自然能听到她的歌声。

果然，一曲唱完，那红丝竟然蠕动起来，最后犹如游江之鲫，在玉盆四壁欢畅地来回游玩。

道姑惊奇地说："没想到施主竟然能凭一曲驱动玉中红丝。快，这边请。"

云萝跟着她走进正殿，只见太上老君的神像耸立在大殿中央，塑像下有一个蒙着黄巾的案台，案台上放置着瓜果供品，两旁燃着两根手腕粗细的红烛，正袅袅地冒着烟。

道姑将签筒递给云萝："施主，求签吧。"

云萝笑吟吟地看她："我求签有个习惯，不喜欢别人在旁边看着。道姑能否回避一下？"

等旁边没有一个人，云萝才摇晃起签筒来。"嗖"的一声，一缕青烟从签筒中逸出，浮在半空渐渐变化，最后成了一个曼妙身姿的女子。

眉不画而浓，眼不笑而媚，唇不点而红。尽管身体只是一缕轻烟，她依然不减丝毫风华。

"婳姬！"云萝笑着唤她。

"云萝，我该说你笨还是聪明呢？"婳姬瞥了她一眼，"你倒是机灵，知道用《如梦小令》来求见我，可居然窥不破玉中红丝的秘密。"

云萝"扑哧"一声笑出来："我哪知道多日不来，你竟然出了这么多鬼主意。你说，你干吗每日只给三签？"

"还不是求签的人太多了？"婳姬飞落在她身旁，娇美的容颜若隐若现，"记住，下一次再摸玉盆的时候，要打心眼里认定自己能够驱动红丝，红丝就动了。"

她恍然大悟。

婳姬看了她一眼："困在这里久了，长日无聊。你今日来看我，有什么事？"

云萝低声对她说："有两件事情，我寻到了幻珠……"

婳姬轻声"啊"了一声，莹白的身体泛着浮光，急急地向她凑过来："快给我看，在哪里？"

云萝从腰间掏出幻珠。幻珠光滑无比，泛着莹润的光泽。婳姬一见，皱了皱眉头：

"这是幻珠不错，你从哪里弄来的？"

她略去句芒不提，只问："告诉我，这幻珠怎么救族人？"

想起承湛，她的心就莫名地抽痛。他是许她一生一世的人，所以她不能眼睁睁地看着他被压在山下受苦。

媿婳道："这幻珠其实就是替死鬼。"

"替死鬼？"

"不错。这幻珠可以替梦貘族受罚，天宫一时半会儿是没办法发觉的。"

"可要怎么做才好呢？"

"每日用你的血来浇灌幻珠，幻珠就会吸取梦貘族的元魂，然后只要寻一些媒介，比如几个得道的狐狸精、兔子精之类的，然后梦貘族就能借此重生。而这幻珠，就代替我们梦貘族被压在灵虚山下。"

云萝眼神一亮，觉得这是个可行之计。

媿婳却依旧心事重重："虽说一时半会儿察觉不出来，但梦貘族族人众多，四处活动之后，早晚会被发现！"

云萝宽慰地一笑："天下之大，总有中天仙宫管不到的地方，我们可以去漠北之地、极南之滨，哪里不能容身呢？"

媿婳点点头，柳叶长眉渐渐舒展开来。她掩唇一笑，如临花照水般温柔："那第二件事是什么？"

云萝心中伤感不已，低声说："我把承湛留给我的美梦吃掉了。"

媿婳一怔，复而笑起来："我当是什么要紧事，不就是吃了个梦吗？我们梦貘族本来就是以梦为食的呀。怎样，他的梦好吃吗？"

"媿婳！"云萝端正神色，"那个梦是我最后的慰藉，我不能吃！你有法子帮我将那个梦吐出来吗？"

"为了你的情郎，你做到这地步？"

"媿婳，我的时间不多，求你帮我！"

笑容从媿婳脸上迅速敛去，媿婳一摸她的后颈，大惊失色："你受了内伤，还封住了自己的食穴？你怎么这么傻，封住食穴会让你血流不畅，内伤什么时候才能痊愈？"

右肩的剧痛又隐隐袭来，云萝靠在香案上，才勉强支撑住身体："媿婳，我这么做都是为了承湛……"

"为了他，你会死，懂不懂？"她跺了跺脚，"算了，我来想办法！你明日来找我，

想办法在观里住下，后面的事情我来安排。"

云萝这才放宽心，虚抱了下她虚无缥缈的身子："我先回去了，明日再来看你。"

帝都繁华。

云萝在朱雀街头找了家客栈，舒舒服服地睡下，一觉睡到天亮。

洗漱完毕，她又去了上清观。这次她没有去求签，而是直接拿了三支清香去供奉太上老君。见了昨天的那个蓝衣道姑，云萝捐了一些香油钱，道姑顿时喜笑颜开。

"施主今日还求签吗？"她问。

她摇头："不求了，我只是见你这道观幽静，想住上一些时日，不知可方便？"

"方便，方便。"道姑掂了掂手中的银子，笑弯了眼，"这边请。"

她给云萝安排了一间上房，房中布置整洁，燃着安神静气的檀香，然后双手合十："施主请自便，贫道就不奉陪了。"

云萝将房中收拾了一下，然后就去了道观的正殿，先给太上老君上了三炷香，之后在殿里四处乱逛。

上清观香火很旺，香客来往不绝。正愁着如何唤媥嬿出来，云萝忽见太上老君的塑像后面有一处空地，灵机一动，踱到塑像后面，轻叩了三下。

一缕青烟从塑像后面逸出，然后露出媥嬿的面容。她居高临下地看着云萝："算你机灵，有塑像挡着，也没人看见咱们。"

云萝谄笑："媥嬿，你怎么帮我将梦吐出来？"

媥嬿白了她一眼："看你这猴急的样子，不就是个男人送的梦吗，真没出息！"

正说着，道姑从殿外进来，身后还跟着一个穿蓝袍的男子。一边走，道姑一边对那男子说："恭喜这位施主，有缘求得今日第一签。"

云萝从塑像外偷望一眼，只见那男子生得脑满肠肥，一副醌醌之相，不由得同情起媥嬿来："委屈你了，竟要给这男子一支签。"

"你还有心思同情我，先同情你吧。"媥嬿似是而非地说了一句，便沉吟，"长得这么难看，给一支下下签吧。"

男子乐滋滋地跪在垫子上，拜了几拜，就迫不及待地拿过签筒，说："求大仙告诉我，我今年能不能中得科举？"说完，他就摇晃起签筒来。

媥嬿往签筒那边吹了一口气，一支签就"啪嗒"一声落在地上。

男子忙捡起那支签，忙不迭地喊："仙姑，快帮我看看，是四十六签。"

道姑脸色一变："四十六签，下下签——黄柑数盒献曹公，剖看原来肉尽空，怒动奸雄挥铁斧，奔忙身入万羊中。即是说，你科举不成，还有可能引来小人非议！公子，行事须得谨慎。"

蓝袍男子倒抽一口冷气，脸上肥肉抖了抖，两眼一翻晕了过去。

道姑吓了一跳，连忙叫人又是掐人中，又是喷冷水，男子才幽幽转醒，双目无神。

"快，快将他扶到房中休息！"道姑不想惹上麻烦，忙命人将那男子抬了出去。

娓婳抬了抬下巴："云萝，你还不快跟上去？"

云萝茫然地看她："我跟上去干吗？"

娓婳恨铁不成钢地点了一下她的额头："我对他施了一种小法术，他很快就会做梦，到时候你就把那个噩梦吃下去。梦貘吃下噩梦会呕吐，你就能将承湛那小子送你的美梦一起吐出来！"

云萝受到了惊吓，连连后退："不，他的噩梦一定很难吃，我不要！"

"由不得你！不吃也得吃，省得你又来烦我。"娓婳的身子在半空中一卷，就将她裹挟其中。云萝只觉得自己穿过了很多道墙，耳边嗡嗡作响。

等四周安静下来，她发现自己身处一间陌生的房间，那个蓝袍男子躺在床上呻吟，面色十分痛苦，似在做一个可怕的梦。

娓婳从云萝身后悠然浮起，双手在男子的额头上一点，一团散发着恶臭的黑气便从他天灵盖上飘了出来。

那就是他正在做的噩梦。

他梦见自己没有考中科举，大哥、二哥都看不起他，瓜分了爹爹留下的所有家财，然后他郁郁寡欢地看着自己心爱的女子嫁给了别人，最后一病不起，呜呼哀哉！

云萝捏住鼻子，努力忍住恶心："娓婳，没有别的办法了吗？"

"没有，你快吃这个噩梦！不然从今往后我再也不管你。"

她无奈，只好张口将那噩梦吃了下去。很快，腹中一阵翻涌，云萝"哇"的一声吐了出来。

一团是黑漆漆的噩梦，一团是莹白如玉的美梦。

云萝连忙打开荷包，将那团美梦放了进去。

"快离开这里，马上就要有人来接他了。"娓婳提醒她。

云萝拍拍荷包："娓婳，够朋友，我回天宫了，回头再来看你。"

她撇嘴："事情办成就翻脸不认人了？天上一日，地上一年，你多陪我几天也无妨。"

云萝挤挤眼睛，笑着说："其实我就等你这句话呢。"

媱婳嗤笑一声，照样卷住她穿墙而过。

算起来，族中命格最好的梦貘就只有她了。虽然天界无聊，但好过媱婳没有自由和其他族人受尽被压之苦。

她在道观里住了下来，每天都趁道姑不注意的时候，偷偷溜到正殿塑像后面和媱婳相会。无聊的时候，她们也会一起议论起香客来。

"这个少年郎长得还不错，给个中吉签吧。"媱婳伸头往塑像前看了一眼，打了个哈欠。

云萝吓了一跳："你给签都是看香客的相貌？"

"那当然，相由心生！不然你以为我凭什么给签？"她白了云萝一眼。

这家伙，是怎么让那些凡人觉得这道观里的签灵验的？

刚开始云萝还打算说服媱婳，要认认真真地给人家算一算运势。后来媱婳一句话打消了她的念头。

她说："要我说，凡人们都只得一个下下签就够了——这一生他们得一千次上上签又有何用，反正百年之后他们都是要死的。"

这句话有几分道理，于是云萝也懒得去说服她了。到了后来，她也渐渐丢失了节操，偷偷躲在塑像后面和媱婳一起议论起求签香客的相貌来。

"这女娃娃生得清秀，给个上吉签吧。"云萝往签筒那边吹了一口气。

媱婳顿时柳眉倒竖："哪里清秀？眼睛透着一股狐媚，中吉签！"

"嘴巴好看，上吉！"云萝又吹了一口气。

"眉毛克夫，中吉！"媱婳也吹。

"上吉！"

"中吉！"

"上！"

"中！"

最后，女娃娃手中的签筒一抖，签条撒了一地。她愣了愣，吓得脸色发白，呜呜地哭了起来。

媱婳怒了，叉腰骂她："我说，你再给我捣乱，这上清观就没香火了！没香火你养我？"

云萝笑嘻嘻地从袖中掏出一块点心，递过去："我养你。"

那是仙界的点心，不是人间能吃到的美味。婳嫿很没出息地接过去吃了，咂着嘴说："算了，原谅你……还有吗？真好吃……"

以前在族中生活的时候，就云萝和婳嫿最贪吃，算是鼎鼎有名的两只吃货梦貘。如今梦貘族受尽劫难，他们还能有这样一段时光，云萝心中既心酸又感慨。

"婳嫿，我会做很多很多好吃的点心和菜肴。"云萝幽幽地说，"要是能给你们做一辈子饭菜，就好了。"

有那么一瞬间，正殿里的喧闹声变得很远很远，远到恍若隔世。婳嫿悲伤地看着她，垂下眼帘，静静地坐在她身旁。

"是啊，只有我们两人了，想想以前大家在一处，热热闹闹的多开心。"许久，婳嫿才轻叹，"如今你找到了幻珠，只要一个恰当的时机，就能救出族人。"

云萝没有说话。

谁都知道，解救梦貘族有多困难，远走他方也有多坎坷。

婳嫿将头靠在她的肩膀上，突然说了一句："云萝，我爱上了一个人。"

云萝怔住："婳嫿！"

这不行，婳嫿有数百年的寿命，而凡人存活不到一百年，她不能爱上任何一个人！

"别说话。"她声音颤抖，带着一丝哭腔，"够朋友，你就别告诉我这是不可能的一件事。我只是爱上了他，仅此而已。"

于是云萝只好沉默。

肩膀上没有丝毫重量，有的只是婳嫿虚无缥缈的身体。她明明很美，鬓发如蝉翼，脖颈白嫩如玉——足以令众生颠倒。

然而，就因为三百年前那场浩劫，她连躺在爱人怀中的资格都没有。

道观里的日子突然变得很慢很慢，让云萝有足够的时间来整理心情。

鞭伤很快就痊愈了，只是活动久了还会有酸麻的痛感。为了练习臂力，云萝每天清早就会到道观院中的大槐树下打太极拳，久而久之，枯燥中反而修出了几分趣味。

她不想回仙界了。

那里有长生不老，却没有婳嫿，没有承湛。西王母虽然重用她，但毕竟是下令惩罚梦

貘族的神尊，她无法真正对天宫产生留恋。

可就在云萝以为自己会在上清观逗留一年的时候，句芒出现了。

当时，他扮作一名凡人公子，大步迈进正殿。她正和媤媤在塑像后面说笑，忽然觉得四周空气一震，连尘埃飘落都慢了一拍，伸出脑袋往外一看，惊得差点儿喊出声来。

依旧是风度翩然的少年，句芒穿了一身玄黑锦袍，上面用金线绣着忍冬花纹，在清光的映照下，周身散发出一种不容抗拒的震慑力。那双长眉下的墨眸一凝，便定在云萝身上。

云萝忙缩回脑袋。

媤媤见她神色有异，忙问："你怎么了？"

云萝示意她噤声，然后屏住呼吸，只听道姑匆匆走进来，对句芒说："这位施主，你是今日第二位有缘人，可以求得一签。"

只听句芒淡淡地回答："好。"

云萝连忙凑到媤媤耳边："给他一支最坏最坏的下下签！"

"为什么？"媤媤伸长脖子往外面看了一眼，顿时娇中含羞，"他长得还蛮好看的，我看啊，给个上上签也不为过。"

这见色忘义的家伙！

云萝继续耳语："他就是幻珠的主人，估计是来找幻珠的。"

媤媤看得痴迷，目光在句芒身上停留，口中还在问："什么？你说他是谁的主人？"

她两眼一黑，捏了捏眉心。

"就是不知道生得这么俊俏的公子，所为何事？"媤媤直勾勾地盯着句芒，自言自语地说。

云萝看着地面，心中想：等下还是用遁地术逃跑好了。

只听句芒的声音回荡在整个正殿："我今日所求，是如何找到云萝！"

媤媤一呆，飞快地看向云萝。她已经明白句芒来者不善。

云萝向她苦笑，摊了摊手。

说时迟，那时快，媤媤伸手一挥，签筒里的签条全部飞起，向句芒直直攻去！然后，她的身体忽然变得很长，飞快地卷起云萝，向墙壁上撞去。

云萝忙喊："别！"

媤媤和句芒的仙力根本就不在一个级别上，果然，媤媤还未带她穿过面前的墙壁，就被重重地挡了回来。云萝被一股力道弹回到地上，再起身时，便看到眼前停着的靴子。

往上看，句芒似笑非笑。

云萝挡在婳媚前面："不关她的事！你说过的，我可以用完幻珠再还给你。"

他慢悠悠地问："你可知道私自下凡的后果？"

"我知道……其实，你不说，我不说，没人知道。"云萝小心翼翼地看他。

句芒的脸色更难看了："我是说，你知不知道你私自下凡，延误疗伤时机，会有什么后果？"

云萝抚着右肩，低头不语。

"天上一日，地上一年。你在天上三天可以好透的伤，在凡间就要三年时间。表面上你的伤没有大碍，但是不好好养筋骨，你的右臂完全可能废掉！"他从腰中掏出一个小瓷瓶，"这是上好的仙药，你还不快点儿上药？"

婳媚大吃一惊，探究地看云萝："他说的都是真的？"

云萝强笑："我没事，这阵子打太极，我身子骨硬了许多……"

话音未落，婳媚一把撕破她的衣服，露出右肩上大片的肌肤。

云萝忙往后缩："喂，你……"

谁知婳媚一把拉住她，咬牙切齿地说："少啰唆，上药！早知道你这伤要在凡间养上三年，我一早就赶你回去了！"

"你……"云萝语塞。

她想挣扎着将衣服拉好，没想到婳媚恶狠狠地看过来："给我乖乖上药！"

冷汗从她额头上流了下来。

好吧，就算是给她上药，能不能避开句芒这个闲杂人等？姑娘家的肌肤是不能随便给外人看的！

云萝偷偷觑一眼句芒。他大概也没料到婳媚作风如此彪悍，气场一下子泄了大半，目光不知该往哪里放。八面威风的少年公子，忽然面红耳赤，像个小媳妇似的。

"喂，那个叫句芒的，仙药给我。"婳媚不耐烦地向他伸手，"难不成你想亲自给她上药？"

句芒将小瓷瓶丢过来，目光看往别处："我是上仙，早就除了色心，你别多想。"

婳媚嗤笑一声："你这不是此地无银三百两嘛。"

句芒的脸褪去了红晕，这次黑得跟锅底一样。

041

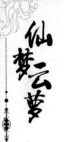

上好仙药，云萝只觉右肩上一阵温热，关节轻松了不少。

句芒在求签的时候就念动了定魂咒，所以上清观中所有的人都静止不动，无知无觉。

告别的时候，媥婳眼中透出不舍，拉住云萝的手，再三嘱咐她要常来看自己。

句芒在旁边很煞风景地来了一句："你放心，她以后绝对没有机会来看你，因为我会看牢她，不让她随便下凡。"

媥婳气得冒烟，将一根下下签丢到句芒的脸上。

云萝连忙挡住剑拔弩张的两人，劝解道："好商量好商量，我以后会乖乖地待在天宫……我也会来上清观找你叙旧……"

媥婳这才作罢。

走出上清观，句芒才解了定魂咒，周围的人眼睛瞬间有了神采，开始若无其事地各忙各的。

句芒一边走下道观台阶，一边说："回去吧，仙界才适合你养伤。"

云萝跟上几步，问他："句芒大人，如果你将我私自下凡的事情告诉西王母，那我一定会被贬为凡人。到时候，你还怕得不到那颗幻珠吗？"

他顿步，回头看她，目光淡远宁静。

"云萝仙厨，我青龙堂堂正正，要什么东西从来都是光明正大，不屑于玩阴招。"

"堂堂正正"四个字落在耳中，让云萝记起原是她强抢了他的幻珠，手段也不算光明磊落。云萝汗颜，正暗自内疚，忽听他又说："总有一天，我会让你心甘情愿地将幻珠献上来。"

"什么？"

他唇角一勾，说不尽的得意风流："我打算向西王母请旨，让你做我的徒弟，以后你就是青龙神宫的人，自然不得私藏宝物。幻珠，你得乖乖地交出来。"

"为什么！"云萝愤愤不平。

"因为徒弟的东西就是师父的，师父的东西还是师父的。"

云萝忍无可忍地后退一步："我不是说这个，我是说，我为什么要拜你为师？"

句芒略微仰头，颇带玩味地看着她。天光清亮，洒了他一头一身，映得那身玄黑袍子泛出水纹般的光泽。

"因为，我想。"

云萝气得七窍生烟。

吵归吵，云萝也不敢明里撕破脸皮。这仙界还是要回去的，不然万一真的惹恼了他，向云霄殿参上一本，她还真保不住幻珠了。

她和句芒一起走出帝都，一路来到郊外。四周静寂无人，他们作法腾云向仙界飞去。

仙凡之间隔着二十八重天，这二十八重天又分为三层天界，分别是欲界天、色界天、无色界天。风声猎猎，在耳边作响。许多仙鹤在云中飞行，宽大的翅膀偶尔轻擦他们的衣袂。

看着它们悠然飞翔的身影，云萝不由得感叹："怪不得凡人有一个词，叫作'闲云野鹤'。这些仙鹤虽然生活在欲界天，却也自由自在，是不是？"

"我很不懂你们，成仙之后都这么向往自由。"他看了云萝一眼，突然问，"你做一只梦貘兽，此生徜徉人间看尽繁华，不是很好吗，为什么要成仙？"

云萝怔然，忽然哑然失笑："句芒大人，您也是一位上仙，不觉得这个问题很可笑吗？成仙需要理由吗？"

"我和你不同，我生来就是镇守东方的上仙，所以体会不到你们的心情。"

心有什么地方像是被小虫子咬了一口，她记起修仙的辛苦，族人的鄙视，叹了一口气，说："我修仙，只是为了脱离梦貘族。可是成仙之后，看到梦貘族的惨状，我又心有戚戚焉。"

句芒眼中闪过一丝光彩："为什么想要离开梦貘族？"

不知道为什么，明明前些日子她和他还剑拔弩张，可是现在却忍不住想要吐露心声。

云萝想了想，说："因为我从来都不知道自己的生身父母是谁，别的梦貘都看不起我，所以我才想用修仙来证明自己。"

族长曾经对她说，她被发现的时候，只有三岁，被放在梦貘族的群居里，身边没有任何信物。他们看她孤苦可怜，又是同族梦貘，就将她收养了下来。

"你就没想过探究自己的身世？"

云萝摇头。

就算知道自己的身世又怎样呢？梦貘族人对她的态度已经说明了太多的问题。

所有族人里，只有承湛和婗姵与她亲近。云萝曾经偷偷地让婗姵帮她算一算身世，结果让她心惊肉跳。

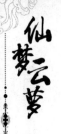

　　媸媚说，她的血统不纯，所以自己也没办法算出云萝来自哪里，父母是谁。

　　得知结果的那一天，云萝躲到湖边哭了很久。血统不纯，这很可能是梦貘和凡人结合的后果。

　　"如果你知道真相很可怕，你还会去探究真相吗？"云萝不想再继续这个话题，"难得糊涂，事事都求个明白，反而会伤了自己。"

　　许久，句芒才回答："可是有些事是回避不了的，就如同一根刺扎在肉里，你想忘记它，它却时时刻刻提醒着你它的存在。"

　　云萝转过视线，不再回答。

　　在梦貘族生活的那些年，恰如一根刺，成了她无法回避的过往。无论是族人给她的那些痛苦，还是承湛和媸媚给她的温情，都化不掉那根肉中刺。

　　飞了两个时辰，隐隐看到威武雄壮的南天门。云萝加快速度，想赶在他前头进入仙界。

　　不料他一眼看出她的心思，居然赶上来问："你这么急干什么？她们还没有去云霄殿。"

　　一路上推心置腹地谈了那么多话，居然还是没能让他放弃自己的计划。云萝急急地回答："我不要做你的徒弟！"

　　眼前玄色一闪，他挡在她面前，用不容置疑的语气说："你不去也得去。"

　　云萝无奈，只好放低了声音："句芒大人，你不是说，让我使用完幻珠再还给你吗？"

　　他抓住她的胳膊前行，让她挣扎不得。

　　"我是这么说过，但是我反悔了。"

　　"你……你出尔反尔！"她怒极。

　　句芒抿了抿薄唇："我买通了你身上的五官神，他告诉我，你要用自己的鲜血来养幻珠。你说，我会同意你这么弄污幻珠吗？"

　　她气结，嘴唇颤抖了半天也说不出话来，后来，才终于挤出一句话："你，你居然……"

　　每位仙人，自从获得仙阶的那一天起，身上的五脏六腑都有单独的神灵掌管。掌管五官——眉、眼、鼻、唇、双耳的神灵，就是五官神。这种神灵一般不会显现，也不会背叛主人，只有在非常时期才会被召唤出来。

而句芒，居然召唤了她的五官神！

云萝横过手掌，迅速地向他的脖颈砍去。

句芒灵巧躲过攻击，钳住她的手腕："从今天开始，你就是我的徒弟了，也该学学尊师重道了。"

"我誓不为徒！"

"此事由不得你！"

正当情势胶着之时，忽有一群仙女从远处迤逦而来，曼妙身姿堪比水光浮花，不胜娇弱柔美。

她和句芒不约而同地收手，装作若无其事的样子跨入了南天门。

毕竟，被人看到私自下凡也不是一件好事。

那群仙女见了云萝，不由得展开笑容："仙厨大人，可叫我们好找呢！"

她清了清嗓子："咳咳，我来看看这南天门的风景如何……诸位仙女找我有何事？"

有仙女好奇地问："那句芒大人来南天门做什么？"

句芒瞥了云萝一眼，淡声说："还不是仙厨大人言之凿凿，说南天门风景优美，我信了几分，就来这里看看，不料这里也不过如此。"

他撒起谎来也不打草稿。

云萝扭过头，不理他。

为首的是青鸟仙姑，她向云萝屈膝行礼："仙厨大人，曦华公主请您前去，说要亲自向您赔礼道歉。"

云萝一惊。曦华公主是仙帝和西王母最宠爱的六公主，跋扈惯了，谁知道这次葫芦里卖的什么药。

"公主真是客气了，我的伤早已没什么大碍了。哦，虽然王母娘娘准我几天假，但是仙厨宫还有要事等我回去处理，就不多奉陪了。"

云萝找个由头想要溜之大吉，青鸟仙姑眼疾手快地抓住她的衣袖，曼声劝说："仙厨大人急什么，仙人长生不老，有的是时间。"

句芒冷哼一声，对青鸟仙姑说："还是让仙厨大人自己决定吧，你们也不能强行将她带走。"

云萝一激灵。

她怎么忘记了，还有句芒这个要拉她做徒弟的上仙在呢？

左边是句芒，右边是曦华公主，一个是虎穴，一个是狼窝。

云萝在心中衡量了一下，觉得还是进狼窝比较划算。毕竟入了虎穴，可能连骨头渣都不剩。

"我去见曦华公主。"她强作镇定地走到青鸟仙姑身后，然后看到句芒拉长了脸。

第四章

勘破浮华一少年

曦华公主所住的仙宫，在天宫是独一无二的。

宫墙上贴着东海进献的五彩扇贝，窗扇中嵌着冬暖夏凉的水晶石，殿阶是洁白无瑕的汉白玉。更绝妙的是宫苑中的花圃，栽的不是花卉，而是珊瑚灵。火红的珊瑚丛，一簇一簇，伸长美丽的身躯，远远望去，如同天边的火烧云。

云萝没有心情欣赏这些美景，低着头跟青鸟仙姑走进宫殿。刚一进去，就听到曦华公主亲切地唤她："仙厨大人，那天我真是无礼了。"

她款款走来，手上拿着那根紫金鞭："让仙厨受了这么大的伤，我心中愧疚难安，这根鞭子就任由仙厨大人毁了吧。"

云萝故作惶恐："公主多虑了，还请将紫金鞭收回。我的伤口已经愈合……了大半。"

为了防止公主找自己麻烦，她还是留一手吧，就算公主想要再下黑手，也要考虑她鞭伤没有好透。

曦华连忙将紫金鞭递给青鸟仙姑，拉过云萝的手，示意她坐下。

"不知公主找我，有何事要吩咐？"都是聪明人，云萝也不想和她绕弯子。

曦华公主苦恼地一拢披帛，怅怅地说："云萝仙厨，你那天也听到了，蓐收大人因为句芒大人，要和我退婚。"

云萝默默地擦了一把汗。

"公主，你其实喜欢的是句芒大人吧？"

曦华吓了一跳，睁大眼睛看着她："你怎么知道？"

拜托，你都表现得那么明显了，还找出这么拙劣的借口来接近句芒，谁看不出来啊？

云萝笑着说："这也没什么，是句芒大人没有慧眼，看不到公主的好。"

曦华松了一口气，又问："那你愿意帮我吗？"

云萝笑而不语。帮还是不帮，那要看她给什么条件了。

曦华果然聪明，向青鸟仙姑做了一个手势，青鸟仙姑便转身进了内室，不多会儿，拿出一个方盒。

"我听说，句芒大人从星河钓出了一枚幻珠。"曦华慢悠悠地说，"幻珠，如今在你手上吧？"

云萝不动声色看着她："不错。"

"你放心，我对那幻珠没兴趣，我就是想知道，句芒大人心里都在想什么。如果你能帮我，我就将这个盒子给你。这是锁盒，将任何东西锁在里面，除了你，谁都别想打开。"

那盒子十分精致，边角包着古朴的铁质雕花，散发的仙气十分精纯。

"公主有何高见？"

曦华将那个盒子举起来："听说你是梦貘族，你只要想办法接近句芒，看看他的梦境里都有些什么即可。"

云萝有些犹豫，沉吟着说："公主，仙人的梦和凡人的梦是不同的。仙人的梦更加香甜可口，梦貘只要将仙梦引出，很难控制自己不吃那个梦。而我们梦貘族，之前就是因为吃了司命仙君的梦才受到了惩罚。"

"我知道，这个你不用担心，我为你担保！"曦华信誓旦旦地说，"梦貘族之所以被压在灵虚山下，是因为将天机四处泄露，你只要别将句芒的梦说出去，谁会罚你？"

"这……"

"你就答应了吧。"曦华将锁盒赛到她手里，"这对你来说，是区区一件小事，对不对？"

的确是一件易如反掌的小事。

别看她们梦貘族力量微弱，但天地六界，有引出别人梦境的本事的也只有梦貘了。

云萝答应了曦华公主。

心里不是不忐忑，只是保住幻珠的想法占了上风。毕竟，那是拯救承湛的唯一法宝。

回到仙厨宫，阿舒抹着眼泪扑了过来："云萝姐姐，你没事吧？句芒大人突然闯了进来，说感应不到你的仙气，我……我拦不住他，才知道你不在宫里。"

云萝摸着她的脸颊："我没事，只是出宫办事而已。"

"那你快休息吧，你的伤口……"

"没事，不是什么要紧的事。"云萝对阿舒说，"明日为我准备食材，我要亲自做一些菜肴给句芒大人送去。"

睡了一夜，她感觉右肩果然好了许多，活动自如，酸麻的感觉已经完全消失。去了膳房，阿舒已经准备了各色食材。

一会儿的工夫，她已经做了金钱菇烧豆泡、素食海皇羹、开胃四宝羹、狮子头面卷等可口的菜肴。之后，云萝还让阿舒将珍藏的素雪酒掘了出来。

那素雪酒是用梅花上的雪为水，东皇之土上生长的粮食为酒糟，配以百花之味酿了七七四十九年而成的。这天宫里谁人不知她云萝藏有好酒，但也就是仙帝的面子才能讨得一壶去。

如果说百年醉是惊涛拍岸，那么素雪酒就是小楼映月。素雪酒没有百年醉刚烈，只能让人愈饮愈静，所以常常会让饮酒之人掉以轻心，以为贪杯也不会醉。其实，等到发觉醉酒的时候，酒意已经流遍全身。

忙完这些，她才松了一口气，伸手摸摸腰间，幻珠还在。

掏出曦华送的锁盒，云萝将幻珠放了进去。果然，那锁立即关得严丝合缝，云萝念了一句咒语，盒子才打开。

这锁盒果然是好物。

拎着食盒出宫的时候，阿舒不安地问她："云萝姐姐，你没事吧？"

"傻孩子，我没事。"云萝拍拍她的肩膀，"我去去就来。"

到了青龙神宫，云萝对守卫说明来意，很快就被迎进宫中。

句芒坐在正殿之上，眼睫微垂，不辨神色。

云萝将食盒献上，恭敬地说："句芒大人，曦华公主昨日将我喊去，原来是想和大人重修旧好，让我做几个小菜给大人品尝。还希望大人不计前嫌，原谅曦华公主吧。"

他把玩着座椅上九龙戏珠的雕刻，并没有回答她。在凡间那么意气风发，在天宫他就得内敛谨慎。

她并不气馁，只问："大人莫非是嫌菜色不好？不如告诉我，我回去重新做了再给大人送来。"

说着，云萝便作势向外走，却将步子放得极慢。

果然，他喊住她："仙厨请留步。"

云萝回头，低眉顺眼地站在一旁，并不作声。

句芒沉吟了一下，问："曦华公主真的这么说？"

"不敢欺瞒大人。"

"这些饭菜我收下，不过，你拜我为师的事情，考虑得怎么样了？"他的声音很沉，沉得不含一丝情绪。

云萝稳住心神，说："句芒大人，是我不知轻重，你要收我为徒，我自然欢喜。只是……"

"只是什么？"

云萝盈盈上前，举起酒壶为他斟酒："只是这拜师酒你总要给个面子喝了。"

他的目光落在她脸上，乌色瞳仁如上好的琉璃珠，透出危险的意味。云萝心中不由打起了鼓，将酒杯端起来递给他："句芒大人，请喝。"

句芒接过酒杯，修长的手指有意无意地触碰到她的手背。云萝赶紧低下头，不敢看他。

"喝了这杯酒，你就不能叫我句芒大人了。"他唇角勾起一个极具魅惑力的弧度，"要叫我师父。"

她忍住想吐血的冲动。反正就算拜他为师，他也拿不到幻珠。

"来，陪我一起吃。"他将酒中清酿一饮而尽，示意云萝坐在他的身侧。

劝人吃菜喝酒可是云萝的拿手好戏，她使出看家本领，一个劲儿地劝他喝酒。

句芒不疑有他，将素雪酒喝了大半壶。

很快，他的脸颊就泛起了红潮，冲淡了那股肃杀的气息。

这样近距离地看他，云萝发现句芒长得挺俊，睫毛很浓很密，鼻梁极挺，还带着股秀气，难怪惹得曦华公主那么喜欢他，又不肯放下自尊来讨好。

他略微有些醉意："云萝，明日我就禀了仙帝，让你成为我青龙神宫的人……"说着身形一歪，闭上了眼睛。

"句芒大人，句芒大人？"

云萝连唤了他几声，他才低低地应了，但是口中含糊不清地说："扶我去休息。"

一列仙女走了过来，将句芒扶了起来。他脚步虚浮，一摇一晃地向内宫走去。

她跟了上去，一名仙女拦住她："既然句芒大人要休息，那么仙厨大人就请回吧。"

云萝忙道："师父要我跟着，说醒来有要事对我说。"

"大人收了你做徒弟？"仙女语气一松，对她的态度明显恭敬了起来。

"千真万确。"

"那好吧，你跟着就是。"仙女带她走进内宫。仙女们将句芒抬到床上放好，放下了纱帷。她在案几旁坐了下来，静静地等待着。

香炉里燃的是安神静气的龙涎香，香气馥郁，让人昏昏欲睡。不多时，几名仙女便熬不住了，纷纷鱼贯而出。

内宫只留云萝一人。她抬头，看到句芒正静静地躺着，只能听到他轻轻的呼吸声。

只要看到他的梦境，就可以了……

千万要忍住，不可以吃，不可以吃……

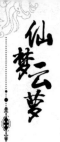

云萝轻步走上前，慢慢地唱起了《如梦小令》。她不懂族长为什么会把这首歌定为引梦谣，因为无论从曲调还是词，都是清徵的悲调，仿佛昭示着梦貘族的结局，是那样可悲、可叹。

一曲唱完，云萝伸手将纱帷掀开。句芒躺在床上，并没有任何梦境从他的额头逸出。

他竟然没有做梦？

云萝皱了皱眉头，将纱帷合上，继续等待。大概等了两三个时辰，上下眼皮都打架了，她才恍惚听到句芒在呓语。

她一跃而起，激动得手都在发抖。不错，他在呓语，说明他已经开始做梦了。

又唱完一首《如梦小令》，一团晶莹又隐隐散发着微蓝色的梦境从他的额头飘了出来。

云萝从未见过这样美丽的梦，轻盈、透明、润泽，还有一种清新可人的感染力。

梦貘的天性在驱使她吞掉这个梦境，她努力忍住，将那个梦境放入手心，然后打开——

在看完这个梦之后，云萝惊呆了。

其实不只是曦华，她自己都很好奇，不苟言笑的句芒大人，究竟在想什么？

也许在想诗酒书画，也许在想天界大业，也许在想拯救苍生……可是万万没想到，他的梦中，竟然是一片碧蓝无际的大海，海面上露出一块礁石，上面坐着一个鲛人。

那鲛人十分美丽，湿漉漉的长发披散下来，更衬得肌肤莹泽如玉。配上湛蓝如海的眼，秀美挺拔的鼻，小小红润的唇，足以倾倒众生。

云萝从未见过有人生得这样好看，仿佛美丽这样的词汇天生就是为她而生，仿佛优雅也可以打上她的烙印。

更要命的是……

除了那双碧蓝的眼睛，她的容貌竟然和自己有七分相似。

梦境中，鲛人拍打着宽大的鱼尾，调皮地在浪花中嬉戏，一边玩耍一边似乎在对她说着什么。

她想听得清楚一点，可是海风太大，只看到她一张一合的嘴。

一种诡异的感觉抓住了云萝的心。她猛地合上了这个梦境，飞快地将它装进自己早已准备好的荷包里。

身后突然有了动静，她转身，看到句芒不知道什么时候已经醒来，正坐在床上静静地看着她。

云萝目瞪口呆，这才发现自己中了计。

他是谁，威名震慑四方的东方之神青龙，岂能被她一壶仙酒灌醉？

这个梦，如果他不想让她看到，是永远也看不到的。

可是他为什么要她看到这个鲛人？

更可怕的是，上仙不能动情。他在梦中装着别的女子，这已经触犯了禁忌。而且这个秘密被她知晓了，真不知道他会用什么方法来让她封口。

不知所措的窒息感顿时铺天盖地般袭来，将她整个人淹没。云萝不知道该说些什么，半晌才喃喃地问："你……什么时候醒的？"

"就在你取了我的梦之后。"他一边说，一边将袍子压皱的边角整理平整。

"那既然你醒了，我就回去了。"云萝下意识地说出这句话之后，就向外走。

他一把拉住她，蹙眉问："你就不好奇，那个鲛人为什么和你那样相似？"

"天下之大，相似的人很多。"

"像成这样的人可不多。"

她愣了愣，发火道："就算我和她很像，又怎样？"

他低下头，静默了半晌儿才淡淡地说："骊姬死了，一千五百年前死在星河里。云萝，也许，你是她的转世。"

云萝飞快地在脑海中推算了一遍。她今年一千三百岁，没有生出鱼尾和鳞片，也就是说祖上并没有鲛人的血统。所以这个一千五百年前就死去的鲛人和她一点儿关系都没有！

"那又怎样？"云萝脱口而出。然而话音刚刚落地，她就想到了一个可能性。

等等……根据《仙经》记载，鲛人是生长在海水中人身鱼尾的异兽，她们的眼泪可以化为珍珠。

珍珠……

句芒一句话也不说，只是用那种静默的眼神看着她，看得她后背一阵发毛，又一阵发凉。

云萝想到一个可怕的推断——她一直在星河里采珠，还四处寻找幻珠，却从没想过，幻珠究竟是什么？

幻珠是被钓上来的，而不是从蚌壳中剥离出来的，也就是说，那是……

人鱼的眼泪？

云萝被这个推断结结实实地吓了一跳。

句芒突然开了口："你想得没错，幻珠就是那个鲛人的眼泪，最后一滴眼泪。"

云萝后退了几步。

"不可能！仙凡有别，鲛人只能生活在凡间的海水中，而星河是在天界！"

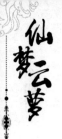

所以那颗幻珠不是鲛人的眼泪，不是的！

句芒斩钉截铁地否定了她："有可能！星河和凡间的水域是相通的，星河流挂到凡间就是一条大瀑布，叫作银河。很少有鲛人能够逆流而上！那个鲛人名叫骊姬，是她勇敢地穿越了瀑布，游到了星河。"

"她为什么要这样做？"

鲛人不顾一切地来到星河，就是在自寻死路。星河位于仙界的边缘，等她抵达就已经筋疲力尽，而且没有她所需要的食物。

"所以她死了，死前最后一滴眼泪珍贵无比，落在星河中受到仙气浸染，就成了世间独一无二的幻珠。"句芒向她解释。

原来是这样。

虽然不同族，但同为异兽，云萝亦听说过海上鲛人动人的传说。如今听到她的结局，心中难免有些苦涩。

不过秉着八卦的天性，她还是多嘴问了一句："你和那个鲛人是什么关系？"

句芒眸光一暗，慢慢地说："一千多年前，我曾下凡游玩，在东海里现出原形嬉水，结果吸引了一群鲛人。她们看到我的龙身，以为我是海龙，纷纷向我发出邀约。骊姬特别美丽，我便与她多逗留了几日……我不知道那几日，她已经情根深种。后来她才知道，我不是海龙，而是天龙。"

云萝愕然。

同样是龙族，海龙和天龙的地位就千差万别了。海龙一生只能生活在海水中，道行高深的可以去天宫参加仙宴。而天龙则无比尊贵，生来就属于上仙，不可以和凡间所有生物结合。

女子的心总是这样痴傻，总是看不清楚爱人的真面目。

她以为他是海龙，以为自己可以伴随他一生。没想到，他是天龙，注定要回到天宫里，高高在上，要恪守仙凡不能结合的天条。

云萝心中愤慨："那你为什么不向她说明你的身份？"

"我说了，但是她说不在乎，会等我。"句芒有些黯然神伤，"天上一日，地上一年，最后她等不及了，于是拼了命来到星河，只求见我一面。"

刹那，鲛人古老的歌谣回荡在脑海中。云萝依稀看到了那样一幅画面：美丽的鲛人伤痕累累地来到星河，以为自己终于到达了仙界。然而她这时才知道，她再也无法向前一步了。

泪水从她碧蓝的眼睛中滴落，啪嗒，落入星河之水中。

她平躺在水面上，仰头看着虚无的上空。没有光，没有云，她知道自己将死，喉咙里再也无法发出一个音符。

云萝腾然站起来，紧紧地盯着句芒："你要幻珠，是想怀念她？"

他没有回答。

云萝冷笑："你知道为什么你将幻珠钓出来之后，会机缘巧合地飞到我手中吗？是因为她的灵魂无法原谅你，永远都不！"

难怪他看她的眼神，总是带有那么一丝愧疚。起先她不懂，现在她明白了——他误了骊姬，不过是想通过她来救赎自己的良知。

说完，云萝再也按捺不住自己的情绪，飞奔出内宫。外面的仙女都诧异地看着她，她再也顾不得她们，兀自闯出青龙神宫，向仙厨宫飞去。

一进宫苑，青鸟仙姑已经在等候她了，见她匆忙进来，向她施礼："云萝仙厨，公主问你有没有得手。"

云萝心中一震。

曦华的情感是简单而粗暴的，爱一个人就要用最直接的方式将他占有。云萝怎么忍心将那个鲛人的梦拿给她看，将那个凄美的故事讲给她听？不，她不会理解。

"句芒大人很谨慎，我没有机会下手。"她讷讷地说。

青鸟没有在意，只是拍拍云萝的肩膀："没关系，听说句芒大人很快就要收你为徒弟了，以后你有的是机会和他接触。"

消息传得真快。

阿舒从里面迎出来："云萝姐姐，你做了句芒大人的徒弟之后，还会不会教我做菜？"她眼中充满急切，生怕云萝抛下她不管。

云萝抚摸着她的脸颊，若有所思地说："我不会做他的徒弟，就算是为了骊姬出一口气。"

可云萝明显低估了句芒的无耻程度。

没过几天，她再去其他仙地采集食材，就看到别人对她的态度明显热络起来。他们会对她恭敬地行礼，并在背后偷偷议论她即将进入青龙神宫的事情。

谁要和那个薄情寡义的句芒相处？

云萝提着一篮子藕，怒气冲冲地从七星洞府门口经过，恰好遇见七星仙君带着他的徒弟从里面出来。

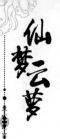

"这不是句芒座下的仙徒吗？幸会幸会。"七星仙君向她行礼。

云萝连忙回礼。他胡子一把，老态龙钟，她可受不起他这个大礼。

"仙君是要去哪里？"云萝抛出了一个十分形式化的寒暄。

他举了举手中的仙册："青龙大人打算收你为徒，这么大的事儿，我要去向仙帝禀报。云萝仙子，老身在这里先道一声恭喜。"

云萝灵机一动："仙君借一步说话。"

七星仙君走了几步，离他的徒弟有十丈远，才说："仙厨有什么话就尽管说吧。"

"要怎样才能脱离师门？"

他一呆："你还没正式进入青龙门派，就已经在想如何脱离师门了？"

"不，我只是帮别人问问。"她干笑。

云萝想好了，既然拜句芒为师这件事躲不掉，就只能想办法脱离师门了。到时候她闹得青龙派鸡飞狗跳，句芒自然得放了她。

七星仙君捋了捋胡子，慢悠悠地说："一般来说，门规有三条，徒弟不遵守门规就要脱离师门——第一条就是，滥杀无辜，为非作歹。"

滥杀无辜？她的心还没那么黑，做不到。云萝在心里将这一条默默地画上了一条红杠。

"第二条，藐视仙尊，不守天条。"

藐视仙尊……这也有点儿难度，她胆小，没底气，而且一旦惹得天庭震怒，几百年的修为全部白费。她继续在心里画红杠。

"还有呢？"

七星仙君看了她一眼，清了清嗓子："第三条嘛……徒弟和师父日久生情，也是不符合门规的。"

云萝吓得差点儿从云端上栽下去，脱口而出："肯定不会的！谁，谁要跟那个家伙日久生情！"

"我又没说你和你师父谈恋爱，你急什么？"

"我，我……"她结结巴巴，面红耳赤。

七星仙君哈哈大笑起来："云萝仙厨，你现在想好还来得及，别到时候要脱离师门，害得我又要白跑一趟。"

云萝扯住他的袖子："就没有别的门规了吗？"

"有倒是有。"他目光闪烁，"不过这条是青龙派特意制订的。"

"是什么？"

他说："句芒大人说，如果徒弟变得太丑太懒，也会被清理出门户。"

好吧，这一条虽然也有点儿难以接受，但是好过前面三条。

云萝在心中为自己的前途哀叹了三声，然后辞别了七星仙君。

现在局势又陷入了僵局，她既不能告诉曦华公主鲛人的事情，又不能拒绝拜句芒为师，保住幻珠。

天宫有金乌神的庇护，可以一直亮如白昼，只是神仙也有疲乏的时候，所以和人间一样，也可以有夜晚时分。

夜色如墨，广寒宫的月色也十分吝啬，不肯透露半分清光。

在这样孤寂的夜晚，云萝独自坐在床上，突然生出了几丝悲凉的情绪。

云萝突然想起了婳嫿，不知道她在上清观的日子怎么样。匆匆一别数日，估计人间又是几度春秋。

施展仙法，云萝偷偷地走出仙宫，飞往凡间。

帝都正是白日，她飞到上清观附近，刚落到地面上，就发觉一丝不对劲。

上清观和往日不同，里里外外戒备森严，看那些人的衣着，像是皇宫里伴随御驾的侍卫。

在人间施展仙术，很容易被天宫发现她私自下凡。可是眼下这种情况也实属无奈。她只好念了一个隐身咒走进道观。

"云萝，你来了？"婳嫿惊喜的声音响起。

云萝循声望去，只见她的身体浮在签筒上方，正笑意盈盈看着她。

"婳嫿，这是怎么回事？"

"皇后和太子明日会来这里上香。"婳嫿喜不自胜地说，眉间眼梢都是蜜意，"你别走，不碍事的，反正他们也看不到咱们。再说，今日只是肃清这里，他们明日才来呢。"

云萝这才舒了一口气，在塑像旁边坐下。

婳嫿歪着头问她："看你心事重重，怎么了？"

云萝将装着幻珠的锁盒拿出来："我可能保不住幻珠了。"

婳嫿自幼就做了祭司，对神器、仙器也有几分见解。她瞟了一眼锁盒，哼笑着说："这是上古的仙器，可大可小，可长可短，刀劈不烂，水淹不腐，就是丢进太上老君的炼丹炉也熔不掉。有这个宝贝，你还怕保不住幻珠？"

云萝发愁："句芒大人就要成为我师父了，到时候这个东西就得交上去。"

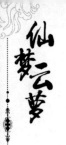

"只要拖上七七四十九日，让幻珠救出我们族人，就可以了。"

拖延，这的确是个办法。

婤妘点点头，观察着云萝的神色："你来就是为了这件事？"

"是啊。"

"别骗我了。"她扭了扭身子，"你忧心忡忡，一定还有其他事，我早就看出来了。"

云萝不知该如何开口，只得将腰间的荷包拿出来，摩挲着丝绸上面的凹凸质地。

"这里面装着句芒大人的一个梦，他梦中有一个鲛人，样貌……和我很相似。"她吞吞吐吐地将那天的事情一五一十地说完。

婤妘眼梢一抬，目光通透："你怀疑自己和鲛人有关系？"

"你说，有没有可能是转世？"

"不可能。"婤妘斩钉截铁地说，"我们异兽的生命比凡人要长久得多，死后不得轮回再生！我不知道样貌为什么这么像，但你们之间不可能是前世今生的关系。"

心中紧绷的弦霎时松开了。

"那我有没有可能是她？"云萝试探着问了最后一个问题。如果骊姬没有死，而是机缘巧合地脱去鱼尾巴，并且失忆，误入了梦貘族被养大，也是有可能的。

婤妘呆呆地看着她，突然"扑哧"一笑："傻瓜，这么多年了，你还不知道自己是谁吗？你如果是那只鲛人，怎么没有鱼尾，怎么没有蓝眼睛，怎么还会吃梦？"

"说得也是。"云萝彻底放下了一颗心。

和婤妘叙旧，一整天就这样过去了。夜晚寂静，婤妘钻入签筒中睡去了，而云萝躺在塑像后面的干草堆上，久久未能入眠。

总觉得有什么地方不太对劲。

大概是句芒吧。以他的手腕和能力，完全可以将幻珠抢回来，可是他却绕这么大一个弯，宁可收她为徒，也不愿意用武力来强抢幻珠。是不是因为她和鲛人骊姬长得很像？

思及此，云萝不由得脸上一阵发烧。

不对，句芒是一个冷心冷肺的人，他永远都不会为骊姬着想。

怀着这样的心思，云萝浅浅睡去了。

翌日，天未亮，她就被吵醒了。

婤妘浮在云萝上方，焦急地唤她："云萝，快醒醒，皇宫里来人了！你用隐身咒避一避。"

云萝连忙念了隐身咒，走出塑像一看，所见之处皆是一片明黄，正殿门前停着御伞，天家威仪不容直视。

内宫侍者垂手而立，皇后着一身朝服走进正殿，旁边是那个道姑，正畏畏缩缩低头弯腰地跟着。

皇后捻了三根清香，稳稳地插在太上老君塑像前的香炉里，然后虔诚地拜了几拜。

蓦然，云萝眼前一亮，看到皇后的身侧还站着一位身形颀长的少年，锦袍上绣着四爪金龙，眉目间意态风流。

看来，这就是当朝太子了。

云萝向婳婳飞过去，停在塑像上，问她："那位就是太子吧？真是人中龙凤。"

"你眼力真好。"婳婳得意极了，眼睛有意无意地看着太子。

云萝半开玩笑地说："依照太子的样貌，你等下会给上上签？"

"上上第一签。"她不胜娇羞。

云萝领悟到了什么，试探地问："你上次说你爱上了一个人，莫非就是他？"

婳婳脸一红，扭头揪着自己的衣角："是又怎样？"

云萝正想劝她，不料忽然听到皇后娘娘对道姑说："本宫今日来，除了想求个平安签，还想为太子和徐氏女求一支签。"

道姑惶恐地将签筒递了过去："娘娘，请。"

皇后点头，接过签筒，回头对太子和颜悦色地说："清儿，徐氏女是右相的幺女，你和她的婚约定会受到上天的庇护。"

"母后说得极是。"

"所以这支签——"皇后含笑看着手中的签筒，带着不易察觉的狠戾，"也一定是吉签。"

犹如五雷轰顶，婳婳顿时脸色煞白。

形势陡转，云萝不知道该如何劝解。既然是凡人，身份又这么尊贵，自然要婚配的，而且婚配的对象也定然不俗。婳婳生得美，可她没有凡人的身份，甚至身体也只是一缕轻烟，又如何陪伴在自己的爱人身边？

道姑一定知道婳婳的存在，因为云萝看到她向这边跪了下来，眼中饱含期许。

她一定希望婳婳能够赐予一支吉签。

皇后娘娘开始摇签了，婳婳居高临下地看着，目光倨傲又冷漠。

云萝有些害怕："婳婳，你快给他们吉签吧。"

她不语，眼神渐渐冰冷。

"听说徐氏女是相府千金，如果太子娶了她，根基就稳固了一半。你不是喜欢太子吗，那就让他顺心遂意，好不好？"

媱姵大手一挥。"当"的一声，一支签掉在地上。

皇后娘娘拈起那支签，放在面前看了一眼，顿时神色大变。

云萝忙跑上前一看，那是一支昭示着血光之灾的下下签。

皇后大怒："大胆！"

宫人们诚惶诚恐地跪下，而那名道姑更是脸白如纸。她不明白，往日很灵验的签神，怎么会突然降下凶签。

气氛凝固了，不祥的意味渐渐升起。

云萝后退几步，回头看到媱姵依然冷冷地浮在半空，不言不语，忍不住对她喊："媱姵，就连我也能看出几分，太子和徐氏女是良配。你这样是逆天而行！我们梦貘族不能再承受任何惩罚了！"

"梦貘族现在就你我二人，你是怕自己受牵连吧？"媱姵眼神淡漠，"我就是不想他娶别的女人，怎样？"

"你！"

这是她和媱姵第一次吵架，可是她不能看着事态恶化下去。

皇后娘娘脸色铁青，一字一句地说："来人，将上清观清洗一番，回宫！"

道姑吓得当场晕了过去。

这样重要的一桩婚事竟然求出了凶签，皇后娘娘已经起了灭口的心思。云萝没想到她竟然这样暴戾，又不能现身，一时急得团团转。

媱姵也吓住了。如果上清观被清洗，消息一定会传到天庭。

"云萝，怎么办？"她也慌了神，"我再给一支吉签……"

"来不及了。"云萝定了定心神，"有我在，我不会让皇后滥杀无辜。"

这句话说得十分没有底气。因为云萝无法预料到，一旦她用仙术挡住皇后娘娘的屠刀，这在人间会引起怎样的轩然大波。

就在千钧一发的瞬间，突然一个声音响起："慢着。"

所有人都为之一顿。

说话的人正是那个少年太子。他弯腰捡起那支签，脸上浮起一抹淡笑，声音如清流击石一般好听："母后，何必为区区一支签动气呢？"

"清儿，你不懂，这道姑先前口口声声说上清观的签是一等一的灵验！本宫却求到了一支凶签！这分明就是她想要从中作梗，说不定……”她压低了声音，“说不定是摄政王的人，不想你娶了徐氏女来扩大势力！此事重大，为防止别人拿这个当借口兴风作浪，所以知晓此事的宫人也要斩草除根。”

道姑被人用水泼醒，忙跪地磕头：“皇后娘娘饶命，太子饶命！”

太子瞥了她一眼，将左右宫人都挥退，淡淡地说：“母后，事已至此，你如果清洗了上清观，又处死了那么多宫人，摄政王必定会查这件事。这几条人命因我而丧，到时候他弹劾我失德，那事情就更糟糕了。”

皇后娘娘倒抽一口冷气：“那现在怎么办？摄政王把持朝政，你要获得右相的支持，就必须娶徐氏女。可是摄政王上次已经在上清观求得了一支吉签，你必须也要求到上上签才能……”

“无妨，我自有办法。”

皇后疑惑地问：“你已经有办法了？”

太子笃定地一笑，点头。

云萝茫然地看向婉婳，她已经镇定下来，但是神色中更多的是痴迷。

只见太子让宫人们重新上前，问那个道姑：“听说上清观每日只给求三签？”

道姑点头如小鸡啄米：“是。”

“那就将玉盆拿来，看看我是不是今日的有缘人。”

道姑不敢违抗，将玉盆拿了过来。

太子走到玉盆前，伸手抚摸盆沿。只见那盆底红丝锦鲤一动，又一动，最后竟然畅快地在玉盆中游了起来。

宫人们惊诧无比，纷纷议论：“太子真乃真龙天子也！”

道姑喜极而泣：“殿下，以往有缘人只能驱动这玉中红丝一两寸，不想殿下如此神威，能够让红丝任意游动！”

皇后惊喜道：“清儿，你是怎么做到的？”

太子只一笑，并不回答。他将签筒举起，面向前方说：“请签神重新赐签！”

说完，他开始摇晃签筒。

婉婳眼中突现泪光。她抓住云萝的手，哽咽地说：“云萝，他不是靠运气，也不是瞎蒙，他是真的窥破了玉盆的秘密。”

云萝也十分震惊。

都说上清观一签难求，谁能想得到，玉盆的秘密不过是一点禅机而已。

这个太子，果真不是寻常人。

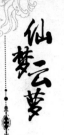

很快，婳嬬大袖一挥，一支吉签掉了出来。太子捡起那支签，起身对身后宫人说："上天庇护，是上上签。"

宫人们都跪地高呼。

皇后娘娘这才松了一口气，悄声对太子说："幸好是上上签。现在摄政王想要用怪力乱神之说来压我们一头，也没办法了。"

"我只是不想看到有人死。"

说完，他有意无意地向云萝和婳嬬这边看了一眼。

云萝顿时僵住了。难道他看得见她们？

婳嬬也愣住了，睫毛微微颤抖。

太子就那样看着她们，眼中淡远宁静，似乎能够勘破世间红尘，保持自己的一份初心。

彼此并无言语交流，但是已经明白对方的心意。

皇家仪仗离开了上清观。

婳嬬目送太子离开，久久未能转移视线。

她声音颤抖："云萝，我果然没有爱错人……他连几个道姑、宫人都不忍心杀，他将来一定是一位仁君，震慑天下，威仪四方，让天下百姓都过上太平日子。"

"是……"

"所以幻珠，一定不能交给句芒大人。"婳嬬回头坚定地看着云萝，"我一定要摆脱签神的身份，能够实实在在地触碰到他。"

第五章

美人月下舞联翩……

　　娓媭心意已决，云萝也不好多劝，只好讪讪地回了仙宫。

　　天宫的穹顶十分巍峨，隐在仙雾中若隐若现。云萝收了驾云，刚进入南天门不久，两名青龙神宫的守将就向她走来："仙厨大人，句芒大人请你过去。"

　　"所为何事？"

　　守将对视一眼，对云萝说："你现在已经正式成为句芒大人的徒弟，按理说要无条件遵从一切师命。"

　　云萝这才记起，七星仙君应该是将名册禀告给仙帝了。没办法，句芒现在是她的师父，她必须遵从师命。

　　到了神宫，只见句芒端坐在神座之上，披风上的金线绣龙衬得他气度慑人。她只好弯腰唤他："师父。"

　　罢了罢了，人在屋檐下，不能不低头。回头想个法子让他对自己忍无可忍，就可以摆脱师门了。

　　只是云萝没想到，他一句话就差点儿让她吐血。

　　他回答说："爱徒，你来了。"

　　云萝十分淡定地抹掉胳膊上的鸡皮疙瘩："师父，你可以将那个'爱'字去掉。"

　　句芒挑了挑眉，语气中戏谑意味十分浓厚："为师不想，你又奈我何？"

　　她无语。

　　"有两个消息，一个是好消息，一个是坏消息。爱徒，你要先听哪一个？"

　　"可以选择不听吗？"

　　"不可以。"

　　"那就先听坏消息吧。"

　　句芒这才满意地点头，说："为师现在命令你将幻珠取回。如果你违抗师命，就要受尽荆条缠身之苦。"

　　最坏的事情还是发生了。

　　"那好消息呢？"她不甘心地问。

　　"好消息就是……"他勾了勾唇角，"你现在正式成为我的徒弟了，我要怎么罚你都是天经地义，不用向仙帝、西王母通报。"

这算是哪门子的好消息？云萝默默腹诽。

他说过，他要用堂堂正正的方法取回幻珠，果然是言出必行。

她暗地里恨得银牙咬碎，面上却云淡风轻地回答："谨遵师命。"

云萝答应得这样痛快，倒让他怔了怔，只说："还有，你以后就是青龙派的人了，今后不要回仙厨宫了，就住在青龙神宫里吧。"

"是。"她怕他想起什么，连忙说，"那徒儿这就去取幻珠。"

快步走出青龙神宫，她暗笑：句芒啊句芒，你只让我取回幻珠，可没限定日期，所以还能拖一阵子。

仙厨宫已经来了接替她的新仙厨，名叫碧宁。云萝回来时，看到阿舒正手忙脚乱地给她看各种清单。

见云萝进来，碧宁向她迎来："见过云萝前辈。"

她连忙将她扶起来："快快请起，以后仙厨宫的事宜就交给你了，阿舒也要请你多照顾。"

阿舒眼睛一红："云萝姐姐，你以后会常来看我吗？"

"当然会来看你了。快将眼泪擦一擦，也不怕碧宁仙厨笑话。"

碧宁掩口笑了，突然记起了什么，对她说："哦，对了，方才曦华公主派青鸟仙姑来请你，见你不在就回去了。"

"我知道了。"

阿舒皱起眉头："青鸟仙姑好像很急的样子。"

云萝心念一动，握住阿舒的手："谢谢你。"

之所以先回仙厨宫一趟，就是为了让阿舒知道，她会去曦华公主那里。如果没有料错，曦华公主一定起了疑心，知道她隐瞒了句芒的梦境。

曦华公主跋扈惯了，万一不计后果对阿舒做了什么不利的事情，她岂不是连个通风报信的人都没有？

避开碧宁，她对阿舒说："你记好，三个时辰后我还会回仙厨宫，如果我没有回来，就说明我在曦华公主那里出了事。"

"那我要怎么救你？"阿舒有些紧张。

"你就去找西王母禀报。"

阿舒重重地点了点头。

就在这时，碧宁突然和青鸟仙姑走进来。

"云萝，跟她一起去见曦华公主吧。"碧宁的笑容有些不自然。

她心里"咯噔"了一下，隐隐有一股不祥的预感。

果然，刚刚进入宫殿，云萝就看到曦华怒气冲冲地看着自己。

"云萝，你为什么要骗我？我查问过青龙神宫里的人，他们说句芒大人那日醉酒，你在旁边独自等待了几个时辰。"

她这么喜欢句芒大人，想知道他的所思所想，自然会买通青龙神宫的人。云萝叹了一口气："公主，我的确得到了句芒大人的梦。"

"还不快给我看？"

云萝觑着她的神色："我当时之所以蒙骗公主，是因为我不想让公主伤心。"

曦华果然很好骗，一瞬间就失掉了所有的气势，喃喃地问："难道，难道他的梦中有……"

"不错，句芒大人已经有心上人了。"

曦华一下子泄了气，委顿在仙人塌上。

青鸟仙姑上前劝说："公主莫要伤心，如果句芒大人有了心上人，那他怎么现在还是独身？莫非他的心上人……"

云萝接口说："青鸟仙姑果然聪慧过人。不错，句芒大人的心上人是一只鲛人，仙凡有别，不能结合。"

曦华这才松了一口气。

"只是，句芒大人似乎对她念念不忘。"她信口胡诌起来，"公主，你现在最要紧的事情不是查探句芒大人在想什么。"

曦华抬起两只水蒙蒙的眼睛："那你的意思是……"

"应该要让句芒大人明白公主的心意呀。"云萝娓娓道来，"你想，你前几日还怪句芒大人破坏了你和蓐收大人的婚约，他一定以为你倾心的是蓐收大人。"

曦华"呀"了一声，辩解说："我只是想接近他嘛……"

"接近他有很多种方法，未必就要这一种。"云萝谆谆教诲，"你要让他看到你的好处。"

"好处？"她一脸茫然。

云萝趁机说："公主，句芒大人非要收我为徒，还请公主让我在你这宫里避一避，只要七七四十九日就可以了。"

"你这是在和我谈条件？"曦华有些不悦。青鸟仙姑忙拉了拉她的衣袖。曦华这才松了口："云萝仙子，既然你都这么说了，那你就在我这里住下吧。"

云萝心花怒放："谢公主。"

"帮你可不是白帮的，你可要告诉我，你到底有什么主意让我能接近句芒大人。"

"公主，你无法接近句芒大人，不如让句芒大人主动来接近你？"云萝微微一笑。

曦华面色不佳："他怎么可能主动来接近我？"

云萝想起了句芒的梦，骊姬那双湛蓝的眼睛是那样清澈美丽。

"公主不觉得你这仙宫在仙界独一无二吗？"云萝故作高深地指了指墙壁上的扇贝以及宫苑中的珊瑚灵。

青鸟仙姑说："王母娘娘宠爱公主，所以这些装饰都是从沧海运过来的……啊！"说到这里，她突然意识到了什么。

云萝心中更是有了几分把握："公主，你有得天独厚的条件啊——句芒大人喜欢鲛人，你这仙宫处处都有海中龙宫的风格，他怎么会不喜欢这里呢？"

曦华眼中突然神采奕奕，一拍手："对呀！我怎么就没想到这一层呢？接下来呢？"

让他喜欢上仙宫，接下来自然要让他喜欢仙宫里的仙人。

云萝说："鲛人能歌善舞，如果公主能在珊瑚灵中歌上一曲，舞上一段，还怕句芒大人不愿意主动接近你吗？"

曦华公主激动地站了起来："快，让仙女们教我跳舞！"

仙宫里风景绝妙，可惜曦华太任性，不肯花心思整理珊瑚灵。云萝将它们按照高矮胖瘦摆好，又给花圃换上了一种五彩小碎石，远远望去，好看极了。

平日里，曦华公主练歌练舞，无暇顾及云萝。而她也乐得自在，每日用自己的血来养幻珠。

一天，云萝从窗前经过，突然听到曦华公主和青鸟仙姑在谈话，连忙停下来侧耳倾听。

"青鸟，我每天练舞好累，云萝的主意到底管用吗？"曦华不满地嚷嚷。

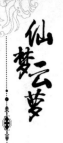

"公主再忍一忍，我觉得应该有用的。"

"那她出完主意就让她回青龙神宫啊，为什么要她留在这里四十九天？你说，万一句芒大人知道我私藏他的徒弟，岂不是要记恨我？"曦华十分不悦。

云萝顿时吓得心头狂跳。

千算万算，她唯独有一个疏忽，那就是她高估了曦华公主的节操——为了取悦句芒大人，曦华很可能会出尔反尔，将她送回青龙神宫。

"公主，这你就不明白了！"青鸟仙姑笑着说，"云萝现在是青龙神宫里除了句芒地位最高的仙子，长得又俊俏，你放心让她和句芒大人住在一宫吗？"

云萝听到曦华公主倒抽一口冷气。

"当然不能让云萝和句芒在一起……这样说来，别说四十九天，就算是一辈子待在这里，让我好吃好喝地供着她，我也没意见！"曦华果然是小孩子脾气。

云萝十分无语地捏了捏眉心。喂喂，她从烫手山芋变成抢手货只用了一眨眼的工夫啊！

只听青鸟又说："再说，句芒大人迟早要来咱们这里要人，到时候将云萝还给他，你不正好卖了一个人情给他？"

"对，还是青鸟你想得周到。"曦华的语气中充满了敬佩。

云萝没有再听下去，默默地转身离开。

她们倒是提醒了她一点，那就是句芒大人迟早会来这里要人，而她只能想办法自保。

这些天云萝每天魂不守舍，睡得晚醒得早，生怕青龙神宫的人来将她绑回去。唯一值得安慰的是，幻珠经过鲜血的浸润，开始变得有些通透了。

云萝将幻珠举在眼前，放在金乌神光线之下看着，只能隐约看到珠子中间有一团影子，如云翳，如霞蔚，看不清晰。

曦华的舞艺和歌技进步得很快，她已经决定在一个月后的仙宴上表演，以取得句芒的欢心。

云萝知道曦华迟早会将她送出去，怎么也高兴不起来。

然而，最害怕的事情还是来了。

第四天，青龙神宫的天将找上门来了。

两名天将大踏步走进仙宫，身上的银色铠甲在天光映照下熠熠生辉。她躲在角落里，听到他们对曦华公主说："公主，请问我青龙派的二弟子在哪里？"

她是二弟子？

曦华公主有些失望，但是架子不减半分："我不知道什么二弟子，你们青龙神宫来要人，叫句芒大人亲自来好了。"

天将对视一眼，转身离开。

曦华这时才转身对青鸟说："赶紧去找云萝，看好她，等句芒大人一来，就将人还给他！"

青鸟柔声回答："那是自然，咱们岂有扣着人家弟子不还的道理？"

大事不好！

云萝猫着腰偷偷离开，直奔往仙宫后花园。可仙宫就这么大点儿地方，她要躲到哪里去？

花圃里的珊瑚灵见到她，纷纷摇晃着火红的枝条。云萝抚摸着它们，想起在灵虚山下受苦受难的承湛，想起这颗救命的幻珠还是无法保住，忍不住悲从中来，掉了一滴眼泪。

泪水"啪嗒"一声，落在珊瑚灵的枝条上。

那株珊瑚灵突然剧烈地摇晃起自己的枝条，并且变大了一些！

云萝被这异相惊得后退了几步。

珊瑚灵继续摇摆，似乎是一个人，在祈求着什么。

云萝皱了皱眉头，忽然记起珊瑚是海生动物，可是她从未见过仙宫里的人给它们浇过水。

难道它在要水喝？

她壮了壮胆子，从旁边的小水池里提了一桶水，试着浇灌到珊瑚灵的身体上。只见珊瑚灵瞬时变大了许多，那些漂亮的枝条也更加灵巧了。

珊瑚灵从外观上看，其实更像是一棵树。只是那树干是火红的，树枝上带着美丽的凹凸，层层叠叠，看上去十分养眼。

正欣赏着珊瑚灵的美态，云萝突然听到身后传来句芒的声音："二徒弟，还不快跟我回去？"

云萝惊惶地回头，看到句芒站在她身后不远处，曦华和青鸟有些心虚地看着她。

"还愣着做什么？二徒弟，我交代给你的任务，你完成了吗？"他薄唇一抿，冷冷地问。

原来他一开始就没有喊她"爱徒"，而是喊"二徒弟"。大舌头成这个样子，真是够

让人误会的。

云萝全身戒备："师父，我想在这仙宫里多住几日。"

"再让你多住几日，你就要用幻珠做不该做的事情了，对吗？"句芒懒懒地说，目光有意无意地扫视着她。

云萝抹去额头上的一滴冷汗，用眼角余光看了看身后的珊瑚群，在计算着如果遁入珊瑚群，逃脱的概率有多大。

然而就是这一眼，她惊了惊。

地面上不知何时静静地裂开了一个口子。因为角度和遮挡的缘故，句芒和曦华竟然都没有发现。

想也没想，云萝就向那个裂口奔去。

句芒很快发现了她的企图，大喊："危险！"

和你在一起才危险呢！云萝在心中嗤笑了一声，继续向那道裂口飞奔。然而很快，她就笑不出来了。因为那个裂口迅速变大，而且一个青石质地的巨物正在从裂口中缓缓升起。

"那，那是什么！"曦华惊慌失措地喊，"青鸟，快去喊父皇母后过来！"

青鸟急道："公主，快撤退，这里危险！"

居然连她们自己都不知道这是什么东西？

云萝茫然地回头，看到珊瑚灵们就像突然之间有了灵性，枝条可长可短，正向句芒挥舞着。他就是被这些枝条牵绊住了，才没有立即冲过来。

"云萝，危险，快回来！"他向她大喊，目光炯炯如炬。

云萝心头莫名一热，向前走了几步，四周的珊瑚灵却一把缠住了她的胳膊。

云萝念动仙术，想要摆脱这些珊瑚灵，却发现它们异常坚固，竟然不为她的仙术所动！

她真是低估了它们——连青龙都会被牵制，这珊瑚灵当然不会害怕她的仙术。

"句芒！"更多的珊瑚枝条缠了上来，将她往青石巨物那边拖。云萝急了，这时也顾不上其他，只向他喊："句芒，快救我！"

耳边风声乍起，云萝只觉眼前一花，便被那些珊瑚枝条扔到了青石巨物的顶端。那里十分光滑，她想念动仙术飞升起来，却发现仿佛有一种无形的力量将她紧紧地黏在上面。

青石巨物发出隆隆的震动声，开始向上方升起。好不容易等它停了下来，云萝往下一看，顿时大吃一惊。

这是一座月牙形的宫殿，从裂缝中冉冉升起。一边是弧形，另一边是凸出的飞檐画阁，而她正坐在月牙宫的顶端。

"云萝！"

句芒的喊声将她从震惊中生生扯出。云萝看到他震碎了许多珊瑚灵的枝条。曦华忽然一把抓住了他的胳膊，眼神凄迷。

不好，曦华不太对劲！

云萝看见青鸟仙姑上前对曦华说着什么，但曦华不为所动，突然将句芒一推，身姿轻盈地向月牙宫殿飞来。

与此同时，仙帝和西王母率领一群上仙乘云而来，见此情景，大为震怒。

这次真的闹大了。

曦华两手向上伸出，天衣衣袖滑下，露出了两条光洁的手臂。她玉足轻踮，竟然在月牙宫的宫檐上翩翩起舞起来，衣角蹁跹如蝴蝶。

青鸟仙姑难以置信地上前："公主，现在不是仙宴，你不用跳舞啊！"

云萝连忙向她大喊："青鸟，公主的情况不对，你快让王母娘娘将她带走！"

"这里有结界！我没办法带走她！"青鸟被透明的结界挡在外面，想要进入月牙宫殿却无可奈何。

云萝刚想喊什么，却忽觉有一双无形的手扼住了喉咙。一段歌声从她口中传出来，云萝这才惊恐地发现，自己竟然无法控制自己，开口唱起歌来。

那不是她的歌声！

歌声曼妙，飘荡在这天地之间，幻美犹如境外仙音。她一边唱，一边忍不住向曦华飞去。衣袂翻飞之间，云萝看到曦华的神色也同样张皇，原来她也是不受控制！

仙帝带领众仙已经开始做法，想要攻破结界。

云萝心中更是震惊，原来这个月牙宫殿竟然可以惊动仙帝了吗？

脸颊一热，云萝看到句芒周身开始散发青色仙光。束发的金冠被震碎，他的墨发在空中飞扬起来。接着，他的身影淹没在一片耀眼的清光之中。只怔愣了一瞬，一条巨龙从清光之中腾然而起，冲破了结界向她冲来！

句芒居然现出了真身！

歌声戛然而歇，那股扼住她喉咙的力量也消失了。

云萝极力控制自己的身体，向巨龙伸出手臂。它从云萝身侧擦身而过，她顺势抓住鳞片，骑在龙身上，向曦华公主大喊："公主，这边！"

曦华如同大梦初醒，不知所措地看着他们。青龙呼啸着飞过，云萝伸手将她扯到身旁，然后大喊："句芒大人，回去！"

青龙掉转方向，向地面飞去。

眼前又是那团灼眼的清光，云萝忍不住闭上眼睛。等到再睁开的时候，她发现自己和曦华已经落在花圃旁边，身后的月牙宫殿也渐渐回落。

句芒站在身后，石青色披风上的那条青龙双目灼灼，一副破衣飞天的姿态。他凝眸看着云萝，说："你刚才中了月祟。"

云萝大吃一惊，月祟！

日为阳，月为阴。而月在极阴之时的景象，就是月祟！中了月祟的人，无法控制自己的所思所想。其实这也算不得什么妖邪，只是仙宫里怎么会有这等阴虚之象呢？

还没等云萝琢磨出个所以然，西王母就走过来，目光严厉："云萝，这究竟是怎么一回事？"

句芒想说什么，却被仙帝用一个眼神制止了。他对身后的众仙说："这并非月祟，只是我给曦华公主建的一座地下宫殿。没想到他们不慎动了开关，竟然提前启动了宫殿。云萝，这地下宫还未完全建好，有很多凶险之象还没祛除啊。"

众仙这才连连点头："是啊，我就说这不可能是月祟啊。"

"是啊，天宫里怎么会有月祟这种阴险之象呢？"

"既然如此，那我们就告退了。"众仙半信半疑地议论一番，纷纷离去。

云萝顿时心生疑惑：为什么西王母和仙帝都否认这是月祟？

月牙宫殿又沉回了地面，裂缝缓缓合上，看不出一丝痕迹。那些珊瑚灵又恢复了温顺，仿佛方才没有任何事情发生。

曦华在落入地面的那一刻就昏迷了过去。青鸟连忙扶住她，将她搀扶到宫里去了。西王母依旧挂着怒容："云萝，你说实话，你动了这珊瑚灵没有？"

云萝不敢隐瞒："我……我给这些珊瑚灵浇了水。"

"只是浇水？"

"之前我落了泪，泪水不小心掉在珊瑚灵上。"云萝惴惴不安地看向西王母，"王母娘娘，我真的不知会惹出这么大的事，请你饶过我这一回吧。"

平常十分和蔼的仙帝也换上了严肃的面孔："云萝，你真是闯了大祸。"

云萝吓得屈膝要跪："仙帝，王母娘娘……"谁知胳膊一把被人拉住，那一跪之礼就再也行不下去。

她回头，看到句芒眸中神色不辨："我的徒弟，从来不跪。"

西王母神色微变。

"不就是不小心将月祟引出来了？"他嘲讽地笑了笑，"如果没有月祟，别说一滴眼泪，就是东海之水也没办法引出来。"

"这不是月祟！"仙帝矢口否认。

句芒继续微笑："仙帝，我句芒不是那些平日只知下棋赏花的仙人。这是不是月祟，我还看不出来吗？"

"不错，那就是月祟，而珊瑚灵就是封印。"西王母见瞒不过，直截了当地说，"你们知道这意味着什么，最好不要说出去，以免天庭震荡。"

句芒神色凝重，微微点头。

西王母看向云萝，眼中再也没有往日的宠爱："云萝，你引出月祟，死罪可免，活罪难逃，就去仙牢里反省吧。"

云萝不禁有些黯然，道："谢王母责罚。"

句芒这次没有阻拦，只是静静地看着她，唇角勾起一抹意味深长的笑。

很快，两名天将带着云萝赶赴仙牢。她看了看他们冷若冰霜的脸，试探地问："请问两位大哥，仙牢里是什么情形？"

其中一人看了看她："和仙界没区别，就是多了个铁笼。"

这不是废话嘛。

谁知另一个人插嘴说："你没带仙器吧？进入仙牢之后，任何仙器都会被慢慢吸食掉。"

"我怎么会有仙器呢？"云萝干笑，然而刚说完，她就想起了腰间的物什——幻珠！

幻珠是实体，还浸润了数百年的仙气，这当然是仙器！就算被她放入了锁盒，那也没用。

因为，她总要将锁盒打开，用自己的血去浇灌幻珠。一旦打开锁盒，幻珠就无可避免

地受到仙牢腐蚀。

难怪句芒会露出那种笑容。他知道仙牢的情况，笃定她不忍心幻珠被吸食掉。

果然，前方一个转角，就看到句芒靠在一根柱子上，正好笑地看着她。

天将们见了他，忙道："句芒大人，我等奉了天命，要带青龙派二徒弟去仙牢。"

"放心，我不会劫狱，只是和我的二徒弟说说话。"

也许是自己多心，云萝总觉得他加重了那个"二"。

"你要说什么？"云萝看着他走过来，忍不住加强了戒备。

没想到他只是淡淡地瞥了她一眼，说："你在月祟时唱的那首歌，还记得吗？"

"嗯？"她恍惚记得，可那并不是她自己的声音。

他点点头，然后说了一句让她毛骨悚然的话："那是骊姬唱过的歌。"

一晃神，曼妙歌声仿佛又在耳边回荡。她依稀记起了那首歌的歌词——

碧海生波本无意，叶舟游龙曳银光。明月瀚海半浮生，动若参商恨未央。
日日思君君不至，夜夜哀歌歌千行。梦里流霜泪痕浅，箜篌幽曲无人听。
恨不化身为白鸥，展翅与天斗昆仑。欢情何以薄似纸，空留孤月照孤影。

夜空如深蓝丝绒一般铺陈而开，星星熠熠生辉。在一片浩渺碧波之上，鲛人骊姬躺在一块礁石上，唱着古老的歌谣。

波浪卷起一阵碎玉般的水花。那里有一条青龙在海水中嬉戏游玩，于是骊姬的歌声更加清亮迷人。

欢情何以薄似纸，空留孤月照孤影。

骊姬对句芒的恨与不甘，也大抵如此吧。

"云萝。"句芒唤她。

云萝这才回过神来，淡淡地回答："师父，叫我二徒弟。"

他挑了挑眉，问她："你到底有没有在听？你在月祟之时唱的歌就是骊姬曾经唱过的。"

"那又怎么样？我不是她。"云萝知道他是什么意思，但是媸婳曾经言之凿凿地说，她不可能和骊姬有一丝半点关系。

"你是骊姬。"

"我不是！"云萝提高了声音，后退了几步，"句芒，你看清楚，骊姬已经死了，死了！无论是梦貘还是鲛人，异兽都是无法转世的！"

他眼中泛起惊涛骇浪，在爆发至顶峰的一刻却又渐渐萎靡下来，最后才平复成一片死寂。

句芒就那样站着，仙风吹起他石青色的披风，猎猎作响。云萝突然觉得他是那样的孤独、无奈。

"是的，她死了。"他声音低沉，"我要幻珠，原本是放在身边存个念想。但是现在看来……"

他看向她，眼神清亮。

薄雾般的仙气缭绕在他身侧，却掩盖不住他清隽挺拔的轮廓。面前的少年上仙在那一刻，姿容俊美得让天地都屏住呼吸。

他慢慢地说完了后半句话："现在看来，你也可以成为那个念想。幻珠，我不要了。"

"喂，我不是骊姬。"

"我知道你不是，你是我的二徒弟。"句芒波澜不惊地说，"你放心，师父我不会让你面子扫地。"

云萝眨巴了两下眼睛，终于诺诺地道："师父，如果我们日久生情，那么我们就要解除师徒关系了。"

他不语。

"你不想我做不成你徒弟，对不对？"

他不应。

"如果还想让我继续待在青龙派，那就别让我当你的念想。"

青龙哼笑一声，忽然凑近她。

云萝蓦然感觉一股无形的压力袭来，忍不住后退了一步："干，干什么？"

他看着她，目光里情绪复杂，不过最终还是什么都没说，只是一甩披风，扬长而去。

云萝欲哭无泪。

这，这比他开口威胁还要可怕啊！

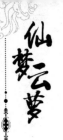

仙牢里并不难捱。

和天将们说的一样，只是多了一个笼子而已。

云萝靠在笼门上，情绪低落。还有三个时辰，今天就算过完了。如果她没有持续给幻珠喂血，那么将前功尽弃。如果她给幻珠喂血，一旦打开锁盒，仙牢之气就会腐蚀掉幻珠。

怎么办？

正胡思乱想，云萝忽然听到身后传来一个慵倦的声音："诸位看守仙牢，辛苦了。"

她回头，只见一位白衣上仙站在牢门口，手中拿着一柄玉骨扇轻轻地扇着风，正和几位天将打招呼。阿舒提着一个食盒，怯生生地跟在他身后。

也许这位上仙地位十分显赫，因为天将们立即向他行礼："蓐收大人！"

原来是四方神兽之一——西方的白虎！

云萝眼睛一亮，隔着牢门喊："蓐收大人、阿舒。"

蓐收眯了眯眼睛："我是来看望这位青龙派……哦，对，二弟子的。"

"这……蓐收大人，这不太好吧。王母娘娘有令，让她在这里静思己过。"天将们明显有些为难。

"西王母说让她在这里反思，可曾说过不许她见外人？"

"这倒不曾。"天将开始动摇。

"可曾说过她不许进食，不许这位仙厨宫仙女来探望？"

"也不曾。"天将彻底屈服。

"那不就结了。"蓐收越过天将，轻裘缓带地向云萝这边走来。

阿舒迈着小碎步上前，乐滋滋地蹲下来："姐姐，你还好吗？你看我给你带了好多好吃的。"

云萝想要握住阿舒的手，却被看不见的结界挡住。

"这仙牢有结界相护，所以你接触不到阿舒。"蓐收拿过食盒，从牢门缝隙中塞进来，"但是对我没用。"

云萝打开食盒，看到里面有奇形怪状的糕点。

阿舒催促她："姐姐，你快吃吧，别嫌弃我手艺差。"

她怔怔地看着那些糕点，一个主意浮上心头。

"你和蓐收大人是怎么认识的？"云萝拿起一块糕点吃起来。虽然不是她最爱吃的美梦，但是换换口味也不错。

两团红霞飞上了阿舒的脸颊："我救了蓐收大人。"

救？传说中的上仙需要你个小仙女来救？

云萝想笑，结果一个岔气，剧烈地咳嗽起来，引得阿舒惊叫连连："姐姐，你怎么了？"

"阿舒，蓐收大人需要你救吗？"她头痛地捏了捏眉心。

没想到蓐收在旁边淡笑着说："不错，是她救了我。"

云萝一怔。

听了两人的描述之后，云萝才明白了事情的来龙去脉。原来，蓐收大人在玩赏西王母无比珍视的荷花时，被不明就里的阿舒拦下，于是阿舒就当自己救了蓐收大人。一来二去，两人就熟络了，没想到阿舒竟然将她瞒了个密不透风。

云萝打定主意，对蓐收说："大人，希望你能帮我一个忙，以后要我来报答，云萝必定万死不辞。"

蓐收有些微诧，想了想，说："你说吧，只要不是伤天害理之事，我都帮。"

云萝拿出锁盒，看天将没有注意到这边，就压低声音说："能帮我将这个盒子交给我在凡间的一位故人吗？"

阿舒好奇地问："云萝姐姐，你要交给谁？"

"上清观的签神，姽婳。"

蓐收接过锁盒，目光悠然自在，仿佛那不过是一件寻常物什，说："我答应你。"

"谢谢。"云萝感激涕零。

"不用谢我，句芒的徒弟就是我的徒弟。"蓐收笑眯眯地说，突然饶有兴味地喊了她一句，"二徒弟，二徒弟！哈哈，还真的挺好玩的。"

云萝嘴角抽搐了一下，打算无视这位上仙的无厘头，一本正经地叮嘱了一句："蓐收大人，这件事最好别让句芒大人知道。"

"为什么？"蓐收的目光一紧，蕴含着探究的意味。

她含糊其词地说："这个物什牵涉他的旧情，当然他已经看开了，但我怕他忍不住去找以前的相好，所以还是不要让句芒大人知道太多为妙。"

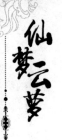

他和骊姬的确有过一段往事，她这样说，也不算是欺骗吧。

"相好？"蓐收眼睛一亮。

眼看这位上仙的八卦之魂就要被点燃，云萝赶紧说："求蓐收上仙赶紧去办，快没时间了。天上一日，地上一年啊！"

蓐收听完，将锁盒递给阿舒："没问题，我们即刻就下凡将锁盒送给她，你就放心吧。"

云萝这才放心，深深地行礼："多谢。"

她早已将锁盒的口诀告诉了媈嫿，媈嫿这么聪明，一定知道她的用意。

虽然媈嫿的身体只是轻烟，但是依旧会受伤，会流血。天上一日，地上一年，接下来媈嫿要用自己的血来喂养幻珠，云萝已经喂了幻珠四滴血，所以媈嫿还要继续喂上四十五年血才行。

总算是放下了一件心事，云萝只觉得浑身都要虚脱了。

第六章

珍珠两合心意结：

　　一天一夜很快就过去了。

　　金乌神从东方升起，照亮了整个仙界。云萝渐渐转醒，打了个哈欠。坐仙牢最大的坏处，就是很容易无聊。

　　"句芒大人！"看守仙牢的天将突然大喊。

　　云萝抬头望去，只见句芒气势汹汹地阔步走来，手中拎着一把精美小巧的宝剑，锋利的剑尖偶尔发出森寒的冷光。

　　他毫不在意天将的阻拦，走到仙牢旁，将宝剑从缝隙中递给她："接着。"

　　云萝接过宝剑。不愧是上等仙物，这宝剑锋利无比，剑光如水般均匀，如果她没有判断错，这应是女娲补天时流传下来的仙器。

　　"收你为徒，自然要教习你，送你防身的武器。"句芒郑重地说，"我在宝库里挑了一整天。"

　　云萝心中涌上一股暖流，有了师父的人就是不一样啊！

　　谁知他下一句话就让这股暖流结成了冰。

　　"用你手中的这把宝剑把仙牢劈开。"

　　两名看守仙牢的天将这才反应过来，上前阻拦："句芒大人，这是仙牢，不容放肆！"

　　"敢挡我的道，我看你们也是放肆得很！"

　　"还请青龙大人给我们几分薄面，不要劫仙牢。"

　　句芒眼睛一眯："行啊，就给你们面子。"

　　云萝捏了捏眉心，直觉告诉她，这两名天将的下场一定非常不堪。

　　果然，句芒十分给他们面子，等他们将话说完才将他们丢得影子都看不见。

　　云萝忽觉手中的宝剑有千斤重万担沉，小心翼翼地问："师父，你可以自己劈开仙牢吗？"

　　如果仙帝追究下来，她也好有个垫背的不是？

　　他斜眼瞪了她一眼："我让你劈，你倒让我劈？这就是你的为徒之道？快点儿劈，少废话。"

　　"我，我为什么要劈？"

　　他神色冷峻："我青龙派的徒弟，不是这么没谱！我问你，你事先知道那珊瑚灵是月祟的封印吗？"

云萝摇头。

"你是不是故意将曦华公主弄得神志不清？"

云萝使劲摇头。

"那你为什么要坐仙牢？"

是啊，她也在考虑这个问题啊，可是她一个刚入仙籍的小仙女，上哪里找人说理去啊？

云萝在心里默默地流泪了，苦笑着说："因为西王母和仙帝都生气了，并且，启动月祟，我也有责任。"

他怒极反笑，冷冷地说："不知者不罪，你又没错，为何要接受西王母的惩罚？我青龙派的弟子居然是个出气筒，这传出去岂不是让仙人笑掉大牙？"

云萝弱弱地咕哝了一句："只要挂着你的名头，没人敢耻笑我。"

他一甩披风，作势要走："你如果不劈，我就向西王母说，希望你在这仙牢里待一辈子。"

"我劈！"她结结实实地被吓了一跳。

句芒回头看她，露出一个得逞的笑容："那就快点儿。"

一闭眼，一咬牙，云萝提起宝剑向仙牢劈去。金铁冒出火花，接着仙牢轰的一声，破开了一个裂口！

她一跃而出，大喊："师父，这是您吩咐的，徒儿只是奉命行事，回头西王母发怒，您可要替徒儿兜着！"

他撇了撇嘴："真没出息。放心，西王母今早已经赦免你了。"

"啊？"她傻眼了，"既然都赦免了，那还要我劈仙牢干吗？"

句芒不紧不慢地说："让你劈仙牢，是挽回我一点儿面子，还有洗洗你这僵化的脑袋。"

云萝哭笑不得，却一句话也说不出来。

"回去吧，"他懒懒地看了她一眼，"西王母还说，仙宴提前，要你帮忙做菜。"

仙厨宫自然是一番忙碌的景象。

阿舒见了她，满脸惊喜："云萝姐姐，你来了！"

云萝抱住她，摸摸她的头发："嗯，王母娘娘特许我出来了。对了，我交代你的事

081

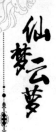

情，你办完了吗？"

阿舒点头："嗯，已经交给婳嬗姐姐了。"

"那她还好吗？"

云萝想起太子要娶徐氏女，不由得为婳嬗捏了一把汗。

阿舒回忆了一下，才说："婳嬗姐姐好漂亮，气色也不错，虽然只是一缕烟，但她让我转告你，她会好好保管幻珠的。"

气色不错？

难道她想通了，不爱太子了？

她掐指一算，自己回到仙界四天，人间已经过了四年。如果太子要娶徐氏女，也早该娶了，婳嬗没有理由还在伤神。不过，最好还是亲自去安慰她。

碧宁笑容满面地走过来："云萝，你可来了，我正发愁怎么做出让众仙满意的佳肴呢。"

云萝笑了笑："不用客气，我就是来帮你们的。"

在仙厨宫忙了一天，云萝开始寻思着如何偷偷下凡。恰好碧宁走过来："云萝，珍珠恰好用完了，曦华公主特别喜欢吃，怎么办？"

云萝忙道："我知道星河里有许多这样的珍珠，等下我和阿舒一起去采。"

碧宁又客套了两句，就走了。

云萝和阿舒来到星河，这里还是那样空旷孤寂，可是她的心境却久久难以平静。因为她知道，有一只鲛人曾经死在星河里，她叫骊姬。

"阿舒，记住我教你的采珠方法。"云萝和阿舒一起上了小船，"我有要事，要偷偷下凡去。"

"什么？"阿舒有些惊慌。

云萝安抚她："没事，不会被发现的，我只离开几个时辰……就从星河这边离开。"

阿舒这才答应："你要小心。"

紧握的双手带着一丝冰凉，润润的，直透进心田里去。

阿舒的小船渐渐看不见了。

云萝化为一尾鱼，向瀑布那边急速游去。星河与人间相通，要去人间就要从瀑布顺流急下。她第一次这样下凡，心里也不免有些打鼓。

已经可以听到隆隆的水声，即将看到三千银河流泻人间的壮丽景观，云萝紧张地闭上眼睛。

水流突然变得湍急，将她抛至半空。云萝试着睁开眼睛，只见身下是一道瀑布，犹如一条银色蛟龙垂挂在天地之间，溅起的水花成了轻柔的薄雾。

云萝重新落入水中，顺着激流快速下落。眼前景象纷杂繁乱，"哗啦"一声，碧波涌上，她竟然落入一片茫茫大海之中。

用了仙术，云萝向帝都飞去。人间正是三更，找到上清观，她用了一个隐身咒，急急地往里面冲去，边跑边喊："娲媌，娲媌！"

正殿里燃着两根红烛，将殿中的景象照亮。娲媌依旧是轻烟一样的身体，浮在签筒上。而让她大为震惊的是，她旁边还有一人——太子，不，应该说是皇上了吧。因为他穿着丝缎衣服，衣上绣着的已经是五爪金龙了。不登基，是穿不得这样的袍子的。

见云萝进来，他用那双深邃如潭水的眼睛看着她。

云萝顿住脚步。

这是什么情况？

娲媌有些尴尬："云萝，你来了？"

云萝恍然不知如何回答，只好将殿门轻轻掩好，然后将隐身咒解了："我来了。"

真可笑，这隐身咒，居然骗不住一个皇帝。

"你怎么全身都湿漉漉的？那边有干净的布，你快擦擦！"娲媌一抬下巴。

云萝僵直地走过去，却怎么都找不到布，最后还是一双手将布递给她。抬起头，那个少年皇帝正静静地看着她，半蹲着身子，见她发怔，又将布往前一递："给你。"

云萝接过来，茫然地问："你怎么能够看得到我们？"

他没有回答，只是起身走到娲媌旁边，对她说："你过来，我有话要对你说。"

娲媌满面通红地点头。

两人在旁边议论，声音压得极低，或者说，他们用了秘术，想方设法地不让她听见。云萝看到娲媌的神色变化了几次，一会儿是娇羞，一会儿是惊诧，一会儿是伤心，一会儿又是……反正她什么也看不懂。

等他们终于商量完，少年皇帝才向殿外走去。拉开殿门的那一刻，他停步，扭头看她。

月光从殿门缝隙中流泻而出，照在他的侧脸上，将他的五官雕刻得那般精致分明。比月光更美丽的，是他的目光——静远悠长，带着一种莫名的情愫。

似乎是犹豫了一下，他向云萝走来，将自己的厚毡披风递过来："侍卫在外面等我，我先走了，披风给你，注意别生病。"

云萝接过披风，那是用厚厚的水貂皮做的，烛光在上面晕染出一道道水纹光泽。等她回神想要说一句谢谢，他已经离开了。

"你们究竟在商量什么？"云萝问媞姍。

媞姍有些心虚地说："云萝，你知道吗，他是帝星转世，能看得到我们！你一走就是四年，在这四年里，我帮他算出了很多凶险。今年，他终于斗败了摄政王，登基为帝了。"

"我知道你为他做了许多，可我是问，你想要做什么？"云萝逼视着她。

她低头抠着手指甲："也不过是……让他将我的签筒挪到宫中。我，我想和他在一起，他答应让我每天都能看到他。"

"媞姍，你别忘了，他是凡人！他今生只能活几十年，你最后注定要受情伤！还有，他是一个帝王，怎么能那么简单地和你花前月下？他肯定是利用你。"

"他不是！"媞姍突然发怒，"云萝，是你有眼不识人心，他说了会娶我！"

事情果然没她想象的那般简单。哪个大脑正常的帝王，会迎娶一只梦貘，而且这梦貘还因为受了惩罚只能维持轻烟的模样……如果轻烟也能迎娶的话。

云萝赌气地往地上一坐，将那水貂皮披风丢得远远的。

"云萝，你就依了我吧。还有，这水貂皮披风是他的心意，连我都无福消受。你，你快将它捡起来，别弄脏了啊。"媞姍的气焰低了下去，说话也变得可怜巴巴的。

云萝忍不住心软了，将水貂皮披风捡起来。

媞姍苦着一张脸飞过来，说："他三日后迎娶我，可是只能迎娶一个签筒。万一这件事被人发现……云萝，你忍心让我变成一个笑话吗？"

不忍心。

"那你想怎样？"

她支支吾吾地说："我不能离开签筒，你能抱住签筒，然后让我附在你身体上吗？"

"不行。"

"求你了！"她落下清泪，"云萝，我从未求过你，对不对？"

往昔的时光在眼前展现，全是媞姍的笑脸。这个骄傲又坚强的女子，即便是梦貘族被压在太虚山下时也没有哭泣。

云萝最终还是答应了媞姍。

不知道这件事是对是错，但是她那样欣喜，让云萝觉得她的决定应该是对的。她只是莫名其妙地就记起了那皇帝的目光，宁静淡远，仿佛似曾相识，又陌生得可怕。

翌日，她们将时间完全花在讨论婚服上面。云萝有很多关于婚礼的好主意，但是媞姍都不满意，最后她像记起了什么："云萝，我记得承湛送给你的那个梦里，你穿的婚服就很美呀！"

那件婚服是美。领口是四合如意云肩，垂着大红的丝绦，大红的绸面艳丽得如一团火。镶边别出心裁地用平针法绣了凤穿牡丹的图案，看上去喜庆又悦目。

云萝将腰间的荷包取出，莹白色的梦境飘了出来。她将梦境递给媸婳："你自己看吧，按照这件婚服的式样做。"

媸婳定定地看着，然后轻轻握住她的手："云萝，总有一天，你会风风光光地嫁给承湛。"

会吗？

时间太久，久到她已经没了信心，失了耐心，忘了初心。

媸婳的婚服很快就做好了，被一个小太监送到了上清观的正殿。婚服装在一个精美的盒子里，小太监对道姑说那是皇上的供品，道姑也没有多想。

云萝躲在太上老君的塑像后面，心想如果太上老君知道人间的皇帝曾给自己送过婚服做供品，一定会气得将那个皇帝塞进炼丹炉里的。

等到四下无人的时候，云萝将盒子打开，那里面果然有一件婚服，上面有精美的刺绣，放在日光下流光溢彩，璀璨夺目。

"云萝，今晚就是我的大婚之日。"媸婳浮在她身旁说，"你带着婚服去城东的李员外家，那边已经安排好了，会将你当作他们的女儿。我附身在你身体上，然后皇上就会将我接进宫里去。"

云萝说不上心里是什么感觉，道："计划得真好。"

"算是圆一个心愿吧。"媸婳忧心忡忡地说，"云萝，假如有一天我做了对不起你的事，你会怪我吗？"

云萝认真地观察着她的神色，笃定地说："一定会怪你，但你会不做对不起我的事吗？"

媸婳愣了愣，苦苦地一笑，没有回答。

云萝按照媸婳所说，带着婚服和签筒，蒙上面纱，找到了城东李员外府上。

李员外是一个清瘦的中年男人，许是皇帝早就安排好了一切，听她说明来意，十分殷勤地将她迎进了门。

府上早已张灯结彩，说是李员外的小女儿要被皇上纳为美人，自然是值得庆贺的一件

事。只是这其中的内情，恐怕就只有李员外一个人知晓了。

"这边请，这边请。"李员外将云萝迎进一间房里，"再过几个时辰，就到吉时，皇上会派人将你接走。"

云萝点头。

"那就请娘娘先梳妆打扮。"李员外恭恭敬敬地说完，就万分小心地将房门阖上。

事已至此，云萝也不好扫媵婳的兴致，就坐在镜子前梳妆打扮起来。穿好婚服，她将签筒放在面前，轻叩三声。

媵婳从签筒中浮出，看了她一会儿，突然眼里泛起了泪光。

"云萝，真好。"她说。

云萝将手伸向她："来附身吧。"

那种冰冷的感觉，起初只是指尖一点点，后来慢慢蔓延至手肘、肩膀，最后直至全身……

再往镜中看，她的样貌已经变成了媵婳，虽然她仍旧有意识，但是已经无法操纵自己的身体了。

原来被附身是这种感觉。

媵婳坐在镜子前，用颤抖的手摸着脸颊，喜极而泣。她哭了很久，泪水怎么都止不住。

云萝安慰她："别哭了，再哭妆就不好上了，还怎么嫁过去呢？"

"云萝，对不起，我骗了你。"她声音呜咽。

云萝幽幽地叹了一口气："我知道，但是我相信你不会害我。"

从别人的角度来看，是媵婳一人扮作两角，自问自答。

"我不会害你……我只是辜负了你。"媵婳从签筒里掏出一个物什，正是装着幻珠的锁盒。

云萝这才突生不妙之感："你将幻珠怎么了？"

"对不起，云萝，我等不下去了。要养活幻珠救回族人，还要等四十多年，那个时候皇帝都老了，我和他也没有缘分了……但是有你几滴仙血，我现在就可以变成凡人，不用在意别人的眼光。云萝，我不想救族人了，反正族人迟早都能从灵虚山下出来的！"

云萝没想到媵婳存的竟然是这个心思，急得大喊："你，你快住手！你从签筒中逃出，天宫那边怎么交代？"

"我为什么要给天宫交代？人生在世，难道不是过想过的生活，爱想爱的人吗？"

她使劲捂住嘴巴，不让云萝再说下去。云萝看到她腾出一只手，将幻珠按在额头上。

只不过是一瞬间，幻珠就消失在额头上！

不！

那是拯救族人的最后机会啊！

云萝心神俱裂，却无法阻止娲嬛。

"几个时辰后，我会从你身体上离开，就能变成凡人了。"娲嬛说。

云萝浑身犹如坠入冰窟，只喃喃地说："你知道，这幻珠只有一颗，而且灵力有限，只能使用一次……"

"我知道，知道……"娲嬛说，"请你原谅我。"

"既然你已经获得幻珠的力量，那么就从我身体上离开吧。你有实实在在的身体了，不是吗？"云萝冷冷地说。

她笑得凄迷："云萝，我现在还不能离开你的身体，因为皇上不能迎娶两名女子。"

"你什么意思？"云萝心中生出一些不好的预感，"娲嬛，你私自动用幻珠，我已经不怪你了，你还要做什么？"

她抬手，将一只金簪插在发髻上："云萝，别说了。"

因为娲嬛在牢牢地控制着她的身体，所以她动弹不得，只能眼睁睁地看着她将大红盖头蒙在脸上。

"娲嬛，你说清楚！"

那股不祥的预感愈来愈浓，云萝挣扎着喊叫起来，但是娲嬛很快就封住了她的哑穴，不让她再开口说话。

"李美人，可以上轿了。"一群管家婆子走了进来，对她行了一个大礼，将她扶上喜轿。

未曾入宫就被封了美人，而且举行的是民间的嫁娶仪式，这已经不合祖制。云萝心中充满了焦虑和疑惑，千丝万缕却总也不明白其中的真正缘由，一切就恰如眼前的红帘，遮盖住了一切。

喜轿停了。

透过红帘，云萝依稀看到列队的宫人拥着皇帝站在面前。手指温热，是他轻轻地牵起她的手。

云萝有些气愤，他为了迎娶娲嬛，竟然要她任由摆布地来这里演一场戏。如果没有他，娲嬛不会弃族人于不顾，拿幻珠让自己获得在世为人的机会。

"一拜天地！"

"二拜高堂！"

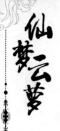

"夫妻对拜！"

云萝弯下腰去，再起身时，竟意外地看到皇帝依然恭谨地弯着腰，不由得有些惊异。这完全是民间婚娶的风俗。她可以想象得到，明日早朝，皇帝会受到大臣们怎样的弹劾。也许，他对媔姗也是真心的？

"送入洞房——"司仪高喊。

皇帝上前牵住她的手，缓步走进一间宫室。待宫女们都退下之后，他才解了她的哑穴。

终于可以说话了，云萝脱口而出："媔姗，你的心意已经达成了，你快放开我！"

奇怪的是，媔姗此时一声不吭。

皇帝站在她面前，大红喜服给他苍白的脸添了一些暖色。只是他的目光还是那么淡，那么远，那么冷。

云萝深吸一口气，尽量心平气和地说："皇上，既然你迎娶了媔姗，她从今天起，也拥有了凡人的身体，那么你可不可以劝她离开我的身体？"

他终于开口了："云萝，这是媔姗留给我们的一点时间。"

他居然……唤她云萝？为什么他们今天都这么奇怪？

云萝看着皇帝那淡远悠长的目光，记起他递过来的水貂皮披风，记起他看她的眼神，突然想到了一个可能性，顿时浑身冰冷。

她身上的喜服，是按照承湛的梦中情形所定制的。

这婚礼的细节，也和承湛给她的梦境中的没有两样。

再说，皇帝用民间的婚姻嫁娶仪式，也不合宫规。按理说，就算媔姗帮了他再多，皇帝也不可能这样。他完全可以册封媔姗，那岂不是更风光？

"云萝，上天入地，我都陪着你。"他又唤她，一如数百年前的春日。

不，不可能的！他不是承湛，不是！

她亲眼看到承湛被压在灵虚山下，扔给她一个美梦，醉了她数百年的时光。那个皇帝不过是一个凡人，怎么可能是承湛？

"我是承湛。"他的一句话，打破了云萝心中残存的侥幸。

云萝难以置信地看着他，恍然觉得自己好像在梦中。

承湛唇边浮起一抹淡笑："云萝，你不知道，三百年前梦貘族被压在灵虚山下之后，我就被罚转世为人了。"

"那你为什么不告诉我？"云萝心头钝痛，痛得几乎要窒息。

他垂下眼帘："仙凡有别，你好不容易成了仙，我如果告诉你，你必定会违反仙规为我筹谋一世安稳，到时候一定会惹得天庭震怒。若你再出什么意外，谁来解救梦貘族？所以，我就用最后一点灵力制造我被压在灵虚山下的假象，好让你断了心思。"

原来是这样。

云萝眼角酸涩，使劲捂住眼睛，喃喃地说："你从一开始，就认出我们了，对不对？"

他没有否认："不知为何，不管我经历过多少轮回，都能保留作为梦貘族时的记忆。甚至，我还保留着微弱的灵力。不错，在见到你们的第一眼，我就认出了你和婳媚。"

泪水迷蒙了云萝的眼睛，她心中涌上一股难言的复杂情绪，酸甜苦辣瞬间袭来。三百年啊，她无数次幻想中的重逢，竟然是这样的。

"难怪婳媚说，你对她一定是真心的。是我有眼不识泰山，没有认出你。"

"云萝！"承湛的声音里难忍痛苦，"你不要怪婳媚，今天的这个婚礼，只是圆你我的一个心愿！"

云萝恍惚记起婳媚对她说，云萝，总有一天，你会风风光光地嫁给承湛。

是她太痴，竟然没有听出她的话中话。

身体一松，她的手臂有了些许知觉。她下意识地摸向腰间的荷包。是了，那里装着承湛送给她的梦境，在梦中，她凤冠霞帔，他带领喜轿迎娶了她……

云萝揪紧那个荷包，抬头问他："那么，用幻珠重生，给婳媚一具人身，你也是知道的？"

"是的。"他目光暗淡了一下，"也许你要说我们太自私，可是，云萝，三百年对你来说不足一年，而对我们来说是漫长的岁月……我们不想等下去了，前世太苦，唯有好好把握今生。"泪水流进嘴角，苦涩一片。

云萝将手放在额头上，低声说："婳媚，你出来吧。"

眼前金光一现，她顿时感觉身体轻松，手脚也能行动自如了。婳媚站在面前，眼角含泪地看着她，和往昔不同的是，她的身体再也不是一缕轻烟，而是实实在在、带着温热气息的鲜活生命。

那是幻珠给她的一具躯体，她终于从签筒的禁锢中逃出来了。

还未等云萝开口说话，婳媚已经抱住了她。肩头温热一片，应是婳媚的眼泪。

"对不起，对不起！"她哭成了泪人，"云萝，我知道承湛是你的，可是我爱上他的时候，并不知道他是承湛的转世！"

云萝不知如何作答，只越过她的肩膀看着承湛。他的眼神依旧那样清澈，只是清澈中多了许多的悲哀和无奈。

沙漠中有一种树木，名曰胡杨。传说胡杨活着数百年不死，死了数百年不倒，倒了数百年不腐。可无论是梦貘还是凡人，都不可能做那样的一株胡杨。他们不是树木，他们有血有肉，有知有觉，数百年的孤寂与痛苦对他们来说，每一刻都是煎熬。

他说得对，她感觉只是一年之久，而他们已经走过了数百年。这三百年来，不知承湛多少次去上清观看望媜婳，缅怀过去。漫长岁月一点点地消磨着意志，那该是怎样的残忍。他守着昔日的承诺直到现在，才接受了媜婳的爱。

时光太久，沧海桑田，物是人非，没有什么是永恒不变的。

云萝抹去眼泪，向他微笑："承湛，谢谢你，最后还是给了我一个婚礼。"

只是她没有想到，竟然是以这样无奈的形式来完成的。

他痛苦地闭上眼睛。

云萝轻轻地将媜婳推开，看着她的眼睛说："祝福你们。"

"云萝……"

她没有再说话，只是失魂落魄地走到门边，用最后一丝力气说："承湛，让你的宫人都回避吧，我要回仙宫去了。"

身体被紧紧抱住，她听到承湛的声音响在耳侧："云萝，你在怪我吗？对不起，我只能出此下策。"

她想说她并没有怪他，她想说她今天已经经历了太多太多，然而话还没来得及出口，就听到半空中响起一道可怖的惊雷！

宫人们匆忙慌乱的脚步声响起，接着门外有人急道："皇上！不好了，刚落下一道雷，宫里走水了！"

承湛吃了一惊，推开窗扇。云萝看到乌云在夜空中翻滚不息，向大地直直地倾轧过来，其中雷光如灵蛇般疾走，将宫苑诸人照得一片惨白，整个景象诡异无比。

媜婳冲到桌前，飞快地掏出龟壳占了一卦，颤声说："怎么可能……天神临世！"

承湛沉吟了一下："云萝，你有没有头绪？"

云萝茫然地看向夜空，只见闪电越逼越近，大有吞噬皇宫的气势。忽然，她感觉腰间一热，一摸，竟然是句芒送她的那柄宝剑在发热。

句芒？

"龙，龙！"宫人们惊慌失措的叫声响起。

云萝顿感不妙，只见云层中隐隐有龙身飞过，那不是句芒的真身，还能是谁？

她有些紧张地对承湛说："这是我师父，等下我会去天上看看。"

承湛默然点了点头，回头对媜婳说："你留在这里，我先出去。"说完，他就大步走出宫室。

　　外面已经跪了一地的宫人，充满敬畏地向天空跪拜。半空中乌云翻滚，中央形成一个巨大的旋涡，旋涡中心飞出许多条蓝色闪电。有几条闪电击在承湛的脚边，飞溅起火花。而承湛丝毫没有畏惧，只是向天空深深一拜。

　　句芒，你到底想做什么？

　　云萝再也忍不住，念了个仙咒飞往半空，果然看到一条青龙在云层中飞翔，威风凛凛。

　　"句芒！"她大喊，"你快停下来！"

　　雷电稍微停歇了一点，青龙转身化为一人，挺拔身姿踩着云端向她走来，正是句芒。

　　"你到底想做什么？"云萝哑着声音问他。

　　他目光肃然，向她伸手，竟然是抹去她脸颊上残留的一滴眼泪。

　　"我想做什么，你心里不清楚？"他的声音里有隐隐的怒意，"我青龙派的徒弟何时被人欺负成这样了？被最好的朋友撬墙脚，还被强押着送入洞房？"

　　云萝连忙拉住他的衣袖，慌张地说："师父，事情不是你想象的那样。"

　　"那是怎样？"他抬手将一道闪电劈向承湛，"你怎么这么没有骨气。"

　　闪电落在承湛脚边，这一次飞溅出的火花直接燃起了他的袍角。无数宫人上前救驾，慌乱成一片。她急得一把拔出宝剑，放在自己的脖颈上："句芒！你如果还念在我喊你一声师父，就别杀他！"

　　"他这一生是帝星转世，我自然不会杀他。"句芒收回闪电，看了她一眼，"把剑放下。"

　　云萝将宝剑缓缓放下，然后无力地坐在云端上："句芒，求你了，我们回去吧。"

　　透过云层，云萝看到承湛和婳嬿淋着大雨，固执地向她这边看来。尤其是承湛，他的袍角已经烧毁，焦黑一片，他却执意不肯回到宫房里去。

　　她不忍再看那样的目光。以前她以为，她还有承湛和婳嬿，还有那些有血缘维系的族人，现在她连这些都彻底失去了。天下之大，却没有她立足的温暖之地。

　　终于又回到了星河。太虚山依然静寂无声，山脚下河水清澈见底，无数莹白的珍珠在河底一闪一闪。只是一颗心冷透、伤透，再回头看这些美景，只觉得一山一河空旷得可怕。

　　云萝漫无目的地走在星河的浅滩上，衣裙伏在水面上，荡来荡去。句芒在她身后跟

着，许久都沉默不语。最后还是她打破了沉默，回头看他："你怎么会去找我？"

他定定地看着云萝，眼里有光点微闪："你忘了，我是天龙，皇帝是真龙天子，他的一举一动自然会被我所知。"

云萝挑了一个地方坐了下来，仰头看头顶上变幻不定的风云："我是不是很傻？"

"是很傻，你明明知道，婳姵有可能做违背你心意的事情。"

云萝凄然笑了笑："句芒，我动摇过，我不想被婳姵附身的！可是我转念一想，如果我不信任她，在这个世界上就没有可信任的人了。"

"有！"他突然加重了语气，"你还可以信任我！"

她惊讶地看着句芒。

他继续说："我打心底里不愿意看到你受委屈。"

他坐在她身旁，银白色的盔甲棱角处反射着微光，那眼神中的坚毅无人可折。就是这样的一个人，和她有着这世间最奇怪的一种师徒关系。

"你……是为了骊姬吧？"毕竟她和骊姬的样貌很相似。

"不是，是为了你。"他看着静静流淌的河水，"你说得对，骊姬已经死了，她的灵魂永远都无法原谅我，我如今为她做什么都是白费。可是云萝，你相信吗，我只做过这一件亏心事……"

云萝连忙制止他，不让他再说下去："我相信你，你不是故意的，你做事从来都是光明正大。"

他没有看她，依旧看着波光粼粼的水面："谢谢你。"

"但是，你也不是没有补救的方法。"

他疑惑地看她。

云萝笑着说："过段时间，我会向婳姵讨回幻珠。幻珠是骊姬最后的遗物吧，你可以将它埋在东海的海底，让骊姬在那里长眠。"

句芒颔首，忽而一笑："你看，明明是我想安慰你，最后却变成你安慰我。"

云萝伸手甩起一串水珠，看着粼粼波光被揉碎。

"他们骗我，刚开始我很愤怒，但是转念一想，我真的不再怪他们了。过了三百年，承湛还记得那个婚礼的承诺，我已经没有遗憾了。"

从腰间解下一个荷包，云萝将承湛送给她的梦境取了出来。那个梦境里有锣鼓喧天，有大红喜轿，有百年好合，有温柔誓言……却都不是真的。她将手伸进梦境，用力一扯，梦境瞬间如碎羽般四散开来，落入星河，化为点点粼光。

既然物是人非，就不该抓住往日的一点儿温情不放。

然后云萝解下另一个荷包，递给句芒。他抬头看她，神色不解。

"这是你的梦境，我没有吃掉它。骊姬在你的梦里，很美。现在物归原主，你可以随时拿出来缅怀她。"

这个仙梦比承湛的梦要美味得多，散发着阵阵浓郁的香味。云萝催促他："你快点儿拿去，不然我就后悔了。"

他将荷包接过去，紧紧握在手里，目光灼灼地看着她："谢谢你没有吃掉这个梦。"

云萝白了他一眼："为了一颗幻珠，你就搞出这么大的阵仗，如果吃掉了你的梦，你还不知道会怎么生气呢！"

他低头摩挲着手中的荷包，没有说话。

"其实今日让我愤怒的还有一个原因。"他低声说，"承湛那小子，居然娶了你！"

云萝不禁黯然神伤。

今日的婚礼用了一招偷龙转凤，算不得违逆天规，可她的的确确和承湛拜堂了。风月罗织，其中谁对谁错，又岂能轻易定论？一时间，两人心思都是千回百转，却都默默无声。

"我不恨他们，只是感叹世事无常。"许久，云萝才轻声细语地道。

"为什么？"

她没有回答，只是念起仙咒，让那些河蚌缓缓浮上水面，然后将其中两枚挑拣出来，取出里面的珍珠。

"这两枚河蚌上的花纹一模一样，是因为他们所蕴含的珍珠，都是本该相通的心事。"

云萝举起河蚌给句芒看，然后用手指摩擦了一下珍珠的表面。两颗珍珠先后响起了一个男声和一个女声。

男声说："她出身尊贵，将来注定入宫为妃，又怎会看上我一个平常官宦家的庶子？"

女声说："容华富贵都是过眼云烟，入宫为妃又怎样？还不是步步谨慎，日日期盼君怜？我只想要一生一世一双人。"

句芒皱了皱眉头："他们是……"

"他们是凡间的一对男女，彼此心生爱慕，但是一个觉得自己配不上，一个不懂对方为什么不来提亲。这世间的怨偶，大多数是因为没有坦诚交流，才导致情深缘浅。"

他闻言，陷入了沉思，许久才说："你说得对，如果当初我早一些告诉骊姬我是天龙，她也许就不会徒生绮念情思，也不会死。"

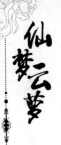

"所以看到承湛娶了婉娴，我恨过痛过，却也释然了。"云萝拈起珍珠，叹息着说，"这三百年来，我和承湛未曾谋面，未曾交换过彼此的心意，所思所想都已经不同。他今日如此选择，只能说我们三百年前就已经错过。"

句芒将两颗珍珠从她手心中拿起，若有所思地问："如果将两颗珍珠合二为一，是不是可以让他们心意相通？"

云萝掩口而笑："也许吧，他们如果知道是句芒大人帮了他们，一定会受宠若惊的。"

"如果知道仙厨也帮了他们，他们更会感激上苍。"他的眼睛里盛满了笑意，拉起她的手，"你也来。"

手指触碰在一起，云萝乍然觉得脸颊滚烫，连忙低头开始分辨花色相同的河蚌。每找到一对，她们就一起倾听那些或凄婉或哀伤或缠绵或快乐的心事。

每一粒珍珠都包含着凡人的心事，都能窥探到一段故事。

不知不觉，几个时辰悄然而过。她捡了一兜裙的珍珠，又将每两颗合在一起，最后困意如海浪般涌来。

打了一个哈欠，云萝放下手中的珍珠，擦了擦眼角溢出的泪水。句芒只是把肩膀靠了过来。

他做得那样自然，仿佛她和他已经是很好的朋友。云萝挑了挑眉，想说些什么，看到他清澈平静的眼神，又觉得是自己多心。

惺惺相惜，难道还不是很好的朋友了吗？

朦朦胧胧中，云萝只感觉他将她的头轻轻扳过去。她也的确是累极了，靠在他的肩膀上就睡了过去。

她没有做梦，只是偶尔感觉眼角有些湿润，应该是眼泪。

经历了那么多事，她反而放下了往日的一切。承湛、婉娴，还有族人的命运，都随风而去吧……事到如今，她才觉出自己活得像一个仙人——不再奢想，不再忧心，不再筹谋，只想着在长生中消磨掉最后一丝对凡世红尘的眷恋。

第七章

一夕祸起流光碎·

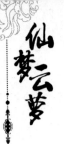

"云萝，醒醒！云萝！"

睁开惺忪的睡眼，云萝看到句芒一脸焦急。

"怎么了？"

他将流光镜放到云萝面前："你看。"

流光镜是每一位上仙用来查看人间境况的镜子。她从镜面上看到，乌云翻滚，直逼皇宫，而承湛站在高墙之上，衣袂猎猎作响。他的身后，站着大批士兵和侍卫。

再往上，竟然是雷公电母杀气腾腾地站在云端，根本没有把承湛的军队放在眼里。

"这是怎么回事？"云萝惊叫。

句芒锁紧眉头："果然不出我所料，婤姬私自逃出签筒的事情被天宫知道了。"

只见流光镜中，承湛依旧是那副泰山崩于前而不乱的神情，拱手问雷公电母："不知上神前来，有何指教？"

雷公电母挥了挥手中的刀剑，大声喊："承湛，命你速速将妖女婤姬交出！"

"哦？不知道婤姬犯了何错？"

"她刑罚未过就私自逃出签筒，理应继续受罚！"雷公大吼。

承湛神色微变，却依然神色凛凛："婤姬已受了数百年禁锢，从未害人性命，一直在上清观清修，如今她用幻珠重生为人，并未扰乱人间秩序，又何错之有？"

电母冷笑："承湛，你一介凡人，如此狡辩是要违抗天命吗？"

"天命若是无理，我违抗了又能怎样？大不了一副臭皮囊，你们收回便是！"承湛冷意森然，挥手让身后的士兵开始戒备。

可是，人仙实力悬殊，他怎么可能斗得过雷公电母？

句芒勾了勾唇角："没想到这小子还挺有骨气的，不愧是帝星转世。"

云萝一跃而起，想也未想，就向句芒跪了下去："师父，求你救救承湛和婤姬！"

他长眉一敛，一把扶住她："怎么，昨天还叫我句芒，今天有求于我，就叫我师父了？"

云萝急得已无心开玩笑："师父！"

"罢了，"句芒淡淡地说，"我去让雷公电母不要轻举妄动就是，只是梦貘族的惩罚还未消除，婤姬最后恐怕还是要回到签筒中去。"

"我会去求西王母，求她饶恕婤姬。"

他点点头，拍拍她的肩膀："有事就及时告诉我。记住，你还有我可以依靠。"

面前的少年意气风发，石青色的披风里鼓满了风，让他风姿更盛。云萝呆呆地看着他，说："我记住了。"

云萝匆匆地赶到南天门，守卫看到她，神色一凝："云萝仙子，你又私自下凡了？"

来不及多说什么，云萝只匆匆地往天宫里赶："我想去见西王母，求你放我通行吧。"

守卫一侧身让云萝进入天宫："你快回去吧，估计你私自下凡的事情已经被仙帝知道了。"

她忐忑不安地飞往云霄殿，这才发现内外聚满了仙人，看到她，纷纷上前："云萝仙子，陛下方才传召你了。"

"有没有说因为何事？"

七星仙君上前说："你快去吧，陛下刚才雷霆震怒了。"

云萝心中更是七上八下，一路走进云霄殿，只见殿内仙光流转，云丝萦绕不绝，依稀可见光华宝座上仙帝和西王母的身影。

"仙子云萝拜见仙帝、西王母。"她朗声说道。

只听仙帝缓声道："云萝，你私自下凡，并将婳姗放出签筒，可有此事？"

云萝鼓起勇气，说："仙帝、王母娘娘，婳姗已经受了数百年的惩戒，如今化为凡人，寿命只剩几十年，为什么还不肯放过她？"

"云萝，婳姗的事还好商量，眼下还有一件事，就是你引出月祟之事。"西王母突然出声。

句芒不是说，西王母已经赦免她了吗，怎么还会追究这件事？

云萝想大声辩解，却转念一想，问："王母娘娘，是不是曦华公主情况不太好？"

云丝散去，她可以清楚地看到仙帝和西王母脸上沉痛又震怒的表情。西王母缓和了语气，说："你上前来。"

她的面前有一座青铜尊，尊上浮着一颗水晶球。西王母将袖子一挥，只见水晶球中现出一幅画面，让她大吃一惊！

曦华公主再也不是那个娇俏天真的小女孩，而是悄无声息地躺在床上。她眉间笼着一团黑气，一个火焰形的封印若隐若现。那分明是阴神的印记！

怎么会？

"曦华的仙气突然发生了逆转，从阳神转为阴神，我和仙帝用了法宝才暂时压制住了她。"西王母摇头叹息。

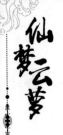

云萝难以置信地摇头："仙帝、王母娘娘，月祟只是一种极阴的现象，怎么会让曦华公主变成阴神？"

世间的神祇一共分为两派，一是阳神，二是阴神，正如正义与邪恶的区分。

阳神就是以仙帝和西王母为首的众仙，掌管着世间的光明与希望。而阴神则相反，代表着凶煞和灾祸，会时不时祸害人间。阳神的力量虽然大于阴神，却始终无法消灭阴神，只因天地万物皆要讲究平衡，阴阳两种神力恰好就形成了这种平衡。

自古以来，阴阳两派的神仙互不相通，泾渭分明。曦华公主是仙帝的六公主，怎么会突然变成阴神？

"云萝，我给你看一样东西，你就明白了。"仙帝向一旁的侧殿走去，云萝连忙跟上去。

仙帝打开侧殿大门，只见殿中央放置着一座星盘，星盘上有金粉在盘旋飞舞着。云萝上前一看，只见上面布满了密密麻麻的文字和图形，古老而神秘，却看得人一头雾水。

"这是司命仙君新排出的星盘，用于测算星辰变更以及预测未来。但是，近日测算出了不吉之象，阴神近日就会苏醒。"仙帝看着她，神色无比严肃。

西王母低头看那星盘，笃定地说："星盘已经测算出，唤醒阴神的人就是你——你凭借一滴眼泪，就引出了月祟这种异象。"

云萝心中苦涩无比："仙帝、西王母，我云萝并不想祸乱天界，没有那个心思，也没有那个本事。"

仙帝和西王母对视一眼，最后西王母说："云萝，命格就是如此，即便你无心，也会在无意间导致这样的结局。当初点你为仙，我们都没有料到你竟然会有如此凶险的命格。"

云萝低头看着自己的双手，依稀记起往日修仙时的场景。真的吗，她真的会成为唤醒阴神的那个祸害吗？

"你知道的，一旦阴神力量大于阳神，引起天界震荡，凡间也会跟着遭殃，生灵涂炭。"

她茫然地问："那如今有解决的办法吗？"

西王母顿了顿，说："只要斗转星移，阴神的力量必然会有式微的时候。但是在这个过程中，天界会用封印将你锁进灵虚山中。"

云萝心头一惊。

"你只要心甘情愿走进灵虚山，我也不会为难婍婳。等到这段不吉的星象过去，你依旧可以位列仙班。"

星盘是上古传下来的神器，预测未来十分精准，从来都不会出错。如果不是事关重大，仙帝和西王母也不会带她一睹星盘的真容。

被封印锁进灵虚山，失去自由，受尽孤寂之苦——她当然不愿意。

可是她有选择吗？

云萝看向仙帝，问："如果我甘愿被锁进灵虚山，那么曦华公主就能恢复正常？"

"每一位仙子都掌管着一颗星辰，你被封印锁住，星运发生变化，自然会规避开星盘所示的这个凶兆。"

"那西王母能放过媸媻吗？"

西王母顿了顿，说："我答应你，放过媸媻。"

云萝哑声说："那云萝愿为天宫尽一份力。"

西王母叹气道："云萝，委屈你了，如果不是星盘算出了如此凶象，我也不会出此下策。"

虽然是下策，也的确是损失最小的一个办法了。

云萝低头看着腰间佩戴的宝剑。前不久她还用这柄宝剑劈开了仙牢，却不曾想这一生处处为牢，困得人动弹不得。

最后留恋地看了一眼仙宫，她向仙帝和西王母拜别，然后跟着仙将大步向外走去。他们会将她带到灵虚山，让她在那里和梦貘族一起度过一万年荒芜的岁月。

——你做一只梦貘兽，此生徜徉人间看尽繁华，不是很好吗，为什么要成仙？

句芒曾经如此问她，她笑着回答他，成仙需要理由吗？

原来，真的需要一个理由。仙界也不是处处自在的乐土，同样充满了变数、坎坷、罹难。

走到南天门，云萝看着守卫，苦笑连连。曾经风光一时的仙厨大人，竟然落到了这步田地，她这仙子混得是不是太窝囊了？

她曾多次用可口的点心收买过南天门的守卫。如今他看到她这副光景，唏嘘地说："云萝仙子，以后可吃不到你做的美食了。"

云萝一笑："我可以将食谱写下来，让仙厨宫做给你吃。"

说完，她自己都觉得有些伤感。这件事来得太突然，她竟然没有时间和阿舒告别。

正黯然神伤，半空中突然传来一声厉喝："你们绑了我的爱徒，可曾问我同不同意？"

循声望去，她赫然看到句芒站在云端之上。他目光凌厉，手中的青龙利刃在半空画出一个漂亮的光弧，一指她身后的两名天将："松开！"

每一字都饱含着不可抗拒的威严。

"句芒大人，仙帝下令要我等将云萝仙子押送至灵虚山，任何人都不得阻拦。"天将丝毫不肯退让。

句芒冷然一笑："我不是阻拦，我是想将我的二徒弟带走！"

云萝赫然一惊，道："句……师父，弟子甘愿受罚！"

他眯了眯眼睛："那我问你，你究竟犯了何事？"

她心情沉重起来，于是将星盘命格一事和盘托出。没想到句芒听完，仰头哈哈大笑起来："傻徒弟，因为这尚未发生的事情，你就甘愿受罚？"

云萝凄然道："可是星盘预测的事情是不会错的！"

"我不信命！"他凛然说，"我命由我不由天！你已承受了太多，凭什么以一个莫须有的原因就要受尽折磨？"

"句芒大人，仙帝早就料到你会从中阻挠，所以他早就有了防备！"天将冷然说完，身后突然光芒大盛，激射出无数道暗影。待光芒渐弱，那些暗影也就露出了真面容——那是成千上万的天兵天将。

云萝惊得目瞪口呆，回神过后向句芒大喊："句芒，我受罚心甘情愿，你别管我了！"

这么多大兵大将，看来仙帝和西王母是真的不想句芒插手她的事情。

句芒反倒轻松了许多，仰头舒了一口气："看到你们这么多人在，我就放心了。"

云萝听得一头雾水，身后的天兵天将也是面面相觑，不懂他究竟是何用意。

只听句芒继续说："我本以为就你们两人在，还怕自己落得一个以强凌弱的名声……既然这么多人在，那我就可以放心地干一场了。"

云萝两眼一黑。师父的逻辑果然比较奇特……

天兵天将们将手中的武器指向句芒，上前逼近。

句芒突然面色一冷，石青色披风飒然飞起，上面绣着的青龙栩栩如生，几乎要飞升而起。只听刀剑铮然之声破空响起，是句芒闯入天兵天将的队伍中，用青龙利刃接下了第一招！

眼前景象顿时令人眼花缭乱。云萝的双手被捆仙绳捆住，一点儿也没办法使出仙术，只能眼睁睁地看着句芒和天将们厮杀。一个又一个天将倒下，再爬起来冲上前去……她忍无可忍地大喊："住手，都住手……"

声音太细小，被金铁相击的声音淹没了。不知道过了多久，云萝几乎要虚脱倒地的时候，身体才被人拦腰抱起。句芒的声音落在耳边："屏住呼吸！"

她连忙紧紧闭上眼睛，屏气凝神。风声迅疾，从耳边飞擦而过，割得她脸颊生疼。然而那些厮杀声也渐渐远去了。

云萝不知道句芒要带她去哪里。等到一切静止，她睁开眼睛的时候，才发觉自己和他已经站在了星河岸边。

他一抬手，用青龙利刃斩断了她手腕上的捆仙绳。

"句芒，你何苦要和天宫闹翻？"云萝苦笑，"我们的师徒缘分只有几天，你没必要为了我……"

"我觉得值就行了。"他打断她的话，低头看她。当神色平静下来的时候，他的五官是那样清俊。

往身后看，仙云滚滚而来，应该是仙帝的天兵赶来了。就算句芒能够以一敌众，可是要同时保护她周全，却还是不能的吧？

云萝绝望了，强忍难过，回眸看他："是，有你这样护着我，我来天界走一遭也觉得值了。"顿了顿，她柔声劝道："句芒，我甘愿认罚了。"

"你甘心，我不甘心！"他的声音居然有一丝颤抖。

云萝突然起了泪意，喃喃地道："有人这样对我，我就算被囚禁一辈子，也会甘之如饴。"

"你撒谎！"句芒从袖中掏出一枚珍珠，"你说过，很多悲剧都是人们不愿意互诉沟通所造成的，那么你呢？竟然连一句真心话也不愿意说吗？你如果是心甘情愿，为什么哭丧着脸？"

"别说了。"

"我就要问！你究竟是不是真的愿意去灵虚山待上一万年？"

眼泪迷蒙了视线，云萝突然感到胸口翻涌着一种莫名的情愫，一句话就这样被她不管不顾地吼了出来："不愿意不愿意！你说过'我命由我不由天'，可是我的命运从来都被别人左右！"

"好！有你这句话，我做什么也都值了！"句芒脸上有了光彩，他重重地拍一拍她的肩膀，"现在要有资格和天庭平等对话，就得先打败眼前的这群天兵天将。"

银白色的御兵旗在半空飘荡，那是仙帝最精锐的部队，如一把锐利的剑，向两人紧逼而来。

就在这时，半空中突然传来一个懒散的声音："这么有趣，怎么能忘记我？"

云萝抬头，只见一身白衣的蓐收从上空飘落，眉眼带着温柔缱绻的笑意。他用手中的玉骨扇一下一下地打着手心："我说，句芒兄，你这次惹下的阵仗挺大的啊。"

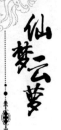

"区区小事。"

蓐收哈哈大笑："五万天兵齐齐出动，仙帝给了你多大的面子，还能说是'区区小事'？"

句芒这才神情松动："那你想不想来蹭蹭面子？"

蓐收煞有介事地凑上前："当然！朋友有难，怎能袖手旁观？"

云萝十分歉疚地说："蓐收大人，真是拖累你了。"

蓐收转而看她："也不算拖累……云萝仙子，你还不算知道真相。曦华公主怎么会因为一个月崇就变成了阴神，你真的相信西王母的说辞吗？如果你就这样稀里糊涂地受罚，只能让真相永远掩埋。"

云萝心念一动："蓐收大人，你的意思是……"

"西王母将曦华指派给我，表面上是缔结仙缘，但我早就知道，曦华公主一直有一股阴气，只有白虎的阳刚之气才能压制住。"

云萝失声惊叫。

曦华公主原本就是阴神？

"这件事太复杂，回头再说，眼下我们先把那五万天兵打败再说。"

句芒一指星河："我打算用星河之水来抵挡他们。"

云萝弯腰一捞河水，河水从指缝中流淌落下，变成一颗颗珍珠。虽说星河含有微弱的灵力，可是用河水做武器是不是太不现实了？

蓐收一怔，赞道："好办法！我们联手，一定能够用星河来打败天兵！"

她十分好奇地问："可是星河并没有力量，你们要怎么用它来做武器呢？"

"去断崖那边！"句芒一指星河的尽头，气势磅礴可吞万里，"截断瀑布，逆天驱水！"

云萝大吃一惊！

银河落九天，巨大的水流从天而降，成一条绝美壮观的瀑布。截断瀑布，将水流顶上仙界，就可以将五万天兵淹没！

说时迟，那时快，天兵天将已经赶到眼前。句芒忙带着她飞升到断崖边。从上往下张望，只见一条巨大的玉练垂挂在云霄之间，水流撞击声如千军万马奔腾而来。

水雾扑在脸上，森然凉意透过衣料，后背却止不住冷汗直流。

云萝紧张地抓紧了句芒的衣袖。

"云萝，你注意保护好自己，我和蓐收要截断瀑布了。"句芒在她耳边说了一句话，放开搂着她肩膀的手，然后和蓐收如飞鸿般扑入瀑布中。

"凝仙掌！"

只一眨眼工夫，一道银白色亮光从瀑布中闪出，正如一柄银光闪闪的利剑将瀑布拦腰横切为二。奔流不息的瀑布突然静止，下半部分的瀑布往下落去，转眼就不见了踪影。

瀑布真的被切断了！

星河乃是神河，能将星河之水任意把玩在股掌之中，这该是用了多大的神力。那种震撼的感觉难以形容，云萝脑袋里一阵嗡嗡作响，她忙定住心神。

原本震慑天地的激流声消失了，取而代之的是一片死一般的静寂。在这片诡异的气氛中，赶到断崖前的天兵天将们向她飞过来，然而更让人惊异的一幕发生了——那静止的瀑布竟然缓缓地"直立"了起来！

擎天水柱立在她和天兵天将之间，这般奇景数百年难见。一丝风拂过，那水柱突然向天兵天将流泻而去，瞬时就将太虚山淹去了一半！

天兵天将们的仙力也不弱，纷纷从水中一跃而起。然而很快，那股水流就如同生了眼睛一般，将他们重新裹挟进水中。渐渐地，他们都挣扎不动了，只剩喧嚣声回响在这天地之间。

怎么回事？

云萝疑惑地落到水面上，顿时大吃一惊。

原来那河水都结了冰，困住了所有的天兵天将！

"凝仙掌可以暂时化去上仙们大半的仙力，从而解除他们的攻击力。"蓐收在旁边向她解释。

云萝这才恍然大悟。

"句芒，你逆天而行，必然不得好报！"天兵天将的头领震天怒喝，然而手中的御兵旗早已狼狈地躺在水中，被一块寒冰冻得结结实实。

水中跃起两道光柱，一道靛青，一道金黄。光芒散去，句芒和蓐收浮在半空，居高临下地看着咬牙切齿的天兵天将们。

蓐收歪头看她一眼，勾唇一笑："看傻了？告诉你，这不算什么，当年我们和修罗一族大战的时候，比这个还要过瘾呢！"

句芒向她伸出手来："站在我身后去。"

他这话说得霸气又温柔，她忍不住脸上一热，忙掩饰着问："下一步，我们该怎么办？"

句芒淡笑："等仙帝派人来和解。"

这么一折腾，太虚山已经被淹没了十分之八，只剩山顶还露在冰面上。云萝飞落到山

顶上，感到一股寒气席卷而来，不由得打了个冷战。

后背一暖，是句芒将自己的披风解下来披到她身上。蓐收眼睛亮了亮，意有所指地道："本想烹茶来喝祛祛寒气，看来你们已经不需要了。"

云萝有些羞赧，不敢看蓐收的眼神。

"你的茶，我哪一回落下过？"句芒故意不去理会话中意味，白了蓐收一眼。

蓐收摇头叹息："我可不敢请你喝茶了……上一次喝茶，结果惹得曦华公主胡乱猜疑了好几天。"

"别理那些了，咱们喝咱们的。"

听句芒如此说，蓐收浅笑，袖子一拂，山顶上就出现了一桌一炉。

他悠然自得地撩袍坐下："我最近新得的好茶，都来尝尝吧，仙帝的使者估计要等一会儿才到。"

放眼望去，千里冰封，万里茫茫，只有一方净土立于中央。而这唯一的净土之上，头顶上树叶簌簌，石桌上烹茶的小火炉正咕嘟咕嘟作响，俨然另一个世界。

云萝挨着句芒坐下，一听到风吹草动就惊惶四望，犹如惊弓之鸟。

句芒安慰她："怕什么，天塌下来有师父顶着呢！"

山下一群天兵在那里叫骂威胁，他们却在山顶悠然品茶，这事怎么看怎么不妥当。她干笑道："回禀师父，徒儿只是不习惯而已。"

"第一次在这个地方喝茶，不习惯？"蓐收问她。

"第一次这么跩，不习惯。"

句芒"扑哧"一笑，眼角露出好看的笑纹，直笑得周身的肃冷杀气去了一大半。

"以后跟我在一起，就得习惯这么跩。"他说。

这句话似乎意味很深。云萝不敢细品，看到茶水烹煮好了，忙倒了一碗小口品着。

茶是好茶，水色清亮，上面浮着一层雪沫乳花。入口一抿，这仙茶果然香醇，让她郁结的心情顿时舒坦了不少。

句芒也倒了一碗茶水，放在嘴边轻轻地吹着气，道："蓐收，我可知道你为何总是这般逍遥自在了。茶能解忧，难怪你整日没什么忧烦。"

"做神仙，自然要有个神仙样子，不然都像你这样苦大仇深，谁还想做神仙呢？"蓐收指了指句芒，又指了指云萝，哈哈一笑，才低头抿唇品茶。

一顿茶喝足，天边果然飘来了五彩祥云。

那是仙帝使者专用的云彩。

云萝心事重重地放下茶碗。蓐收瞟了她一眼，自嘲道："都说茶水能解忧，看来我这茶水还是不够好，不能解你的烦恼。"

云萝苦恼地说："蓐收大人，我怕自己被别人当茶煮了。"

句芒恨铁不成钢地睨视了她一眼："兵来将挡，水来土掩，你怕什么？"

可那来的人是仙帝的使者，不是兵和水啊……

五彩祥云飘得近了，可以看清楚有一名使者站在上面。他看到下面的情形，面色肃然。

临到跟前，使者高声道："句芒大人，仙帝请你前去，你还不快将这里恢复原状？"

句芒不急不忙地晃了晃手中的茶碗："是为了云萝仙子的事？"

使者脸色不佳："那是自然。"

"你回去禀告陛下，我句芒有三个条件——第一，不能为难云萝；第二，不能为难云萝；第三，还是不能为难云萝。仙帝答应了这三个条件，我就放了这些天兵天将。"

"你！"使者怒了，却不好发作，"句芒大人，仙帝说了，不为难云萝仙子，只是请你和蓐收大人前去商讨仙界事宜。"

句芒这才起身，大手一挥，冰面开始融化，然后迅速化为河水流回星河中。五万天兵天将终于可以自由活动，却已是元气大伤了。

使者侧侧身："句芒大人果然是聪明人，这边请。"

云萝有些不安。

句芒回头看她："走吧，是福是祸，总要面对的。"

她重重地点了点头。

重新来到云霄殿，云萝心中的惶恐无可比拟。

出乎她的意料，仙帝和西王母坐在宝座之上，面色波澜不惊，并未动怒。

"句芒，你倒是会护徒弟。"仙帝的语气生硬冷厉。

句芒拱手说："仙帝，我想知道真相，曦华公主究竟是怎么回事，还有云萝的命格为什么会引出阴神？"

西王母叹了一口气："这件事就要从梦貘族说起了。"

梦貘族和这件事有关？

云萝太阳穴突突一跳。

西王母说："云萝，你心里一定是在责怪天宫责罚太重，对不对？其实梦貘族如果只是吃了仙梦，泄露天机，倒不至于让全族的人都被压在灵虚山下。"

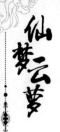

云萝失声说："娘娘，难道……"

西王母静静地看着她："你想得不错，梦貘族原本是正气浩然的异兽族群，却在一夕之间变成了阴神一派！"

"不可能！"她惊叫。

蓐收皱了皱眉头："仙帝、王母娘娘，阳神和阴神的分界线不是泾渭分明吗？梦貘是我阳神一派的凡间异兽，怎么会变成阴神呢？"

西王母摇头："当年那只犯错的梦貘，吃掉的根本不是司命仙君的梦，而是阴神的梦！从那时起，梦貘族就开始产生变化，许多梦貘变成了阴神……发现时，梦貘族已经有异兽偷偷跑到人间祸害百姓了！为了避免祸端扩大，天宫只好将梦貘族全族都压在灵虚山下，对外宣称他们只是违反了天条。当时只有三只梦貘没有变成阴神——一个是云萝你，第二个是祭司媸婳，还有一个是族长之子承湛。"

犹如身居冰窟又被浇了一盆冷水，云萝整个人都怔住。

"你想用幻珠救族人，天宫早有察觉，只是一直按兵不动。"西王母继续说，"后来媸婳用掉了幻珠，天宫虽然恼她不遵天条，但省去了幻珠这个大麻烦，也就罢了。"

云萝恍然大悟，但同时也有了另一个疑问。

"那曦华公主是怎么回事？"

西王母拧紧眉头，走了两步，回头问："你们可还记得曦华的仙宫？"

"记得。"

她猛然记起曦华宫里的五彩贝壳、珊瑚灵，似乎都是……海灵？

一个天宫的公主，所居的宫室怎么会有凡间海洋的东西呢？

"曦华公主其实并不是真正的六公主，她是一位上仙和鲛人的私生女，天生就有特殊的体质——亦阳亦阴。自她出生时，天宫就收养了她，并以月崇等阴物来补养她的所需。正如蓐收所言，我们之所以想要曦华嫁给他，就是为了让他的阳刚之气来镇住曦华体内的阴气。"

她惊得目瞪口呆。

"那位上仙……"

"上仙已经受到了天条的惩罚，可是曦华是无辜的。"

仙帝继续说："天宫之所以收养曦华，还有一个原因是——她体内有阴阳两派的力量，若是世间阴神的力量一旦有所壮大，曦华体内的阴神之血就能够苏醒过来。从这个角度来说，曦华的变化是一种征兆。"

"原来如此。"云萝明白了，同时又为曦华感到寒心。一直宠爱她的仙帝和西王母，对她又有几分亲情？

"云萝，你是那个破解阴神封印的人，只要你躲过这一万年，那么天地之间的未来都是风平浪静的。"西王母谆谆诱导。

仙帝含笑看向句芒："你现在明白了吧，我和西王母做这一切，都是为了六界苍生。一旦阴神完全苏醒，会将凡间异兽都收为己用，到时候遭殃的是人仙两界啊。"

云萝闭上眼睛。

句芒应该会明白的，谁让梦貘族率先变成了阴神，谁让她天生命格就如此呢？

然而，耳边突然落下一句："我不明白。"

她讶然，睁开眼睛。

句芒双臂环胸，冷冷地问："仙帝，既然凡间异兽率先变成了阴神，那就说明阴神现在潜伏在凡间——只要找出阴神的力量源并摧毁，不就可以制止这一切了吗？"

仙帝和西王母对视一眼："说着容易，做着却难。"

他反驳："如果不做，永远都难。"

仙帝的面子有些挂不住了，他清了清嗓子，继续说："在摧毁阴神的这个过程中，任何变数都有可能发生！现在最简单的方法，就是将云萝困在灵虚山。"

"你不觉得很可笑吗？"

"什么……"

"仙帝，句芒是说，很可笑。"一直沉默的蓐收突然开口，加重了语气，"仙界的安危、苍生的性命，竟然要一位女仙来独自承担。仙界的责任何在，天宫的意义何存！不可笑吗？"

仙帝拉长了脸。

句芒将手中的青龙利刃横举，双手抬起，字字铿然："启禀仙帝，我句芒愿意赶赴人间，找出阴神藏身之处，杀之，灭之！只求天宫不要责难云萝！"

云萝愣住了。

仙风四溢，轻轻卷起他石青色的披风，偶尔拍上她的脚踝，弄得脚上肌肤酥痒一片。

在世间过了这么久，第一次有人为她争，为她抢，为她留取一份逍遥自在的生活。她只觉得眼睛酸涩，几乎要落下泪来。

而那个为她拼尽全力的人，却回头轻斥她："别哭，我的弟子是不会哭的。"

云萝没出息，到底还是没有忍住眼泪。

仙帝神色稍霁，和西王母低声商议了几句，就柔声对她说："罢了，云萝，你和句芒一起去凡间灭掉阴神吧。"

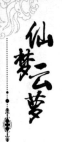

　　她惊喜地抬头："仙帝！"

　　"但是，你不要心存侥幸。"仙帝指了指水晶球，只见球中画面又有了改变。

　　这一次显示的地方是凡间，触目之处只看到焦黑的土地、衣衫褴褛的人们。他们脸上充满了愁苦，刚走了几步就无力地倒在路边。

　　"这是……"她刚刚惊喜的心情像被泼了一桶冷水。

　　"阴神的力量有所复苏，所以自然会有恶人横行世间。你和句芒可要抓紧了，不能让恶人再为非作歹。"

　　"谨遵仙命。"

　　蓐收懒懒地说："仙帝，为什么不让我跟他们一起去？"

　　"你是西方神兽，要镇守仙界，不可再下凡间。"

　　蓐收十分无奈地叹了口气，拍了拍句芒的肩膀："这么有趣，可惜我不能跟着去了。不要紧，我会送你一袋子仙器的。"

　　仙帝突然说："再多的仙器，也没办法找到阴神。"

　　"为什么？"他们不约而同地问。

　　仙帝负手而立，宽大的袍袖垂在身后，显出一派仙风道骨。他缓缓地说："仙器是用阳神的力量所铸，自然不能探寻阴神的下落。句芒，你的仙力在天界无人可以比拟，然而到了凡间，却不一定能够占上风。"

　　句芒明显不信。

　　仙帝微微一笑："我问你，假如一座城中藏有一颗明珠，你能将那座城夷为平地，只为了找出明珠吗？"

　　"不能。"

　　"假如敌人手中有成千上万的百姓做人质，你能不顾他们性命，将对方杀死吗？"

　　"也不能。"

　　"这就是了。"仙帝微微叹气，"人间和天界不同，你在和阴神打斗的时候，要注意不要伤了凡人性命，这必将变成你的掣肘。句芒，你已经习惯了强大，也习惯了用最直接的方式去解决问题，却没有意识到，很多时候用蛮力是解决不了问题的。"

　　句芒沉默了一会儿，道："那让我到凡间历练一番，也许能够有所长进。"

　　仙帝赞许地看着他："孺子可教也。你和云萝仙子立马下凡去吧。记住，不可以用仙术扰乱人间秩序。"

　　尽管前路艰难，但好过压在灵虚山下的万年。云萝不由得欣喜道："谢仙帝。"

第八章

乾坤日月待重昭 ⋮

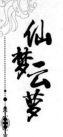

云萝和句芒走到南天门，望着万里高空下的凡间，一时有些感慨。

她头脑还是清醒的，如果不是句芒打败了五万天兵，仙帝也不会这样处处为她考虑，放她下凡除魔。

"送君千里，终须一别，就到这里吧。"句芒回身对蓐收说。

蓐收十分头疼地用玉骨扇挠了挠后脑勺："真是太可惜了，又少了一个茶友！有什么难事，你们记得知会一声。"

他眼珠子滴溜溜一转，凑到云萝耳旁说："告诉你，句芒刚愎自用，死要面子活受罪，吃软不吃硬，以后你和他多相处相处就知道了。"

"说什么呢？"句芒不满地一把拉过她，"蓐收，你多想了，有我在，我们不会遇到什么难事。"

"喂喂，这种态度就是刚愎自用啊！"蓐收不满地大喊。但是句芒腾云一眨眼就飘出去了好远。

"句芒，我想下凡之后，先去皇宫走一趟。"

"去看望婳婳吗？"

"还有承湛。"她补充了一句，却看到句芒的脸又黑了几分，连忙改口，"其实主要去看婳婳，顺便才看承湛的。凡间现在遭遇大难，我总要了解一下情况。"

他这才缓和了神色，淡淡地"嗯"了一声。

奇怪，他只是她的挂名师父，她干吗要向他解释这么多？

天界几个时辰，人间已经度过了三个多月。

彼时正是三月桃花雨，雨丝润得宫道的石板泛着一片亮亮的水光。往远处眺望，万重宫阙隐在淡淡烟雾之中，犹如琼楼玉宇。

烟雾薄薄，十分疏淡，却衬得宫阁景色格外好看，丝毫不逊于天宫仙境。

然而走近了一看，却依旧是檐牙如利角，廊腰如缦带的人间景致。宫苑里一步一景，宫殿高大巍峨，廊檐下有飞檐画栋，让她这样的仙人都忍不住心生敬畏。

皇宫内静谧无声，偶见路过的宫人，列成整齐的队伍经过。此情此景，更衬出这层层叠叠的宫室震撼人心的恢宏气势。

念动了隐身术，和句芒在宫道上走着，云萝的心潮久久不能平静。

云萝承认，她还是有一点儿害怕见到婳媚和承湛相亲相爱的场面的。然而这个念头在脑海中一闪而过，她不由得苦笑：如今想这些还有什么用？

句芒掐指一算，指了一个方向："你往那边走就行了，婳媚在香娆宫。你去吧，我在这里先休息一会儿。"

云萝看了看他半透明的身体："那你也要注意，不要被凡人发觉。"

他纵身一跃，跃上了红砖碧瓦的宫顶，拍了拍檐角上的螭，半开玩笑地说："你放心，这里是我的地盘。"

香娆宫是一座精巧的宫苑，里面种着一树树桃花，开得正盛。远远望去，犹如浮着一片绯红云朵，煞是好看。

看来，承湛对婳媚也是极好的。

云萝化作一缕轻烟坐在枝头上。从这个角度望过去，可以看到宫室一角。窗前搁置着青玉案，案上有纸有笔。雪白的宣纸上，还落着一枚桃花。

只是那纸上并未着一字。

蓦然，她听到一声女子的幽幽叹息声，接着有人吟道："楼外飞花入帘，奁内青烟疏淡。梦中浮光浅，总觉词长笺短。轻叹，轻叹，裳边鸳鸯成半。"

那声音正是婳媚的。

云萝压低身子，透过半开的窗扇看到，婳媚正坐在案前，穿一身鹅黄色春衫，眉间轻蹙，笼着一抹轻愁。

婳媚垂首看着那张雪白的宣纸，又自言自语地说："没想到，这首《如梦小令》真是昭示了梦貘族女子的命运——裳边鸳鸯成半，总是和自己的心爱之人相爱不相守。"

云萝大吃一惊。她和承湛到底发生了什么，竟然让她发出如此悲叹？

正想着，一名宫女走了进来，低眉顺眼地向婳媚施了一礼："娘娘，今天是你的寿辰，可要知会皇上一声？"

婳媚懒懒地回答："不用。"

"可是别宫的娘娘都是用这个法子让皇上来自己宫里的……"

"让你别去你就别去。"婳媚开始有些不悦，"那么多话干什么？"

然而话音刚落，外面通传的宫人就喊了起来："皇上驾到——"

云萝转移视线，只见承湛一身衮服走了过来，身后跟着两队宫人，连忙躲在花枝茂盛处。他眉目依旧疏淡，薄唇紧抿，似有不可言说的心事。

没想到，婳姵突然一个激灵站起来，将宫女赶了出去，然后迅速冲到门口将门关上，大喊："皇上请回吧！"

承湛身边的公公首先变了脸色："李美人，皇上刚下朝就来你这边，你怎可如此僭越？还不快快迎驾！"

婳姵大声道："皇上，满朝文武都说臣妾祸国殃民，红颜祸水，您再来臣妾宫里，可不就是让我更难做人了？"

承湛静静地看着那扇宫门，只淡淡地说了一句："我不管他们怎么说。"

"可是臣妾在乎！"婳姵声音哽咽，"皇上，您是明君圣主，不要为我一介女子……坏了朝纲。"

云萝整个人都呆住了。

为什么会有人说婳姵祸国殃民？她自变成凡人之后就没有什么灵力了，一个弱女子还能做什么？

承湛伸手推门，那只手在门上顿了顿，最后还是缩了回去。他叹气："那朕走了，婳姵。"

"恭送皇上。"婳姵落下泪来。

承湛转身离去，然而就在走到回廊的转角时，他突然顿步。

风丝拂过来，吹起他紫色的袍袖，而他就那样静静地站着，几乎就要站成一尊静默的雕塑。如果不是桃花悠然飘落，此情此景几乎要让人觉得是一幅画卷。

承湛转过身，缓缓说出了一句话："对不住。"

说完，他就大步离去。

婳姵靠在门上，一点点地委顿下去，最后伏在门扇上，云萝看不到她的面容。

是了，她是那样骄傲的女子，不肯让任何人看到她的眼泪。

云萝望着这空茫的宫苑，一时觉得就算桃花开得更盛更美，也填补不了人们心中的空洞。

瞥见案上的白玉美人瓢，她折了一枝桃花插了进去。桃花娇嫩，一枝风华绝艳，夺了东君犹带露。既然今天是婳姵的生日，那么这枝桃花就当作是贺礼吧！

"来都来了，怎么不出来见我？"媸姬的声音突然响起。

云萝蓦然一惊，飞进宫室落在地上，解了隐身咒回身看她："媸姬。"

她从地上站起来，依旧是妖媚的眉眼，袅娜的身姿，却有什么东西已经不一样了。

应该是尚未完全拭去的泪痕给她添了一些沧桑。

"云萝，我还欠你一句谢谢。"她说，"听说是你向王母娘娘求情，天庭才没有追究我私自逃出签筒的罪。"

"你为什么不见承湛？"

她苦笑："从迎娶我的那一天起，天下就大乱了——先是北方出了战事，现在南方闹起了瘟疫，还有地方有饥荒，于是就有很多大臣上书，说我是祸国妖姬。"

云萝想起西王母给她看的场景，说："媸姬，那不是你的过错，那是阴神的力量开始觉醒，许多恶人在世上横行所导致的。"

"阴神？"媸姬轻皱秀气的眉头，歪着头看她。

云萝牵起媸姬的手，只见那双玉手又细瘦了许多："媸姬，我这次来是向你道别的。"

媸姬猛地抓紧她的手："你要去哪里？"

云萝将阴阳两神相争，西王母对她的安排以及句芒大战天兵天将一一道来，媸姬听得紧张兮兮，几次差点儿惊叫出来。

听完，媸姬低头沉吟，突然眨巴着眼睛看她："云萝，你愿意带我一起走吗？"

云萝愣了愣，哑然失笑："媸姬，前路多坎坷，你还是不要去了。"

"你是不是觉得我现在一介凡人，带上我是个累赘？"

云萝连忙否认："不，我没有这么想，我只是怕你受苦。再说你走了，承湛怎么办？"

提起承湛，媸姬的表情有些黯然。她施施然走了几步，在美人榻上坐下。这些日子她清减了许多，站着如弱风扶柳，躺着如娇花落水。

云萝有些心疼，忍不住问："承湛是不是待你不好？"

"他对我自然是好，只是别人对我不好罢了。"媸姬淡笑着看云萝，"也许是老天对我的惩罚，毕竟我拿走了本该属于你的东西。"

云萝有些尴尬，望向窗外春日，道："媸姬，我和承湛已经永远结束了，仙凡有别，你是懂的。"

"是吗？"婤嬛低下头，揪着手中的丝帕，娓娓地说，"入宫之后，我的确很受宠，可是很快我就发现，原来这凡间讲究的是门当户对！因为我出身不好，所以受尽了鄙视。承湛处处维护我，反而让那些人更加记恨我了。"

云萝低头看着美人瓢中的那枝桃花，默默无声。

婤嬛继续说："如今天下大乱，承湛每日处理政务十分辛苦，我看着都心疼，可我什么都帮不上！真是讽刺，以前做签神的时候，我帮了他许多忙。如今结成夫妻，反而只能看着他一个人扛起整个江山……云萝，如果我能帮上承湛，何乐而不为呢？"

"所以，你要和我们一起？"

婤嬛来了精神，从美人塌上一跃而起，快步走到她面前："云萝，我要去！等到将来天下太平的时候，也有我的一份功劳，那些人就不会说三道四了！"

云萝记起婤嬛痛苦的拒绝以及承湛无奈离去的背影，不由得感慨万千。身为凡人，就注定要考虑别人对自己的看法，哪里像作为一只梦貘，生活在夜色山林里那般自由？

"好，那就跟我们一起上路。"

婤嬛这才露出如花笑靥："云萝，我就知道你待我最好了。"

云萝笑了笑，拈起美人瓢中的那朵桃花，为她簪在发髻上。

可是，句芒会同意带上婤嬛吗？

云萝有些拿捏不准，小心翼翼地将这个消息告诉了句芒。本以为至少要费一些周折，没想到他只是懒懒地应了一声："婤嬛当然可以去，她如果跟着，我们一路的花销就有人掏银子了，何乐而不为？"

婤嬛"扑哧"一笑："句芒大人真会说笑，承湛自然会给我们带足补给的。"

"补给倒不需要多少，关键是一份天下地图。"他凉凉地回答，并没有多少热情。

婤嬛碰了一鼻子灰，怏怏地不再开口。

翌日，承湛听说了此事，很快就赶过来见了他们。当时云萝和婤嬛正在窗前画桃花，清风吹来，婤嬛就画歪了一笔。

云萝故意嗔笑："你看你是什么定性？就算这纸面被风吹得跟麦浪似的，我依然能够画得齐整呢。"

婤嬛也当仁不让："说好了要为我补过生日，你怎么反倒挖苦我？"

云萝和嫘嬬相视一笑，然后越过嫘嬬肩头，就看到了承湛。

他并未让人通传，而是静静地站在门口，含笑地看着她和嫘嬬，也不知道站了多久。

嫘嬬忙放下画笔："皇上，您来了怎么也不让宫人知会一声？"

承湛默然，看着纸上的那一株桃花，声音里有些凄楚："嫘嬬，对不住，是我保护不了你，让你受尽非议。"

"别这么说。"嫘嬬将目光移往别处，"是我觉得这宫里太闷了，想要出去见一见大千世界。承湛，等我回来，一定没有人敢说我是祸国妖姬了。"

承湛点了点头，将目光投向她："云萝，只要压制住阴神，就一定能够让天下太平吗？"

云萝只觉一股豪气在胸中涌动，斩钉截铁地道："只要遏制阴神，就一定能够让日月重昭！"

"好！"承湛眸中涌起波澜。他将手中的木盒打开，从里面拿出一卷地图，铺开，对云萝说："这是一份天下诸国的地图，希望对你们有用。"

云萝一喜，连忙上前去看："山川河流都有标注，这份地图真详细！"

"你看，这里就是我们所在的宋国，这里是夏国，这里是漠北……"话音未落，那份地图突然渐渐变得透明，最后竟然消失了。

"怎么回事？"嫘嬬大吃一惊。

云萝一头雾水地向窗外看去，只见句芒一身青缎袍子，正倚在一棵桃树上看那份地图。"这份地图绘得不错，我收下了，谢了啊。"他说。

承湛薄唇一抿，凉凉地回道："没想到句芒大人堂堂上神，也玩这种不请自取的把戏。"

句芒嘴角抽了抽："反正你早晚都要将这地图呈给我的，何必这么麻烦。"

见跟他聊不到一块儿，承湛转身看向云萝，"云萝，自此一别不知何时再相见，不如你在这里多住些日子再动身也不迟。"

"最好住到等天庭来人把你领回去。"句芒不屑一顾道。

云萝赔笑道："承湛，斩杀阴神事不宜迟，以后相聚有时。"

承湛这才缓和了脸色："嫘嬬替我宋国斩杀妖魔，此事关系重大，所以在文武百官面前，我会替她设践行宴。"

云萝一笑："那就请尽快准备践行宴，我们好早日启程。"

115

句芒哼了一声，不再理她。

出发的那一日，天高云阔，金晖将淡云晕染得如同一匹上好的鲛绡，稀稀落落地铺陈在天幕之上。浩荡的长风飞来，卷得皇家幡旗在头顶上呼啦作响。

站在高台之上放眼望去，整个皇宫如一张硕大的棋盘尽收眼底，让云萝顿生豪情："真气派！"

句芒没好气地说："区区皇宫，怎可跟九重天阙相比！"

云萝斜了他一眼："句芒大人这几天怎么句句带刺？"

"只是不想让你看见这皇宫，就忘了仙宫。"句芒意有所指地说，"云萝，你要记得，你已是仙人，不可贪恋人间美景。"

"人间美景和仙宫不同，多看看也是好的，怎么能扯上贪恋呢？"

句芒一笑，不再在这个问题上过多纠缠。片刻，他又问："你说，我够资格做一个皇帝吗？"

云萝愣了愣，不由自主地说："如果论相貌美丑就能够当皇帝，你的确够资格。"

他顿时一喜，面上阴霾一扫而空："你说得极是。"沾沾自喜之后又问："那我和承湛比，谁比较适合当皇帝？"

这个……

这个问题该怎么回答呢？

云萝犹豫了半晌儿，才不情不愿地决定恭维一下，从齿缝里挤出了一个字："你。"

他顿时笑得更加灿烂。原本就是少年的面相，这样笑得开怀，更是平添了几分孩子气。

云萝无语地捏了捏眉心：这条龙还真是给点阳光就灿烂，给点雨水就泛滥啊！

不过也正常，想她当初不过是改了别人的梦给他画了张麻子脸，就惹得他百般报复，眼下自恃美貌也符合他的本性吧。

蓦然，有宫人高喊："肃静——"

云萝连忙站直身子，看到承湛带领文武百官一步步地走到高台上来。

送行的军队浩浩荡荡，一眼看不到头，承湛亲自带领百官来送行。

婀娜换了一身戎装，飒飒英姿让她多了一些与众不同的味道。承湛哈哈一笑，拿过一杯酒：“爱妃真是不爱红装爱戎装！这杯酒，朕就先干为敬！”

嫦娥回敬，声音铿锵有力：“皇上，不杀尽作恶的歹神，臣妾誓不回宫！”

云萝站在人群中看着这一幕，像看一场戏。戏中的两个人，一个为了摆脱红颜祸水的名声，一个为了安定自己管辖的疆土，却非要在众人面前表演出几分壮烈的味道。其实，他们的心未必不缱绻，却只能将情意深藏。

“云萝。”句芒突然轻声唤她，“你说承湛和嫦娥有心意珍珠吗？”

云萝一怔，这才记起他是问星河中那些凡人心事形成的珍珠，于是回答：“一定有，只是没有找到吧。你问这个做什么？”

他没回答，只是用黑曜石一般的眼睛看着她：“我觉得他们两人都不够坦诚，如果有心意珍珠倒简单了，直接将珍珠合二为一……云萝，我们以后不要这样虚与委蛇。”

云萝看着他，一时竟无言以对。他们，为何又要心意相通？

无论仙界还是尘世，总是有这样或那样的牵绊与无奈。

半个时辰后，军队出发了。

嫦娥、句芒和云萝坐在前头的一辆马车里，渐渐地驶出了皇城。一路上，嫦娥的情绪十分低迷，一句话都没说。云萝忍不住叹了一口气：“嫦娥，你后悔还来得及。”

嫦娥抬头看她，眼睛里隐隐有泪光：“不，我不后悔，我只是……只是觉得他如果多挽留我一会儿就好了。”

有泪落在她的银白软甲上，很快就消弭不见。

“那我们现在要去哪里？”虽已出发，云萝还一头雾水。

句芒向云萝腰间抬了抬下巴：“我们要去青丘找九尾狐，询问她找到玄图的方法。”

“玄图是什么？”

句芒说：“和仙器相反，玄图是一种玄器，可以探查出阴气最盛的地方，查出天下阴神的藏身之处。我们要找阴神，首先就要找出玄图。”

云萝看了看天色，瞥见不远处有一缕炊烟，不由得道：“很晚了，我看前面有个村落，还是先去填填肚子吧。”

云萝和句芒都是仙人，自然不用吃喝，可是嫦娥不同，她如今是凡人，经不起饿。

他们向着炊烟的方向走去，不到半个时辰，果然看到一处村落。白墙黑瓦青石桥，小桥流水油菜花，那村子景色十分美丽，约莫有上百户人家。

“这么大的村子，一定有酒馆之类的店铺。”嫦娥兴致勃勃地四处打量，突然好奇地

问，"怎么没什么店开张？"

云萝心生疑惑，果然注意到这些店铺都关着门，而且招牌非常奇怪，很多都和睡觉有关。比如，"香寐小筑""长梦馆"，而酒馆、茶楼或者布坊之类的倒没见着几家。

"居然没半个人影，真蹊跷。"句芒皱起眉头，"这里距离皇城不远，按理说瘟疫和饥荒都不会闹到这边的。"

可是刚才不还看到炊烟了吗？那就说明这里一定有人烟。

思及此，云萝快步走了几步，果然看到一个店小二正在酒馆里收拾东西，连忙上前说："小二，别打烊，我们还没吃饭！"

店小二奇怪地看了她一眼："这位客官，我们刚刚开张。"

云萝呆了呆，看了看外面渐黑的天色："你们做的是夜市生意？"

"客官，您是外地人吧？这是我们大西村的风俗，这会儿刚起床，每天只吃一顿饭，所以我这酒馆啊，也只开张两个时辰。算你们来得巧！"

婳嬛一听，脱口而出："你们只吃一顿饭，做两个时辰生意？那其他时间都用来干吗？"

店小二打了个哈欠："睡觉啊。"

睡……觉……

云萝扯了扯嘴角："你真幽默。"

"你们坐吧，要点什么？"

云萝想了想说："就来你们这里的招牌菜吧，要素的。"

他露齿一笑："好嘞！"

夜彻底黑了下来，外面街道上亮了灯。

句芒突然说："他没开玩笑，这个村子就是刚刚起床，你看。"

顺着他手指的方向，云萝看到街上果然有几个行人，挎着篮子，看样子竟像是去买菜。婳嬛惊得喃喃自语："可是，现在已经是晚上了啊，他们竟然睡得那么久？"

云萝沉吟："总之，这个村子不太寻常。"

正聊着，那店小二已经从后堂走了出来，将手上的托盘放下，给他们一一布菜："客官，菜来喽——"

菜品倒是还不错，三份素面，一盘青菜豆腐，一盘油炸花生米，一盘红烧肉。

云萝皱了皱眉头，指着那盘红烧肉说："小二，不是说我们只要素菜吗？"

店小二咧嘴一笑："客官，这不是肉，这是面筋！您尝尝，我们店里的招牌菜，叫作——梦貘肉！"

云萝呆住了。

妮婳也呆住了。

句芒倒还能保持镇定，慢悠悠地喝着茶水，眼皮子都不抬一下。

"你，你再说一遍，这是什么肉？"云萝怀疑自己听错，指着那盘菜看问。

店小二用十分洪亮的声音说："这是梦貘肉，香酥可口，保你吃了还想吃！"

"你们为什么要将这盘菜叫作梦貘肉？"

"不仅是我们这一家，全村的饭店都有这梦貘肉，不过我们家有独家秘方，做得最好吃！"店小二涎着一张脸说，"我们村的风俗就是吃梦貘，打梦貘……"

"你们为什么这么恨梦貘？"云萝忍不住问。

这个问题似乎难住了他，他摸摸后脑勺，说："这个恐怕得问族长了，反正在大西村，梦貘是不祥之物。"

从他的表现来看，没有一丝异样，而云萝也没有从他身上嗅到任何妖气。云萝道："知道了，你下去吧。"

店小二下去之后，云萝问句芒："你怎么看？"

他这才放下茶碗，向她和妮婳露出一个高深的笑容，然后执起竹箸，夹起一块"梦貘肉"吃起来，边吃还边品评："不错，味道很好，只是不知道梦貘肉是不是真的是这个味道。"

云萝差点儿气炸了肺："句芒！"

他这才收了揶揄的表情，笑着说："咱们还是抓紧时间吃饭吧，你没听他说吗，只开张两个时辰。如果晚了，说不定连客栈都找不到了。"

云萝和妮婳面面相觑，然后开始吃饭。这一顿饭，他们吃得索然无味。

吃完饭，走出酒馆，果然看到许多行人都急匆匆地往家里赶。句芒叹了一口气说："他们是赶着回家睡觉，咱们还是早点儿去找客栈吧。"

在村里行了一刻钟，总算是敲开了一家客栈的门。老板睡眼惺忪地给他们开了门，打着哈欠说："你们要住店就赶快，这都什么时辰了。"

"两间上房。"云萝连忙递过去一两银子。老板这才打开门让他们进去，随手指了两间房说："这一间是天蚕丝被褥的，这一间是云丝锦被褥的，你们要哪一间？"

云萝不动声色地推开其中一间房，只见房间中有一张大床，床沿距离房门口只有两步距离，除此以外空无一物。

"这……"云萝愕然。

老板不耐烦地说："这什么这？客官，虽然这床比不得村上的寐铺，但是也足够你们睡得足了。"

她记起在村里看到的奇怪店铺，忍不住问："香寐小筑和长梦馆都是卖什么的？"

"都是我们这里的寐铺，专门给客人睡觉用的。"

婳婳惊异地说："你们这里的人真喜欢睡觉。"

那老板越说越精神，索性一股脑地说了出来："也就我这种上了年纪的人知道，大西村都是给梦貘害得呀！"

云萝心念一动，紧跟着问："到底怎么了？梦貘在大西村做了什么？"

他将目光放远，似乎在回忆着什么："这都是我爷爷辈的流传下来的故事。很久以前，大西村里来了许多只梦貘，它们在白天可以化为人形，在夜晚就是兽形。起初，它们对村民很和善，帮助村民将噩梦赶走。后来，梦貘对我们说，要帮助我们每天晚上做香甜的美梦。"

云萝看了婳婳一眼，她轻轻地摇了摇头，表示不清楚梦貘族发生过这样的事情。

"那后来呢？"句芒问。

"村民们很信任它们，就按照它们所说的，将神药倒入村头的唯一井水中。村民喝了那井水，果然能够睡得香甜，每天都能做无数美梦。渐渐地，大西村的村民都不爱干活了，每个人每天就喜欢睡觉，每日只吃一餐饭。有时候，大西村的村民也很痛恨这样浑浑噩噩的生活，可是还能怎样？喜欢睡觉似乎已经变成了村民的天性，他们世世代代就这样睡下去，后来还开了专供睡觉的店铺。这里距离商道不远，来往的客人也多，勉强能混个温饱。"

"你们无法控制自己不睡觉吗？"

老板摇头："不能……梦貘让我们睡觉，就是为了食用我们的美梦，怎么可能会让我们轻易摆脱？所以我们都恨梦貘恨得咬牙切齿。如果不是梦貘，我们怎么能变成这样的懒骨头！"

云萝听得心惊肉跳，和老板聊了几句就进了房间。刚关上门，婳婳就急问："云萝，族中竟然出过这样的事？"

"没听说过。"云萝皱紧眉头。

句芒在旁边突然插嘴："云萝，你忘记仙帝的话了？"

"什么？"云萝一头雾水。

他说："仙帝说，梦貘族当年之所以从灵兽变成了恶兽，归顺阴神一派，是因为做下了许多恶事。这大西村大概是当年恶事的其中一桩吧。其实，每一个凡物心中都有善念和恶念。如果禁不住诱惑，做了坏事，恶念就会占了上风，这个凡物就会慢慢变成阴神一派的力量。"

婳婳像是记起了什么："我想起来了！"

"什么？"

"梦貘族唯一的诱惑是这天下有吃不完的美梦……三百前，梦貘族还没有被压在灵虚山下的时候，我记得有一只梦貘向族长提过，可以在凡人的饭食中下药，让他们长眠不起，这样美梦就一个接一个……"

"真是荒谬！"云萝又惊又怒。

婳婳拍拍云萝的手背，以示安抚："我和族长当时就驳斥了这种想法，后来我就不清楚了，也许那只梦貘偷偷和别的梦貘商议一致，用了这种龌龊的法子也未可知。"

云萝怒火中烧："我们梦貘是灵兽，从来都堂堂正正，没想到竟然出了这样的败类。"

婳婳沉吟了一下，说："既然是我们梦貘族犯下的罪孽，那我们就试着帮一帮大西村的村民好了。"

云萝也有同感，毕竟是梦貘族有错在先，如今为当年犯下的罪孽赎罪也是应该的。如此约定一番，他们决定等到天亮，就立即去寻找那口让全村人嗜睡的水井。

客房的被子果然十分舒适，轻柔薄软，让人犹如躺在云间，浑身没有一处不妥帖。云萝和婳婳共塌而眠，一觉就睡到了天亮。

云萝是被一阵敲门声惊醒的，只听句芒的声音在外面响起："云萝！你们要睡到什么时候？"

往窗外一望，她顿时大吃一惊，竟然是日上三竿的时辰，肚子也饿得咕噜噜直叫。婳婳躺在旁边，呓语了几声，翻了个身继续睡了过去。云萝连忙推了推婳婳："婳婳，起床了！"

婳婳打着哈欠说："不知道为什么，这床太过舒适，我睡得浑身酸软。"

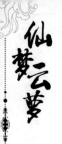

"已经快到正午了！"

她微诧，睡意这才散去："什么，竟然这么晚了？"

手忙脚乱整理好衣服，她和媥姬推开房门，只见句芒倚在门前，好笑地看着他们："昨天是谁豪言壮志地说，要为梦貘族赎罪的？"

"赎罪也不能不睡觉啊。"云萝心虚地接了一句，"你怎么不早点儿叫我们？"

"我敲门已经敲了好久了。"

"那也可以直接进来晃醒我们啊。"

句芒的脸颊突然有些发红。他躲开她的视线，说："我堂堂句芒大人，岂会有失礼数。"

云萝倒是没想到这一层，脸上也不由得一热，但见他比她还局促，忍不住生了几分逗他的心思："你不是说，上仙都除了情根了吗？既然无情，哪里来的色心，又怎么能算是失了礼数？"

媥姬"扑哧"一笑："句芒大人，听闻你是青龙神兽？可总觉得你是一条火龙——整个人都羞得要烧起来了呢。"

句芒愤愤地瞪了她们一眼，竟然使了一个遁风咒，一眨眼就不见了踪影。

云萝和媥姬站在原地，愣了一下，然后哈哈大笑。

第九章

青丘有狐生九尾…

云萝和婍婳找到村头水井时，句芒已经在此等候多时了。

他见她们走来，轻咳一声，说："你们过来看这井水。"

那里有一口青石垒成的水井，井沿上生满了青苔，打水用的水桶已经破旧不堪，上面有斑驳的刻痕，看来已经上了年头。

井水清亮，一悠一晃地映照出几个影子，似乎并无任何不妥。

句芒用水桶将井水打上来，然后对婍婳说："你喝一口。"

她一惊："喝了这井水，岂不是要再睡上好几个时辰？"

"是啊。"云萝皱起眉头，"而且婍婳现在是凡人。"

句芒认真地看着她的眼睛："正因为她是凡人，所以我才要她喝一下。我保证，婍婳不会少一根头发。"

"我喝。"婍婳接过水桶，低头喝了几口井水，然后用绢帕轻轻抹了抹嘴巴。

云萝紧张地问："婍婳，你感觉有什么不妥吗？"

婍婳也有些不安，只用手按住腹部，摇了摇头。

也许，这井水使人嗜睡的作用还要等一会儿。云萝紧张兮兮地瞅着婍婳，生怕她下一刻就睡过去了。然而等了快一个时辰，她还是好好的，丝毫没有困倦的迹象。

云萝疑惑地摸了摸她的额头："婍婳，你一点儿感觉也没有？"

她摇头。

奇怪了，客栈老板明明说，三百年前梦貘族在井里下过使人嗜睡的药物啊！

身后传来句芒的低笑。云萝回头一看，他正笑得肩膀颤抖："云萝，你也不想想，都过了三百年了，斗转星移，沧海桑田，再神的药力也该失效了！"

云萝恍然大悟："这井水根本就没有问题？"

他笑着点头。

"那村民怎么还会嗜睡？"

"也许是内心认为井水有问题，所以就不自觉地觉得自己应该睡觉。"句芒若有所思地说。

云萝眼睛一亮，喜滋滋地说："那我们现在将这个真相告诉他们，不就万事大吉了？"

句芒只是笑而不语。

他这似是而非的态度，让她顿时没了底气。可现在要让村民们从梦貘族带来的梦魇中醒来，只有这个办法了。

云萝打定主意，对婳婳说："我们去挨家挨户地告诉他们，井水根本就没有问题。"

婳婳愁容满面："这个村子可有上百户人家。"

云萝想了想，深吸一口气，拼尽全身力气向村子里大吼了一声："死人啦！要命啦！失火啦！起来救火啦！"同时，她还用了千里传音的秘术，保证让每一户人家都能够听到她的喊声。

果然，一阵噼里啪啦的声音响起，村民们忙不迭地从家中跑了出来，个个衣冠不整。"哪里失火了？"他们就像没头苍蝇一般左顾右盼。

云萝面带微笑，走上前说："大家请听我说——村子没有失火！"

"那你喊什么喊？"村民们十分不满地嚷嚷。

云萝继续说："我之所以想将大家喊起来，是想告诉大家——这井水并没有让人嗜睡的作用，梦貘所下的药早已失效！你们之所以贪睡，是因为摆脱不掉内心的暗示。"

死一般的寂静。

村民们直勾勾地看着云萝，一句话也不说。在告诉他们真相之前，她曾想过很多种场面——村民们要么悲愤异常，要么欢欣鼓舞，要么半信半疑，可不曾想过，他们听了这个消息，竟然半点儿反应都没有。

笑容僵在脸上，云萝求助地回头看着句芒和婳婳。他们也同样默默地看着她，显然也没预料到是这番光景。

终于，有一个看上去德高望重的老者："大家听我说……"许多村民纷纷向他望去，眼中充满了期盼和信任。

云萝顿时激动起来，管事儿的终于肯站出来了啊！

不料他接下来说的是："……这是一场梦，咱们还是各回各家睡觉吧。"

村民们附和说："是啊是啊，这一定是一场梦！咱们还是回去喽——"

云萝欲哭无泪，上前拦住他们："大家听我说，这不是梦，这是真的！井水真的一点儿问题都没有……"

可那些村民只是双目无神地看了看她，然后就打着哈欠回去了。最后句芒一把抓住她："算了，云萝，他们不会相信的。"

"为什么呀？"她悲愤异常，"他们难道都是呆子吗？"

"他们不是呆子，只是习惯了祖上流传下来的生活。你想想看，这么多年下来，他们已经习惯了这种生活，又怎么可能会相信改变他们生活的事情？嗜睡只是一个借口，关键

的一点是，他们已经从骨子里变懒了。"

"那怎么办？"

句芒斜靠在树干上，哼笑一声："我倒是有个办法。"

云萝心头发抖："你是想揍他们一顿，还是强制他们搬离村子？"

"都不是，这次要用智取。"

云萝和娟嬴异口同声地说："句芒大人，你也会智取吗？"

句芒并未动怒，只是将自己的计划如此这般说了一遍。云萝听了，顿时感觉心里有了底气。

很快，他们三人分头行动。娟嬴去商队必经的地方，云萝和句芒则揣着一兜银子敲开了酒馆的大门。

"怎么又是你们？"店小二作势就要关上大门。

云萝连忙递上一个银锭子："小二，行行好。"

他两眼一亮："看在银子的分上，你们有事快说。"

云萝道："等一下有商队经过大西村，你能不能让他们每天三餐都吃饱喝足，连吃十天？"

店小二两眼一瞪："不可！我们这里每天只吃一顿饭！"

云萝又递了两个银锭子。

他这才松了口，却面露难色："可以倒是可以，只是他们一天吃三餐饭，我还要和厨师商量呢。"

"如果厨师不想早起，那你就给他这个。"句芒拿起两枚银锭子，又扔给店小二。

他这才点头如小鸡啄米："客官放心，我一定督促厨师每天做三顿饭！"

她笑了笑："那就这样说定了，别忘了给他们做你们的拿手菜，梦貘肉。"

之后，他们如法炮制，又敲开了几户人家。

开门的村民十分不耐烦："你们烦不烦？不要打扰我们睡觉！"

"我们是来送银子的！"云萝将手里的银锭子在两手之间扔来扔去。

村民眼睛顿时亮了，随即又好奇地问："可你们为什么白送我们银子呢？"

"谁说是白送呢？"云萝呵呵笑着说，"你们收了银子，帮我们办事就成！"

"什么事？"

"等会儿商队来到这个村子，你们就用这些银子购买商队的菜种、丝绸、粮食和马匹，能做到吗？"

干活没人乐意，花钱谁不会！村民们乐呵呵地接过银子，连声承诺一定办妥。

做完这一切，已经是一个时辰之后了，云萝和句芒走到村头，忽听不远处传来一阵马铃声，还有女子清脆的笑声。

循声望去，只见商队往这边走来，媂姮坐在一匹高头大马之上，向他们挥手："云萝、句芒大人，西域的商队来大西村了！"

云萝心领神会，上前对一个走在前面的商人说："阁下光临大西村，真是不胜荣幸。"

媂姮用一种她听不懂的语言对那个商人说了几句话，那人才恍然大悟地点头，对她叽里呱啦地说了一大通。媂姮连忙说："他说十分感谢，想来尝尝这里的梦貘肉。我在人间这么久，早就通晓他们的语言了。"

商队一行人走进大西村。那个店小二十分热情地招待了他们，上了一桌桌丰盛的菜肴，商队成员对菜色赞不绝口。

吃完饭，云萝和句芒安排的那些村民都来了，用收到的银子购买了丝绸、粮食和菜种。之后，村民们偷偷来问她："大人，买了这些东西之后，我们要怎么办？"

云萝正要回答，小酒馆那边突然起了骚动。原本正在喝酒划拳的西域商人突然都站立起来，吵吵嚷嚷地拍桌子砸起了碗筷。

店小二和老板匆匆忙忙地走出来，对着商人连连作揖："客官请息怒啊，我等小店实在是承担不起。"

无奈语言不通，店小二只好求助媂姮。媂姮和西域商人们交流了一通，那些商人反而更愤怒了。

"怎么回事？"在酒馆外面围观的村民们都呆了。

句芒从酒馆一隅走出来，对身旁的骚动视若无睹，走到云萝身边才说："没事儿，西域商人吃喝都是事先付了钱的，但是小酒馆里没有那么多存粮，商人们闹着呢！"

媂姮在旁边添油加醋："哇，你们看到西域商人腰上的刀剑没有？一旦给了钱却吃不到饭，他们就会大开杀戒！哎，世事无常，刀剑无眼啊！"

村民们立即吓白了脸，两腿几乎支撑不住，站立不稳。

"大人，那该怎么办呢？求你们救救我们啊！"

"那店小二虽然偶尔臭着一张脸，但是人很好，我不想他死啊！"

"对啊，虽然店老板懒得出奇，身子太胖从不下楼，但是也曾给过我一石米，我怎么帮他？"

云萝故作高深地伸出一个指头，十分有节奏地摇了摇："你们现在只有一条出路了。"

"大人快说，一定要救我们大西村于水火啊！"

"大西村不能出命案！"

云萝这才做出一副痛定思痛的表情，指着从西域商队那里买了马匹的人说："这里距离集市很近，你可以骑马去赶集，用剩下的银子购买一些粮食和肉回来，然后卖给小酒馆，顺便捞点儿辛苦费。"

"好！"斩钉截铁的决心。

云萝再看向购买了菜种的人："你立即聘用那个买了铁器的村民，给他工钱，让他开辟一块土地，种上青菜，然后卖给小酒馆，留给他们做菜。以后再碰见这么大规模的商队，就接待得起了。"

"没问题！"气壮山河的回答。

她再看到那个购买了丝绸的村民："你和他同乘一匹马，拿着所买的丝绸去集市上售卖，就说是今年最新的款式，西域商人知道了，怎么肯让你抢了生意，自然不会在大西村久待！"

"太棒了！"喜极而泣的哭喊。

云萝又看向那个老者："你是老人，就负责督促村里的青年劳力将村外的荒地开垦出来，等来年长了粮食，你们可以将面粉卖给小酒馆，这样你们又有银子用了。"

老者颤巍巍地就要下跪。

云萝连忙一把扶住："别，千万别，这是折我的寿呢！"

村民们七嘴八舌地说："你是我们的救命恩人啊！"

"是啊，当初我怎么会对大人您那么冷淡呢？"

婳媚又试着和那些西域商人沟通了一番，终于，商人们不再生气，骂骂咧咧地坐下继续吃饭。

事情果然按照他们预计的路线发展着。不多时，骑马赶集的人回来了，马背上驮着几大袋粮食。小酒馆的老板殷勤地接过来，给了骑马的村民一锭银子，同时感动得老泪纵横。

不断有香喷喷的菜肴端上来，西域商人们喝酒吃肉，十分痛快，谁还记得刚才的不愉快？村民们明显都松了一口气。

忽然门外有妇人走进来，手里抱着两卷绸布。一个黑脸的西域商人大叫起来："那不是我们带来的款式吗？"

"客官有所不知，听说这种布匹在集市上卖得很好，是从其他商队那里买来的。"

西域商人们面面相觑，忽然那个黑脸的商人将手中酒杯砸了个粉碎："又被阿西勒那厮抢先了！咱们赶紧吃完，明天就去集市上出货，三日后去帝京！"

"说得是，这里不能久待了！"

店小二虽然听不懂这群人的话，但还是察觉他们去意已浓，提着的一颗心才吞回肚子里，那腿脚总算走得稳当了。

在酒馆外面围观的村民们终于放了心，三三两两地散去了。

事情告一段落，句芒让店小二上了好菜好饭。闹了这么一出，天色擦黑，小酒馆里点亮了大红纱灯。柔和的灯光洒下来，这一隅竟有了几分淡雅的味道。

"还愣着干什么，吃饭。"

云萝这才回过神，发觉句芒坐在她对面，正用一双浓墨般的眼睛看着她。她有些惴惴不安，直觉自己对句芒的感觉好像发生了一些变化。以前他捉弄过她，威胁过她，也帮助过她……手段都是直接犀利的，从来不会有其他考虑，只有自己先舒坦了，才会考虑别人的水深火热。可现在他用的这些小手段，让她觉得这样的他也挺可爱。

还有，就这样凑在一起吃饭，旁边有客人高声吆喝划拳，旁边店小二不时穿梭，感觉多了几分烟火的味道。

"心不在焉的，到底有什么心事？"娓婳笑嘻嘻地推了她一把。

"没事，只是觉得……无酒不欢。"

话音刚落，句芒就将一锭银子扔到店小二的手里："小二，上你们这里最好的酒！"

上好的女儿红，刚从树底下挖出来，坛子上还带着泥土的芬芳。云萝倒了一碗酒："师父，徒儿敬你一杯。"

句芒的眼中有复杂的情绪闪过。他将手中的瓷碗和她的一撞："总算心甘情愿入我青龙派了？"

"徒儿以前太过执拗，看不出师父的好，还请师父原谅。"

"油嘴滑舌。"句芒心里很是受用，只是手心居然微微出汗，"那你说说，师父哪里好？"

云萝上下打量了一下句芒，偷问娓婳："你说说我师父好在哪里？"

"不知道。"娓婳老老实实地啃猪蹄。

"自己想！"句芒不悦，紧紧盯着云萝。

她这才喏喏地回答："嗯，师父为人仗义，法力高强……"

"还有呢？"

云萝嘻嘻笑了，继续道："脸皮也比常人厚那么一点点，不然能想出今天这损招？"

句芒只觉得手心里的汗又冷了下来，默默地喝着酒不说话。

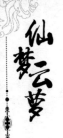

云萝终于察觉到不对劲，不满地道："师父，徒儿只是开玩笑。"

他不回答，半晌儿才搁下酒碗："刁徒，你听着，总有一天，为师要将你逐出师门！"

"师父不抓着我的错处，没办法将我驱逐的。"

"谁说没办法？"句芒醉眼蒙眬地靠过来，"师徒之间若日久生情，不就可以将你踢出青龙派了吗？"说完，他便伸了个懒腰，将剩下的酒一股脑倒进嘴里，晕晕乎乎地趴在桌子上睡着了。

云萝觉得脑中也晕晕乎乎的。

媞婳更是讶异，啃了一半的猪蹄"啪嗒"一声掉在桌子上。她指着云萝结结巴巴地道："他，他刚才……"

"别说话，先擦擦嘴吧！"云萝心跳得厉害，拿布巾往媞婳嘴上乱抹。擦到一半，她跺了跺脚，捂着脸跑了出去。

媞婳愤愤然将布巾扔在桌子上，对着她的背影怒骂："你们俩好好吃饭不行吗？非要整这些，弄得我也没心思吃饭了。"

那晚，大西村照样沉沉好眠。只有两个人辗转反侧，怎么都睡不着。

离开大西村的时候，村民们依依不舍地向他们告别。只是转身之时，云萝依稀听到有村民在议论："你们有没有觉得哪里不对劲？"

很快就有人否定了他的怀疑："哪里不对劲？大人给我们出的主意十分在理！"

句芒和云萝对视一眼，赶紧加快脚步。

路上，媞婳有些担心地问："你说，送走了西域商人，大西村的村民会不会又懒散下来？"

"不会，他们一旦尝到了勤劳的益处，就一定会改掉懒惰的毛病。"云萝拍了拍她的肩膀，"你这个主意很好，总算是将梦貘族当年犯下的罪孽给洗去了。"

媞婳苦笑："可笑的是，我已经不是梦貘了。"夕阳将影子拉得很长，瘦瘦长长的一缕，仿佛昭示着前途的飘摇与凶险。

三人御风而行，根据那张天下之图到了青丘。青丘之地峰峦叠嶂，密林郁郁苍苍。行在山路上，偶见银白色的山涧自万仞之高的悬崖上垂挂下来，四周浮着幽冷的水汽。

"九尾狐就住在这山峦中，只怕是早早得了消息，躲着不见我们吧。"句芒望着寂静无声的山林，唇角一勾，语带讥讽。

这么大的山林，一路走来不见飞禽走兽，就连鸟声啁啾都听不见一声。如果不是九尾狐故意躲起来，那可真是太奇怪了。

"去问九尾狐天下事，必得先献上九尾狐想要的东西。"云萝想了想，"难不成九尾狐知道我们是仙人，很难提要求，所以索性不见我们？"

"有这个可能。"婲婳说，"狐本多情，也多疑，会怀疑我们强迫于她吧。"

句芒闻言，沉吟了一下，向山林中高喊了一声："青龙句芒求见九尾狐仙！诚心所至，必不强求，还请九尾狐仙不吝赐教！"

回声飘荡在山林里，一圈圈地荡开去。果然，没过多久，半空中就传来几声嘻嘻的笑声。有大风剧烈地刮过来，摇晃着几步开外的一棵巨树，只听"咔嚓"一声响，那树的枝干竟然被风折断了一根。

云萝连忙向后躲开，却见那枝干掉落后，眼前视野豁然开朗。原来巨树和山谷另外一旁的树木之间架着一座仅容一人通行的竹编缆桥。那缆桥曲曲折折，架在数根大树树杈上，一直蜿蜒到密林深处去了。

句芒让婲婳和云萝走在前面，他则在后面保护。山风拂来，将桥身荡得晃晃悠悠的。桥下是万丈深渊，依稀可闻溪流的潺潺声。

在缆桥上走了半个时辰，也不知道走到了山中何处，只知头顶的树叶越来越密实，将日光挡得稀薄。

半空中又传来几声嘻嘻笑声。云萝定睛一看，眼前不远处的参天大树上架着一座悬空的木屋，缆桥的尽头正通往木屋门前。

她回头看了看婲婳和句芒，两人神色如常。彼此交换了一下眼神，云萝和句芒上前轻轻推开了木屋的门。

古朴的木门上面缠着藤蔓，开着零零碎碎的花朵。刚一推开门，一股淡香就扑面而来，在鼻翼两旁萦绕不去。

屋内光线很暗，然而却有一小块地方微微发着光。

那里坐着一名明眸皓齿的少女，穿着月牙白的曲裾深衣，缎子般的青丝流泻在地，正笑嘻嘻地看着他们，九条雪白的尾巴在身后晃来晃去。

"九尾狐仙？"云萝恭恭敬敬地一拱手。

那少女眨了眨眼睛，看向她身旁的句芒，娇声问："这位就是青龙句芒大人？"

句芒淡笑："正是在下。"

见九尾狐并没有恶意，云萝才将右手伸到身后，让婲婳一起进到屋中。九尾狐用明亮的眼睛打量了他们一番，开门见山地问："你们找我，是想问如何找到阴神？"

"九尾狐果然未卜先知。"句芒朗声说，"只是不知道那阴神如今在六界中的哪一界？"

九尾狐摇了摇其中一条尾巴，说："人界。"

"天下之大，怎么才能找到他？"

"仙在天之极高，阴神就在海之最深。"

云萝心中一动，依稀记起了曦华公主——西王母说，她是上仙和鲛人的私生女，难怪要用海中物来做她的仙宫。因为水为阴，所以阴神应该是在海底深处。

只是那海之极深是在哪里？

云萝忍不住问："还请狐仙告知，海之极深的具体方位？"

九尾狐面上浮起一抹诡谲的笑容，扫了他们一眼，才说："你不是打算要找玄图吗？有了玄图，就能找到海之极深的地方。只是要回答这个问题，还要你们付出一些代价。"

句芒波澜不惊地问："什么代价？"

九尾狐一指婳嬞："你是借助仙血和幻珠再世为人的，体质特殊，所以我想要你的一滴离情泪。"

婳嬞微诧，反问："离情泪？"

"不错，一滴离情泪……你原本重情重义，可惜情义两难全，好不容易得到了心中所爱之人，却要屈服红尘俗事，远走天涯。这样的一滴离情泪，是世间最苦的良药。"九尾狐将一个水晶瓶递过来，"来吧，想一想你今生最爱。"

婳嬞并没有去接水晶瓶，只问："我想问狐仙，你要这离情泪做何用处？"

九尾狐一怔，继而仰头轻笑："我果然没有看错人。你是怕我用这离情泪去害人？放心，这离情泪在我这里，只能是治疗心伤的良药。"

云萝好奇地问："泪水怎么治病？"

九尾狐用细长白皙的手指掩口而笑："世人愚蠢，总是感慨自己生不逢时，在俗世受尽苦楚，结果形成心病，纠结无比。如果让他们尝一尝这离情泪，就明白这世上还有更苦楚的东西——他们的心病自然就消了。"

婳嬞闻言，两道轻蹙的细眉这才松了："既然是治病救人，那我自当奉送离情泪。"

她从腰中取出一把小小的绢扇，徐徐打开遮在面前。透着光，依稀可以看到绢扇上的美人剪影。

云萝心中一时百味陈杂。和婳嬞相处这么久，她从未见过婳嬞哭，就算是哭，也绝不让别人看到。

没多久，绢扇后落下一滴晶莹的泪水，"啪嗒"一声落入瓶中。

娓婳整理好，才将绢扇合起来，只是脸颊上泪痕犹在。

九尾狐满意地接过水晶瓶封好，然后才看向云萝。她顿时有些不自在，问道："狐仙还有什么要求？"

她笑了笑，说："至于你，仙血珍贵，我就要你的一点心头血吧。"

云萝只觉耳边蓦然刮过一阵疾风，再定神的时候，只见句芒已经将青龙利刃抵上九尾狐的脖颈，刀锋之上闪着森寒的光。

"句芒！"云萝失声惊叫。

句芒并未看她，只是抬了抬下巴，冷声说："九尾狐仙，这就是你不够厚道了，你要心头血，岂不是要伤她？"

刀身光洁如镜，映出九尾狐娇美的脸庞。她丝毫不惧怕，脆生生地说："句芒大人莫要动怒，你可是说过是诚心诚意来见我的。"

"那也是有底线的！"

"我换一个要求就是了。"九尾狐伸出白皙柔软的手，将青龙利刃慢慢地压下。句芒这才收了刀，眼里闪着锐利的光。

九尾狐揉了揉太阳穴，道："我这几日睡得不安生，总是做噩梦……若是云萝仙子能将我的噩梦吃掉，我就无忧了。"

一听到"噩梦"两个字，云萝腹中顿时一阵翻腾。可是这比起心头血来说，已经足够宽容了。她思索了一下，道："好，我答应你。"

"云萝！"句芒唤她，声音里透着些许不甘。他转而对九尾狐说："你有要求可以向我提，何必要为难她。"

九尾狐低低地笑了："我有几个胆子，怎敢收青龙大人的东西？您是天神，尊贵无比，哪怕您送我的不过是一片龙鳞，这青丘都会成为江湖必争之地，再也没法安然度日了。"

云萝对句芒柔声道："不碍事，不过是几个噩梦而已。到了大太阳底下吐出来，噩梦就消弭不见了。"

九尾狐徐徐站起身来，她这才发现她身后有一扇门。九尾狐将手放在门把上，回头看她。句芒皱了皱眉，说："狐仙这是要避开我们吗？"

九尾狐抿唇轻笑："我是要去入睡，难不成你们也想跟着？"继而看向云萝："云萝仙子，你的意思呢？"

狐狸狡黠，不知道她避开娓婳和句芒，究竟是要做什么，可若是瞻前顾后，她若不肯说出如何找到玄图，那铲除阴神的大业就永远无法成就。云萝下定决心："好，我跟你

走。"

"云萝！"

她回头，只见婳嬅将手中的绢扇递了过来，眼神十分恳切："若是噩梦实在难以下咽，你可以嗅一下这绢扇……是用上好的龙涎香浸的。"

她点了点头，将绢扇收好，然后跟着九尾狐走进了那扇小门。那是一间闺房，中央放置着一张床，床上挂着绯红色的轻罗软帐，铺着绫罗绸缎。

九尾狐躺在床上，向云萝一笑："那就劳烦仙子为我食梦了。"

她闭上眼睛躺下，长长的睫毛如同羽毛一般轻抖，九条雪白的狐尾盘在身侧。云萝在床边坐下，耐心等待。然而等了约莫半个时辰，她并没有发现有梦境从九尾狐的额头上逸出。

云萝有些心急，于是唱了一遍《如梦小令》。一般唱完，所以熟睡的人们都会做梦。可即便是这样，九尾狐依旧没有做梦。

四周静悄悄的，就连松针落地都可以听到。云萝更加心焦，终于按捺不住，起身将小门轻轻推开。门的那一旁却空无一人。

句芒和婳嬅呢？

她预感到不好，急忙四处张望了一下，将木屋的门推开。外面依旧是山林簌簌作响，缆梯在半空中荡来荡去，却丝毫不见半个人影。

蓦然，有笑声从下方传了上来。

云萝俯身到梯边一看，望见谷底浅处有一弯溪流，岸上蹲着的女子正是婳嬅。她为句芒洗着披风的一角，而句芒则坐在一块巨石上。两人脸上带笑，听不清楚在说些什么。

只见婳嬅抬起白藕般的胳膊，擦了擦脸上的汗水，向句芒妩媚一笑。

"句芒大人，你和云萝真的日久生情了吗？"

他勾唇浅笑，脸上有一股说不出的风流倜傥："明明有两位佳人相伴，若是因为相伴生情，岂能只是和云萝一人？"

岂能……只和云萝一人……

云萝呆立在门口。流水在石头上击出碎银一般的水花，正如她的心正经受着冲刷，一遍遍，让她痛不欲生。

模糊地记起从前，婳嬅初次见到句芒，痴痴地说了一句：他长得还蛮好看的，我看啊，给个上上签也不为过。

她怎么就忘记了呢，婳嬅对句芒本来就有好感，谁能说得清，如今要跟着他们一起寻找阴神不是为了接近句芒？

云萝按住胸口，感觉一种剧痛从心头迅速蔓延到四肢，让她痛出了眼泪。

原来一场深情，还不如流水落花。此情错付，所托非人，竟是如此痛彻心扉！

她再也没有力气站下去，跟跄两步，忽然下定了决心，冲上云霄向帝京的方向飞去。

云雾成丝，在她身边缭绕不绝。云萝咬牙飞着，终于望见脚下如同棋盘的皇宫。

她也不知为何，莫名就记起了那人。他曾许她一场婚礼，曾在雪夜为她披衣，眼神温柔如水，缱绻无边。

云萝降落到香娆宫前。因为宫妃离开，所以宫门紧闭，门前也无人看守。她盯着大红宫门上的铆钉，眼泪一颗颗地流了下来。

彼时是初春景，她攀着桃枝往窗子里看，感慨婍婳和承湛居然那样心伤。没想到不过短短几日，人心就变了。

"你是谁？"娇声响起。

云萝悚然回首，看到一名宫装美人立在路口，正好奇地向看她来："你是哪个宫里的？"

说话间，宫门开了，一名小太监急步而出，向那宫装美人弯腰道："求主子体谅，皇上在里面大发雷霆，奴才方才进去回话了，才没看到这位小主。"

云萝忙解释道："我不是小主，是……"说到这里卡了壳，她竟然不知如何解释自己的身份。

宫装美人走到她跟前，突然惊喜道："我认得你！"

云萝茫然。

"我是白茹啊！"那美人抓住她的手，"是你帮我解的心结，从那以后我身子大好了，爹让我入宫选了秀女。"然后她神秘兮兮地凑过来，"多亏你送我的春宫，让我明白了好多道理。"

云萝这才记起来了：这位就是白家大小姐，为了句芒弄得假孕的那位！

"是了，正是我。"她想了想，"之前皇上命我和李美人一起去降妖除魔，我曾经在宫里住过一段时间，想必你也是有印象的。"

白茹点头："我记得，可惜那时候我身份低微，这里来不得，所以就没来拜见你。"

"无妨。"

"既然回来了，那就进去吧。皇上在里头呢，说想喝银耳粥，结果送饭的小太监手笨，把碗给打翻了，害得我又重新安排了一遍呢。"白茹俨然是这香娆宫的主人，拉着她的手往里走。

云萝停步，问："这香娆宫不是李美人住的吗？"

白茹羞赧而笑："皇上说了，这宫里没人住，院子里的桃花败了怪可惜的，皇上就赏了一半给我。"

赏给她了？

这才几天呢，承湛就宠幸了别的妃子？

云萝只觉得心头堵得慌，后退了几步，摇头道："我不进去了，皇上问起来，你就说，就说……"

她哽咽难言，只觉得心头恨意翻涌。这世上到底有谁是值得付出的呢？背叛过自己的婳嬅，薄情寡义的承湛，还有处处风流的句芒……

"你没事吧？"白茹上前一步。

云萝再也无法虚与委蛇下去，转身使了个隐身咒消失了。在一片惊叫中，她飞出了皇宫。

"云萝仙子，你要去哪里？"

风声凌厉，有人在不远处喊她。云萝扭头一看，正看到九尾狐飞在她身侧。

"我醒来到处都找不到你，没想到你来到大宋皇宫了。"

云萝连忙将眼泪擦拭干净，站在云端上不知所措："九尾狐，我对不住您，您的噩梦我可能无法帮您解了。"

"我懂，你是受了情伤，没法子施展法力了。"

心事被说中，云萝干脆选择了沉默。

"其实，从句芒和婳嬅出现的那一刻起，我就知道你们之间的纠葛。"九尾狐说，"他们之间暗生情愫，只有你还蒙在鼓里。"

云萝低下头，恍然看到手里还拿着婳嬅送自己的那柄扇子，不由得有些发怔。

九尾狐继续道："其实你完全可以送我一滴心头血。"

"为什么？"

九尾狐看着她说："看到句芒和婳嬅在一起，你的心很痛吧？只要痛了，就说明心上流了血。"

云萝皱起眉头。

"你别误会，心头血对于别人来说，是要拿刀子去剜的……对于你，却不需要。"

"难道取心头血还有别的方法？"

九尾狐点头："有，因为你是梦貘，吃了噩梦会呕吐。现在你只要把这个噩梦吞下去，你就会将心头血和噩梦一起吐出来。"

她将一个布包举起，遥遥地递给云萝："如果你愿意配合，我不但告诉你如何找到玄

136

图，还可以告诉你怎么把句芒大人抢回来。狐本多情，媚人的方法多了去了。怎么样？"

云萝喃喃自语："抢回来？"

"别掩饰了，你对他有没有情意，我会看不出来？"九尾狐略有轻蔑。

云萝吓了一跳，连忙否认："不！我根本就不喜欢句芒大人！"

"那你为何心痛？"

云萝怔住，不知如何回答。

"来吧……"九尾狐眯起眼睛，将布包又向前递了递，"吃下它，吐出心头血，我就告诉你让男人对你死心塌地的方法。"

布包里散出一股股恶臭，云萝只嗅了嗅，就几欲作呕。

一件物什硌着胳膊上的皮肤，那是婳媚送她的绢扇。云萝心念一动，将扇子从袖中取了出来，一层层地打开。

九尾狐轻蔑地说："你还看她送你的扇子干什么？她能抢你一次男人，就能抢第二次。你不如把那扇子撕了……"

绢扇上空白一片，什么也没有。云萝怔怔地看着，鬼使神差般拉住扇子两边。

撕了吧，心那么痛，总要发泄一下。

然而一丝闪念掠过脑海，云萝顿了顿，仔细端详了一下绢扇，然后收好放回袖中，抬眼看了看九尾狐。九尾狐愣了愣，似乎不懂她怎么突然变得那么平静。

"抱歉，这个梦我不能吃。"

"你说什么？"

"聪明的话，就将我从梦中放出来。"云萝淡淡地说，"我们现在应该是在梦中。"

九尾狐的脸突然扭曲得可怕，脚下的木屋也开始变形……恍然间，云萝睁开眼睛，发现自己正躺在床上，头顶是绯红色的轻罗软帐，而九尾狐正坐在旁边，手中是那个散发着恶臭的布包。

原来方才果然是大梦一场！

云萝向后退，腾然飞起在半空，冷冷地看着她："你竟然想用一个梦，诱哄我给你心头血！"

九尾狐见事情败露，不慌不忙将布包收了起来："没办法，我实在太想要心头血了……可惜句芒大人总是百般护着你，我只能用这种方法让你先心痛，再吃梦吐血。"

"你怎样让我睡过去的？"

九尾狐倒也不掩饰，耸耸肩膀说："我会做一种香料，叫作醉梦。你只要轻轻嗅上一嗅，就会昏睡过去。梦的内容，我可以自行为你安排。"

云萝从半空缓缓落下："原来是这样。我不能给你我的心头血。"

"为什么？因为我骗了你？"

"不是。"云萝定定地看着她，"你想用心头血去害人吧？"

九尾狐面容顿时有些狰狞："害人？我为什么要去害人？"

"心头血的根源是嫉妒，这种血天生就有剧毒。我在来的路上看到了不少兽夹，如果我没有猜错，应该有很多猎人来青丘山捕狐。你是想用心头血放入山泉中，毒死猎人？"

九尾狐一怔，掩口而笑："我倒是小瞧你了。"

云萝上前几步，说："寻找阴神并不只是为了天宫，更多的是为了天下苍生。九尾狐，如果你还有一丝良知，就请告诉我们如何找到玄图吧！"

九尾狐起身，掸了掸身上的衣裙，无奈地叹气："有句芒大人在，我怎么敢不告诉你？"

"那你告诉我。"

九尾狐取出一把小银刀，从身后的尾巴上割下一缕狐毛递给她："你们去江镇的祠洲渡口，拿着这缕狐毛做船资。愿意收下这缕狐毛的船，能够将你们带到专门贩卖玄器的店铺里。你们到了店铺，就想办法将玄图买下来吧。"

云萝用双手接过狐毛，小心翼翼地放入腰间荷包里，然后问："为什么贩卖玄器的店铺这么神秘？"

九尾狐笑得媚眼如丝："玄器上阴气太重，不能在白天售卖，当然要避开闲杂人等的耳目了。"

云萝点头："谢谢你。"

正要打开面前的小门，九尾狐突然喊住她："云萝仙子，你真的不要吐出心头血吗？那血盘旋在你心头，会对你有所损害的。你放心，我现在不会用心头血毒害猎人了。"

云萝摇了摇头，捂住隐隐作痛的胸口："不用了，这痛千真万确，就让它这样吧。"

不知何时，这颗心竟然还有感觉，会为了一个人而有所触动，有所感伤。就算痛彻心扉又如何？永远不会心痛的人，生又何欢？

九尾狐施施然走到她身后，低声对她说："云萝仙子，有一句话我想对你说。"

"什么？"

九尾狐神神秘秘地朝她勾了勾手指。云萝只好向她那边走了几步，只见她凑到自己耳边，轻声问："你腰中的宝剑叫什么名字？"

云萝茫然地摸了摸腰间："我也不知道。"

"叫凤剑。"

原来是凤剑啊，句芒从未对她说过。

等一下！

云萝试探地问："凤？"

九尾狐笑得得意："你果然不知道，句芒的剑是青龙利刃，你这柄宝剑是凤剑，和他的恰好是一对儿呢！"

云萝脸上一烧，喃喃道："许是凑巧罢了。"

九尾狐高深莫测地回答："是，也许是凑巧罢了……不过这世上的缘分，哪一桩不是凑巧？云萝仙子，你可不要辜负了这份'凑巧'。"

云萝心如鹿撞，忙打开门，抬眼便看到句芒站在面前。他见到她有些微诧，又有些惊喜："你没事？我在外面等了好久，怕你出意外，正想进去看看。"

屋内依旧很暗，可是面前清俊桀骜的少年，眼神清亮，映出了她的身影。云萝痴痴地看着他，和他目光相交，突然心上涌起一阵暖流。

原来心神相交是这样幸福的一种感觉，有人关心你，有人担心你，而你也在以同样的心情回应着他。那种感觉就好像羽毛在春风中轻摇，清流走过贫瘠的土地，大漠的上空飘来清越的驼铃声。

她默默地上前，一把抱住了句芒。他身体一僵，却并未推开她。

耳边是他的轻语："云萝，你怎么了？"

没怎么，只是……很想你。

不知过了多久，只听身后传来九尾狐充满暗示意味的咳嗽声，云萝才恍然惊醒，连忙放开句芒。他也是同样尴尬，移开视线不知该看往何处。

她看到身后空无一人，忙问："媭嬹呢？"

"你刚和九尾狐仙进去，她就说去外面走一走。"

云萝记起梦中场景，忙从袖中掏出那把绢扇。一点点打开，龙涎香馥郁的香气扑面而来，扇面上画的是几枝水墨桃花，开得正艳。

这桃花应该是承湛的手笔。她以扇子遮面，并不是不想别人看到她的软弱，而是看着桃花流了泪。

"我倒是忘记问你了，你为何识破了醉梦？"九尾狐忽然问了一句。

云萝看着那绢扇，喃喃地说："因为媭嬹告诉我，这扇子上有龙涎香。在醉梦里的时候，我打开扇子却没有嗅到任何香味……所以我就知道，我一定是在做梦。"

媭嬹不愿和句芒独处，送她扇子帮她解忧，而她却对媭嬹有过一瞬间的怀疑……

句芒似乎看懂云萝的心思，为她打开门说："她在外面，你去找她吧。"

缆桥上，婼婳背着她站立在桥边，背影清瘦，如瀑青丝散落在肩头，只用淡绿色的缎带束起一缕。

云萝突然感觉到一种彻骨的悲哀——那么久的岁月，婼婳都陪她走过，如今生命只剩下了几十年，她为什么还要对婼婳和承湛耿耿于怀，甚至怀疑她和句芒呢？

婼婳和承湛，不过几十年的生命了啊……

听到脚步声，婼婳回头，忙拉住云萝的手问："你吃掉噩梦了吗？感觉怎么样？"

云萝眼角一热，一把抱住她，将头埋在她的肩头。婼婳微微诧异，失笑地问："云萝，你怎么还跟个孩子似的？"

"婼婳，"云萝哽咽地说，"几十年后，你若是到了奈何桥边，一定不要喝孟婆汤。我要你记得我，记得我。"

婼婳轻拍她的背部，似是一种无声的承诺。

在这个浮华世界，红尘永远喧嚣，俗务永远不绝，却总有一种东西能够沉淀下来，值得去坚持和想念。

第十章

江南烟岚小群山……

最是一年春光好，繁花似锦柳如烟。

春日大好，春波碧水在石桥下荡漾，倒映出近处繁华的街道，以及两旁店肆里琳琅满目的商品。商街尽头，便是两条分岔口。一条路通往白丁所居的狭窄小巷，一条路上则是高门大院，家家户户有朱红色的大门，临街的窗户上蒙着绿色窗纱，远远望去，煞是好看。

云萝无意欣赏这样的美景，怏怏地跟在婳姗身后。自从那日被九尾狐点破了心头的秘密，她发现自己再也无法面对句芒了。

她居然会因为句芒吃醋……这的确是个足以毁天灭地的事实。那是自己的师尊，自己不能恋上他！

云萝抬起头，目光扫过去。句芒还是老样子，作凡人打扮，在集市上逛得不亦乐乎，只是那俊逸非凡的眉眼，走到哪里都吸引了无数目光。

"你们发现没有，这个镇子真有意思。"他指了指分叉口，"无论穷富，都能来这条商街做生意或者买东西。不似帝都，穷富不仅分开居住，就连买卖商品都要分开。"

"这位大爷相貌不凡，一看就知道是从帝都来的！"旁边有小贩耳尖，忙向句芒凑过来道，"大爷，给小娘子买盒香粉吧？小娘子一定喜欢，大爷也开心不是。"

小娘子？

云萝羞愤不已，恨不得立即踹翻了那人的摊子："谁是他小娘子？"

小贩没料到她是这种反应，见婳姗还是淡淡的，便笑眯眯地道："既然你不是他的娘子，那这位总该是吧？"

婳姗面上一红，斥道："别胡说！"

云萝心里酸溜溜的，扫了一眼句芒，却发现他还真的站在人家摊位前，认认真真地挑起香粉来。那是竹子做的粉盒，上面用粗劣的雕工刻了一枝桃花，普通却家常。

小贩自然不愿意放弃这个商机："大爷，这里还有上好的螺子黛。我看你们轻装简行的，小娘子肯定没带这些脂粉玩意儿，不如都买了去。嘿嘿，大爷就可以和娘子享受画眉之乐了。"

云萝又要发作，小贩这次有了经验，脖子一梗道："这位姑娘，人家大爷的小娘子又不是你，你恼什么？"

她一怔。是了，她恼什么呢？

无非是恼他还真的买了胭脂水粉，不知道这次是招惹白小姐，还是黑姑娘。云萝心里恨极，跺跺脚就走，居然还听到身后传来句芒对小贩的一句问话："什么是画眉之乐？"

云萝差点儿吐血。

小贩来了精神："大爷问话，小的一定知无不言。所谓闺房之乐，其中一样就是画眉。夫人晨起梳妆之时，对镜贴花黄，夫君在旁边帮忙给夫人画眉毛，别有一番情趣呢。"

句芒恍然大悟，丢出了一片金叶子："懂了，这些我都买了。"

小贩瞅着那金叶子，眼珠子都快掉下来了。

媪姗几步追上云萝，用胳膊肘捅了捅她："走这么快，给谁看呢？人家刚才不过是误会你是小媳妇了，你急什么？"

云萝面上滚烫，扭头就进了一家酒楼，挑了角落里的桌子坐下，她还是感觉心跳如雷，索性不开口。媪姗知道她的心思，只嘻嘻笑着不说话。

句芒跟过来，向店小二要了一些饭菜，然后将刚才买的螺子黛递过来："云萝，这个送你。"

云萝只觉得刚才好不容易消散下去的滚烫又涌上了脸颊。

"你，你送这个做什么？"

她目瞪口呆，句芒却是一脸淡定："这螺子黛很有意义，小贩说可以做闺房之乐。"

可以做闺房之乐不假，可关你什么事儿啊，送我又算什么事儿啊？

云萝再也忍不住，将杯子往桌子上一放："师父，你别为师不尊！"

很久没喊过他师父了，看来他是忘记了自己的身份不成？

句芒不解："我只是见别人姑娘家都喜欢这些，就买了送你，谁想到惹你不痛快。"说着，他将一块绢帕送给媪姗："这个送你。"

媪姗含笑接过，见那帕子的用料上乘，却没有绣花痕迹，便送到云萝面前："你瞅瞅，这上面可没什么东西可怀疑的。"

云萝被打趣得无地自容，只重新拿了杯子喝水。句芒倒是落落大方地将螺子黛再次推送过来，手指无意中碰到她的手背，在她心头激起了涟漪。

画眉之乐……

云萝望着那盒螺子黛，一时间出了神。

仙姻这东西，不是随随便便两名上仙就可以缔结的。她在成仙之前是一只梦貘，这就注定了升仙之后不能嫁给任何一位上仙。否则，所生的后代因为混入了凡间的血统，仙骨会发生改变，容易变成妖孽。

　　曦华公主，就是最典型的例子。她的父母不顾天条在一起，结果曦华公主的骨子里流淌着妖孽的血，很容易引发凡间的祸乱。

　　思及此，云萝再也开心不起来，闷闷地将那盒螺子黛放在袖中。

　　用过午饭，三人从酒楼里走出。

　　婗姬拉住一个路人问："请问，渡口往哪里走？"

　　那人奇怪地看了她一眼："这镇子只通水路，地形又不复杂，你们不就是坐船来的吗？居然不知道渡口在哪里？"

　　婗姬被问住了。总不能回答直接从天上降下来的吧？

　　云萝正欲解围两句，突然眼前金光一闪，就看到头顶上方落下一枚金叶子，正落在那人手中。接着，身后传来句芒冷冷的声音："我们从天上来的，你是说还是不说？"

　　那人看到金叶子，眼都直了，连声道："渡口好找，你一直往前走，过两个街口左拐就到了。"

　　"多谢。"依旧是冷冷的语调。

　　那人看都没看句芒一眼，慌慌张张地将金叶子揣进袖中，忙不迭地走了，那架势生怕句芒反悔，不该花这么高的代价来问路。

　　云萝有些无语，瞪了他一眼："句芒大人，你有必要这么高调吗？"

　　他云淡风轻地回答："我说过，和我在一起，你就要习惯这么贱。"

　　江城的词洲渡口，因为商船来往频繁而自发形成了一个小镇。这个商贸小镇一向富足，因为地理的缘故没有受到战乱之苦，算是江南比较安稳的一隅了。

　　白日的词洲渡口，停靠着许多船只，有货船也有客船，来往熙攘，人声鼎沸。

　　婗姬皱着眉头看着渡口，自言自语地问："云萝，九尾狐真的说是这个渡口吗？"

　　"九尾狐不会骗人，何况我们也是付了代价的。"云萝饶是这般说着，心里却没有底气。因为那些船夫吆吆喝喝的，正和一个个客人讨价还价，哪里有半分想象中神秘的样子？

　　"你说，他们哪一个会要他们的这丛狐狸毛呢？"云萝掏出狐尾毛，有些为难地问句芒。那束狐狸毛的末端已经用红丝线编好，以防止散落。经过天光一照，狐狸毛油光发亮，泛着水纹似的光泽。

　　句芒眯了眯眼睛，说："我看，他们一个也不会收。"顿了顿，他将狐狸毛拿过去，"我去试试看吧。"

　　他往渡口信步走过去，大概是因为身穿的锦袍太过扎眼，惹得船夫们纷纷停下手中的活计。

　　"这位公子，想要坐船吗？"一个船夫谄笑着问他。

　　句芒将几条船扫了一眼，问："船资几何？"

　　"看你去往哪里，银子是按照远近算的。"

　　句芒"哦"了一声："你们只收银子？"

　　船夫们对视一眼，咧嘴笑了："我们又不是开当铺的，只收银子，不收东西！"

　　云萝走到句芒身旁，低声对他说："看来这里的确不收狐狸毛，我们要不要再等等看？"

　　"等晚上吧。"句芒轻锁眉头，"卖玄器的店铺因为阴气重，所以大多数是夜晚开张，白天应该没有来接应的船只。"

　　媥嬿沉吟道："也只好先在这个镇子上住下了。"

　　云萝略微点头，正想和他们一起离去，忽然觉得肩膀被人狠狠地撞了一下，一个趔趄就失去了重心。句芒连忙扶住她，她才没有摔倒。

　　定睛一看，城东头来了一群家丁模样的人，撞她的正是其中一人。

　　"云萝，你没事吧？"媥嬿忙扶住她的胳膊，手指冰凉。

　　云萝摇头，转移目光看到那群家丁凶神恶煞地冲到一艘小船前头，大声嚷嚷："老头，让你家玉娘出来！"

　　老头白发苍苍，衣衫褴褛，见势不对，颤巍巍地就想去拉锚绳。几个家丁腾地跳上船，将他一脚踹开，骂骂咧咧："敢跑！"

　　家丁冲进船舱，很快就将一个十四五岁的少女揪了出来。少女一边哭喊一边挣扎："放开我，放开我！"然而一双肮脏的手很快就捂住了她的嘴巴，少女只能无助地发出呜呜的声音。

　　老头冲了上去："你们放开我女儿！"他一个老人家哪里斗得过几个身强力壮的家丁？很快，老头就被踹倒在地，沾了一身的泥土。

　　一个穿着绸缎衣袍的胖公子走了过来，皮笑肉不笑地对老头说："丁老头，你别敬酒不吃吃罚酒，你欠了我的钱，我让玉娘去做船工，这不是天经地义的吗？"

　　"做你的船工伤天害理，昧了良心呀！"

　　胖公子冷哼："良心？在这儿，我就是良心！"

云萝蓦然有些疑惑：是做怎样的船工，才会让老头儿觉得伤天害理？

念头只来得及在脑中一转，句芒已经上前一挡，冷冷地对家丁说："住手。"

胖公子一呆，脸上肥肉颤抖了几下，指着句芒大喊："你是什么人，和她有什么关系？我奉劝你少管闲事！"

老头伏在尘土里喊："我没有卖女儿，是你非要借我高利贷，我还了两倍的本钱也付不起利息！"

媱媪上前，朗声问："他欠你多少钱，我来付！"

胖公子眼睛一眯，色眯眯地打量了媱媪一眼，媚笑着说："小娘子，看你这面相阴气十足，不用你来还银子，只要你就可以了——"

尾音尚未消弭，他便脸色突变，"哎哟"喊了一声就躺在地上打起了滚。句芒笑容清淡，居高临下地瞅了他一眼，问："你要什么？我没听清楚，再说一遍。"

豆大的汗珠从他脸上滚下，胖公子伸出手指，指着句芒："来人，把他给我拿下！"

"你们敢！"云萝清叱一声，将腰中的凤剑抽了出来。句芒慢悠悠地将青龙利刃拔出来，却并不指着胖公子，只用一块白绢细细地擦拭着剑身。这悠闲的动作让家丁们面面相觑，却没一个敢上前。

胖公子的冷汗流得更多了，他对身后的家丁叱道："咱们走！"两名家丁将玉娘放开，她顿时哭喊着跑到丁老头身旁，将他扶了起来。

"慢！"句芒突然冷喝一声。

"我已经放了玉娘，你还想做什么！"胖公子气急败坏。

句芒缓声说："别以为我不知道你打的是什么主意……等我们走了，你岂不是还要来抢玉娘？不如就趁现在，你当着全镇子的人发誓，再不碰玉娘一根手指头！"

云萝钦佩地看了句芒一眼，想得可真周到。

胖公子哼了一声，道："我呸！有钱能使鬼推磨！我有钱还弄不来一个女人？"

句芒目光冷锐，往他那边一瞟，他顿时脸色一白，不由自主地摸着肚子："好吧，但是我们要打一个赌！"

"什么赌？"

胖公子一指委顿在路边的乞丐："那个人不名一文，你如果能让他买来一个煎饼，我这辈子绝不碰玉娘一根手指头！前提是，你们不许给他一文银子，也不许让摊主放水！"

云萝微微一怔。

"怎么样？"胖公子自以为得意地叉起腰，"你们不答应，就说明你们没理！"

让一个乞丐空手去买煎饼？云萝第一反应是用仙术控制那个卖煎饼的老板。

　　然而媱嫲突然拉了她的袖子一下，凑在她耳边说："云萝，千万不要上他的当。"

　　"怎么？"

　　"方才句芒用仙术让他腹痛，他大概知道我们不是寻常人士。如果你再用仙术让乞丐买到煎饼，那他就可以堂而皇之地指认我们是妖邪，好赶我们出去。"

　　句芒也低声道："媱嫲说得有理，仙帝说过，不可用仙术扰乱人间秩序。"

　　云萝想了想，计上心头，微微一笑说："你们急什么，我有不用仙术就让乞丐买到煎饼的办法。"

　　"哦？"句芒眼眸里盛满笑意，"难不成，你的办法就是当一个煎饼店老板娘？我可以勉为其难地做一回煎饼店老板。"

　　云萝只觉脸上一烧，咬牙切齿地说："胡说什么！"然后上前走了两步，对那胖公子说："好！我有本事让这个乞丐买到一张煎饼！你可要说话算数！"

　　"我说话绝对算数！"胖公子瞪圆了眼睛。

　　许多行人被吸引过来，将他们围成了一个圈，有人喊："小娘子，你别白费心思了，沈公子是这镇上的大户，哪里有煎饼摊子敢得罪他？"

　　她理也不理，只走到那个乞丐面前："想不想吃煎饼？"

　　他抬起一双麻木的眼睛，点了点头。

　　她低声交代了他几句，然后说："去吧，你一定能够弄到煎饼。"

　　乞丐眼神一亮，站起来向一家煎饼摊子走了过去。

　　胖公子高喊了起来："事先说好，不许抢，只能买！"

　　云萝朗声道："当然，他会让煎饼老板心甘情愿地送一张煎饼给他！"

　　胖公子不屑地讥讽："这世上有谁会白送他一张煎饼？"

　　媱嫲也担忧地问："云萝，你到底有没有把握？"

　　只有句芒颇带玩味地看着她，对媱嫲说："我看，她定是有了什么鬼主意，我第一次遇见她的时候，她就一肚子鬼点子。"

　　云萝嗔怒："谁一肚子鬼点子？那不过是随机应变罢了。"

　　说话间，乞丐已经挠了挠大腿，向煎饼摊子走过去。许多人开始在背后指指点点，窃窃私语他定会被人赶走。突然，那乞丐以雷霆不及掩耳之势，向煎饼摊子打了个喷嚏。

　　煎饼摊子的老板一抹脸，怒道："你干什么？"然而他看到的只是一张向他嘻嘻笑着的脸。那张脸脏兮兮的，散乱的头上还挂着不明物质的结块，顿时让他恶心欲呕。

　　老板心痛地低头看看正在摊着的煎饼，锅铲一扫，将整个煎饼向乞丐扔了过来："拿着煎饼快点儿滚！"

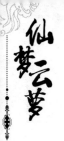

乞丐连忙将煎饼接住，低头就大嚼大咽起来。

云萝"扑哧"一笑，问胖公子："这可算是让他不花一文就买了煎饼？"

"你……你……"胖公子一句话也说不出来，突然指着肚子，杀猪一般地号了起来，"这个家伙刚才瞪了我一眼，我肚子就好痛！他是妖孽！"

云萝打量了一下句芒，嗯，长得这么俊，是挺妖孽的。

众人纷纷鄙视胖公子："省省吧！沈公子，你是不是中午吃太多了，撑得肚子疼？"

胖公子被噎得一句话也说不出来，只好甩了甩袖子："走！"一群家丁灰溜溜地跟着他离开了。

玉娘走到他们面前，恭顺有礼地屈膝行礼："谢过三位恩公。"

云萝忙扶起她："快起来，去看看你父亲怎样了。"

丁老头感激涕零，热情地将他们往船舱里请："几位恩公，我丁老头无以为报，只有粗茶淡饭，还请几位不要嫌弃。"

云萝进了船舱，只见内里布置朴素整洁，不由得说："玉娘是个持家的好女儿。"

玉娘羞红了脸，那双水汪汪的眼睛中却带着悲切。丁老头叹了一口气："也是我这女儿命苦，唉……"

想来必定是有什么不堪的往事吧。云萝接过玉娘递来的热茶，随口问："沈伯父，我想问一下，这词洲渡口可有什么不收银两，只收九尾狐毛做船资的船只？"

玉娘蓦然一惊，跪地凄然地说："恩公！莫非恩公有九尾狐毛？"

婳婳忙去拉她："你快起来，有话好说。"

玉娘含泪说："沈家公子不知从哪里弄来一条怪船，听说只能让命格极阴的人当船工。他先是借给我爹高利贷，然后来讨债，趁机抓去了我大哥去做了船工。若是有人要乘船的话，就要用九尾狐狐毛做船资。一年之内收不到狐毛，我哥哥就会一辈子困在船上，没办法下船。现在，沈公子又打起了我的主意，想要在我大哥被困之后，让我代替大哥去做船工……"一语未了，她低头拭泪。

丁老头也悲痛地说："那九尾狐狐毛在江湖上售价惊人，沈公子打的就是这个主意！恩公，这大半年来，我不知道是怎么过来的呀。"

真是踏破铁鞋无觅处，原来那以狐狸毛为船资的船，就在这里！

云萝忙说："你们别急，我有九尾狐毛，现在就是想知道，这船只要怎样才得一见？"

丁老头说："后天就是四月初四，是一个极阴的日子，到了半夜三更，这船就会靠岸。"

句芒说："这船夫收了九尾狐毛，就会从船上解脱出来？"

"是的，沈公子请来的那道士是这么说的。"玉娘按捺不住喜色，又提起伤心事，一时间不知该是喜是忧。

云萝忙安慰她："你放心，你哥哥一定能够平安回来。"

她这才破涕为笑，笑弯了一双眼睛。

转眼过了两日，便是四月初四。到了夜半三更，句芒、婳嬬和云萝一起来到渡口。

因是深夜，所以镇子上一个人都没有。渡口也只有丁老头一艘船亮着灯。玉娘早早地在船头站着，见他们来，忙招手："来这边。"

他们上了船，只听四周静悄悄一片，月光洒在水上，一片流光。正想问玉娘怎么回事，她将手指伸到唇前做了一个嘘的动作，然后悄声说："来了。"

云萝侧耳一听，果然有丝竹管弦之声自远处向这边飘来。

那是一座十分华美的画舫，舫上挂着竹青色纱帘，随风摇摆。画舫渐渐向这边驶来，那乐声也越来越响。

到了跟前，只觉满目华光流溢，香氛萦鼻。那画舫前头立着一位身形颀长的青年，正满目切切地望着玉娘。玉娘颤声道："哥，你终于来了。"

"妹妹，让你受苦了。"林哥也是满目殷切，两脚却如黏住一般不能挪动。

句芒走上前，举起九尾狐毛，道："这些作为船资，可够？"

"够，够！"林哥激动得声音都在发抖，"不知是哪路高人解救？"

"你并不需要知道我们是谁。从今夜开始，我们会毁掉这艘船，让沈公子没办法再害人。"句芒一字一句地说，然后回身对她们说："上船。"

林哥接了那九尾狐毛，突然手心里升起一抹火焰，瞬间吞没了狐毛。等到火光熄灭，他试着挪动两脚，惊喜地发现那股无形的禁锢居然消失了。

玉娘和林哥喜极而泣，向他们连连拜谢。云萝低声对句芒说："咱们走吧，别打扰他们。"

上了船之后，无人划桨，画舫竟开了。

舫里并无歌女，丝竹管弦之声却缭绕不绝。船舱十分简洁，只有一张黄花梨木的小桌，桌上有茶水点心。四周的镂空船壁上，倒是挂着许多幅字画。其中一幅写着：客上天

然居，居然天上客。

字体遒劲有力，运笔潇洒畅快，犹如游龙戏凤般洒脱。

云萝将"天上客"细细品了一番，笑了："你们来看，这写字的人倒是知道我们的身份呢。"

句芒撩袍坐下："敢卖玄器的人，自然是有几分修为的。"

娬嬚在桌边坐下，拿出鬼壳占卜了一下，皱着眉头沉吟不语。

云萝忙问："是不是占出了不好的东西？"

娬嬚疑惑地说："这可奇了，词洲渡口旁的也没什么山，可这卦象分明是……我们最终目的地是一处山林。"

云萝向外一望，只见乌黑的湖面上依稀可见水雾缭绕，不由得暗自吃惊。在渡口时，她分明记得天上明月皎皎，现在怎么一派愁云惨雾？

句芒拍了拍旁边的锦凳："坐吧，估计还要行驶好一阵子。"

见他神色并未改变，云萝才将心定了定，在他身旁坐下。不知从何时起，句芒总是让她心安。一坐就觉十分困顿，她忍不住沉沉睡去了。

醒来的时候，外面已经天光大亮，只是白雾一片，什么也看不见。抬头一看，句芒也在旁边闭目养神，娬嬚则坐在不远处支着额头。

"醒了？"句芒睁开眼睛，抬手为她拨了拨有些凌乱的鬓角。

云萝心慌意乱地扭过头："现在到哪里了？"

句芒看了看外面，淡然说："应该是到了。"

娬嬚伸了个懒腰，站起身捶了捶腰背。她向外望了望，顿时吃了一惊。只见云海茫茫之处，立着层峦叠嶂的山影，如一只巨兽蛰伏在云中。低头一看，那画舫下面哪里是河水？竟然虚浮在半空，船下就是万丈山谷。

天上云层太厚，太阳也不过指甲盖般大小，几乎看不到轮廓。

云萝上了甲板，低身，伸手拨了一下画舫下的云丝，只觉沾手湿凉。再看那山影，随着画舫的前进越来越清晰，正如一幅水墨画卷，渐渐露出了真面目。

山上秀丽壮美，生着许多株火红的杜鹃，在白雾中尤其夺目。句芒从船舱内走出来，皱了皱眉说："估计因为我阳气太重，这船才走得慢了。"

"你们看！"娬嬚指着前方惊叫。云萝定睛一看，半山腰竟然停着许多艘画舫，和他们乘坐的这艘一模一样。

句芒淡笑着说："看来不止我们一个人想买玄器呢。"

画舫行到半山腰，和那些画舫停在一处，她才看到面前有一个巨大的山洞，里面漆黑，透着潮湿的气息。三步并作两步跳进山洞，他们向里面小心翼翼地走去。

山洞很长很黑，只能靠句芒燃起的咒火取明。行了大约半个时辰，一转弯，眼前突然豁然开朗，别有洞天。

那是一个巨大的石室，四壁点着火把，地上铺着黄澄澄的地毯，远处有一个巨大的石座，上面已经有人落座。座下早已聚集了许多形色各异的人，都用异样的眼神看着他们。

甫一进去，就听到有人高喊："最后三位客人到——"

喊话的是一个半透明的人，看不清楚面容。云萝看得毛骨悚然，直往后退，靠上一个坚实的肩膀，回头看到句芒正定定地看着她。

"我在的。"他轻声说，似是安慰。

座上那人身穿金黄拖地袍子，生得黑胖，座下聚集的人喊他杜鹃宫主。他冷冷地扫了一眼殿内，用又尖又细的声音说："今日诸位都是来买玄器的客人，按照老规矩，先展示一下所带财物吧。"

一人出列，将手上拿着的箱子打开，里面装满了金灿灿的黄金。

第二人出列，打开手上的箱子，里面装着的是数颗夜明珠，颗颗饱满璀璨。

……

云萝低声问婳婳："我们还有多少银两？"

婳婳皱眉说："钱倒是不少，可都是银票。哎呀，早知道他们要现钱，我就取了再拿来。"

"这些人是见不得光的，哪里会拿着银票去钱庄里取？"云萝恍然记起这一层来，心顿时往下一沉。

四周突然一片静寂，她抬头，看到众人的目光都集中在他们身上，于是硬着头皮上前说："宫主，我只有……银票。"

众人顿时哄堂大笑。

云萝无措地看向杜鹃宫主，只见他拈着兰花指，笑嘻嘻地说："看来这几位客人是生人，谁人不知我们从不出山啊？"

句芒突然低笑一声，问："既然从不出山，那你要这么多宝贝又有何用？银票你们都没办法去钱庄取钱，那么珍珠古玩你们倒是能用来做什么？"

杜鹃宫主脸色一变，怒道："哪里来的小子？竟敢扰乱我杜鹃堂！"周遭的气氛顿时紧张起来。

句芒不慌不忙地说："宫主息怒，我也是带了宝贝的，既然你看不上银票，那么我给你其他宝贝就是了，保证你们珍之惜之。"

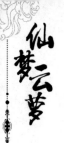

"什么宝贝？"杜鹃宫主的眼中闪出了精明的光芒。

句芒微微一笑，漫不经心地说："那就是诸位的性命——难道你们不珍惜吗？"

"你！"杜鹃宫主顿时又惊又怒。

"如果你将我们赶出去，我将杀掉这里所有人。宫主，你说，性命算不算宝物？"

许是慑于他气势逼人，杜鹃宫主顿了顿，向周围那些半透明的人看了一眼，他们都后退了几步。

情势稍微缓和了一些，云萝在心里长舒了一口气。

只听杜鹃宫主说："三位客人既然来到我杜鹃堂，那不能不守这里的规矩吧？我不赶你们出去，只是要买我杜鹃堂的东西，还得问一问混沌兽同不同意。"

周围的人纷纷点头，七嘴八舌地说："是，断不可坏了规矩！"

句芒抬了抬眉梢："混沌兽？"

杜鹃宫主拍了拍手，就有一个半透明的人牵着一头野兽从座后屏风处走出。那是一头浑身淡紫、肥硕无比的野兽，有六只脚、四只翅膀，没有眼睛，只有嘴巴。

婳嫿对云萝低声道："混沌兽据说是一种奇兽，不识善恶，不明黑白，所以才被人叫作混沌。"

"只是不知道杜鹃宫主将混沌兽拿出来做什么？"

杜鹃宫主拍了拍手，有几个人搬来一张桌案，案上放置着几件玄器，分别是一盏普通的灯台，一根有胳膊长短的细亮的银针，一块缀着黑色璎珞的青铜令牌，以及一份卷起的地图。

云萝忍不住多看了玄图两眼。只见那玄图的纸张古老泛黄，画轴用黑铁铸就，两端嵌着红色宝石，在烛火的映照下泛着神秘的流光。

"诸位，这几样玄器分别是引魂灯、灭灵针、地府令牌和玄图。混沌兽认为是善人的，才有资格买下玄器。事先说好，若你们选了同一样玄器，价高者得！"

众人看到那些宝物，就像见到了举世无双的宝贝，纷纷摩拳擦掌。

只见一人走到混沌兽面前，混沌兽嗅了嗅，说："善人。"

那人立即欣喜若狂，将手中的金子奉上："宫主，我要买那引魂灯。"

杜鹃宫主点了点头。那人放下金子，取了引魂灯，喜不自胜。

第二个人走上前，将夜明珠放下，混沌兽照例嗅了嗅才说："天下最好的善人。"

那人顿时喜不自胜，嗓子里发出粗噶的笑声："宫主，我想买那地府令牌！"

杜鹃宫主也同意了。

云萝这才将心放下，对句芒低声道："看来咱们买那份玄图也没问题了，你说，咱们不是好人，谁还能是好人啊？"

句芒低头看她，轻轻一笑："你真的以为混沌兽能认出好人坏人？"

云萝一怔，正想说什么，忽然听到杜鹃宫主开始大声喊下一个。她连忙走到混沌兽跟前。混沌兽在她脚边嗅了嗅，瓮声瓮气地说："恶人！"

云萝大吃一惊，后退一步道："你胡说，谁是恶人！"

杜鹃宫主冷笑："云萝姑娘，你可不要不遵守规则。混沌兽说谁是恶人，谁就是恶人，不能购买玄器！"

"云萝，我来试试吧。"媗婳从身后走过来，在混沌兽身前站定。混沌兽这次犹豫了一下，但同样说："恶人！"

杜鹃宫主哈哈大笑："按照规矩，玄器不能出售给恶人！"

云萝知道是他从中做了手脚，怒火焚心，却也无可奈何。

句芒毫不在意，优哉游哉地走上前。杜鹃宫主忙抢先一步说："先说好，你若是被混沌兽认定为恶人，就不许购买任何玄器！"

"那是自然。"句芒不慌不忙地说，"如果混沌兽认定我是恶人，那我立即离开杜鹃山，绝不食言！只是也请宫主遵守诺言。"

杜鹃宫主抬了抬眉毛，阴阳怪气地回答："我向来千金一诺，说到做到！"

"那就好。"

句芒稳步上前，往混沌兽面前一站，任由混沌兽轻嗅他的脚面。只见那混沌兽犹豫了一下，什么都没有说。

四周顿时静得如同结了一层厚厚的冰。众人都屏气息神盯着混沌兽，等待着它口中的判决。

良久，混沌兽才说："善人。"

杜鹃宫主大为惊愕，似乎不相信自己的耳朵。

句芒哼笑："宫主，你可要遵守诺言。"

云萝一喜，上前捧起玄图，道："杜鹃宫主，这世间再也没有比你们的性命更珍贵的东西了，想必你心中也很满意这个价格吧？那我们就将玄图拿去了。"

句芒将玄图拿过来，仔细查验了一下，才说："杜鹃宫主，我们就不打扰你了，告辞。"说罢向杜鹃宫主一拱手，然后就转身离去。

云萝感觉一颗心跳得厉害，偷偷问句芒："你刚才是怎么做到的？"

他浅笑，眸子里漾起一层浮光："混沌兽不识善恶，但在这里能够分辨善恶之人，你不觉得奇怪吗？"

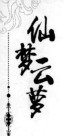

"是杜鹃宫主做了手脚？"

"西方有灵树，上面结满了恶果。给混沌兽吃这种恶果，它就会将好人认作恶人，将恶人认作好人。方才我偷偷地给它输入了一些恶念，所以它就将我认作好人了。"

原来是这样。

婳嬬走得慢了些，云萝忙拉了她的手一下，暗示她走快些，她也只是蹙起一双细长的柳叶眉，似乎心事重重。

"云萝，我总觉得那些玄兵有些不对劲。尽管看不清楚面容，但是我总觉得他们的衣着很熟悉。"婳嬬说。

云萝顿住脚步："你好好想想。"

她蹙紧眉头，最后只好摇摇头说："那些人是半透明的，样貌衣着都太模糊了，我记不得了。"

云萝长舒一口气："我们还是先出去再好好商议吧。"眼看距离石室大门就两三步远，就在这时，身后传来杜鹃宫主愤怒的咆哮。

"你们给我站住！"

云萝心头一紧，回头看到杜鹃宫主金色的袍衣上散出数道金光，纷纷扬扬地落在石室四周，于是那些半透明的士兵像得到了命令般，向他们包围过来。

"尔等阴险狡猾之辈，竟然敢骗走玄器，我会让玄兵将你们诛杀殆尽！"杜鹃宫主狂怒到极点，双眸中燃起熊熊怒火。

云萝连忙将玄图紧紧搂进怀中，大喊："宫主，若你需要金银珠宝，我们出山后将银票换了钱就给你送来！"

杜鹃宫主冷笑："可惜，我已经不信任你们了！给我上！"

一声令下，无数玄兵向他们冲来。

句芒将披风解下，一挥手在空中划出一个圆弧，击退了许多玄兵。他回头对云萝和婳嬬说："躲在我身后！"

她倒是不打紧，再怎么说也是仙人，有仙力护体。可婳嬬是凡人，哪里能应付得来这些玄兵？

那些已经买了玄器的商人见势不妙，纷纷向石室外逃去。接着，无数玄兵从杜鹃宫主身后蜂拥而出，如蝗虫压境般向他们攻来。

句芒抬手抽出青龙利刃，横扫而过，刀光便如雪片般纷纷而落。待那些玄兵一拥而上，他手上招式又紧了几分，刀光翻波作浪，卷起凌厉的攻势，一时间竟无人可挡！

玄兵被青龙利刃斩到，纷纷化作灰烟散去。句芒身姿矫捷，飞到杜鹃宫主身前，抬手就将利刃抵上杜鹃宫主的脖颈。

杜鹃宫主吓得嘴唇发白，喃喃地说："尔等不要伤我性命，我放你们走就是了！"

他的气焰完全低了下去，看来也只是靠着玄兵才有几分底气，玄兵不行，他也跟着变成了软柿子。

玄兵们元气大伤，剩下的几个也失去了战斗能力，纷纷化为烟雾散去，只有少数玄兵还在地上挣扎。

蓦然，一个玄兵爬到婳姗面前，她正要念一个仙咒将他击倒，却被婳姗一把挡住："云萝，别！"

可是已经晚了，仙咒已出口，紧紧地环绕着玄兵周身。停了停，那玄兵就好像是耗尽了全部心力，渐渐化为烟雾弥散在空中。

"云萝，我觉得很眼熟！"婳姗的声音发着抖，她突然大梦初醒般道，"云萝，我记起来了！"

"你记起什么了？"

"他们的衣着很像宋国士兵的。"她脸色白得像一张纸，"夏国和宋国开战的时候，承湛曾去军营鼓舞士气，当时我觉得好玩，就央求着一起去了。如果我没记错，这些玄兵身上的衣服正是宋兵的。"

云萝忙掏出承湛给她的地图，掐了一个方位，后背顿时出了一层冷汗："杜鹃山在夏国！那画舫行了一夜，居然从宋国行到了夏国？"

"在夏国发现了宋国的士兵，还被人变成了玄兵，这其中必有蹊跷。"句芒想了想，突然讥讽地一笑，"杜鹃宫主想要给我们制造麻烦，却不想让我们发现了他的一些秘密。"

云萝抬眼看杜鹃宫主。

他被句芒制住，又听闻了婳姗的言语，脸上惊慌之色更浓了。

"说！这些玄兵究竟是哪里来的？"句芒压低刀锋，一条鲜红的血痕顿时出现在杜鹃宫主的脖颈上。

他吃痛地龇牙抽气，说："别杀我，我说！这些玄兵的确是阵亡的宋军！"

云萝心头如同有一道惊雷滚过："怎么会是宋军？"

"夏国会定期送来一批死去的宋军战俘，然后我用咒术将他们变成玄兵，收为己用。玄兵会失去生前的记忆，只能按照豢主的命令行事……"杜鹃宫主结结巴巴地说，"除此以外，我什么都没做。"

婳姗上前一步，大声说："你骗人！这杜鹃山没有外敌入侵，你哪里用得着这么多玄

兵？"

句芒眼睛一眯，将青龙利刃往下压了压。

杜鹃宫主哆哆嗦嗦地说："我，我说实话，这些玄兵……我偶尔也会送给夏国。"

"难怪夏国兵力并不强大，却总是能够有前仆后继之人！"婳嬅恍然大悟，"夏国四处征战，按理说兵力早已折损不少，然而很奇怪的是，他们一直都不缺虎狼之师。承湛对夏国的挑衅很头疼，战也不是，不战也不是！没想到，让天下大乱的，归根结底竟然是这些玄兵！"

"不，让天下大乱的不是玄兵，而是人心。"她冷冷地说，"夏国嗜战，野心勃勃，如果不断了他们的后路，天下就不会太平！"

杜鹃宫主眼巴巴地看着云萝："这位姑娘，如果你放了我，我从此就再也不和夏国人做生意了。"

何去何从，云萝有过一瞬间的犹豫，但是一想起承湛紧蹙的眉头，西王母说起人间战乱时的心痛，她就下定了决心。

"你是生意人，怎么会白白放弃利益？"她抬眼望着句芒，"还是毁掉杜鹃山吧。"

杜鹃宫主腮上的赘肉一抖，换了一副嘴脸，恶狠狠地说："你们杀了我，自己也不会好过！这杜鹃山四面布下了混沌迷阵，你们解不了的！"

句芒用长索将他绑得结结实实，然后悠闲地将刀收了起来，说："这个你就不要操心了。我不会杀你，我会让你和那些罪恶的财富埋葬在山石之下的。"

杜鹃宫主发出凄厉的尖叫，接着面部开始扭曲变形，流出淡紫色的涎水，最后竟然变成了一只混沌兽。

"原来他也是一只混沌兽！"

句芒蹙紧眉头："混沌兽被灌入太多的贪婪和恶念，变成了杜鹃宫主这样的祸害。"

混沌兽挣扎着，想要挣脱身上的长索。它的身体太过肥胖，结果牙齿怎么也够不到长索。因为它的挣扎，石室开始摇晃起来，小石子伴着尘埃从顶部落下来。

"危险！走！"句芒拉着她和婳嬅向外跑去。

云萝不敢迟疑，三步并作两步向外逃去。一声又一声响从身后传来，一块石头蓦然从头顶掉落。

句芒猛然将她拉开，躲在旁边的凹槽里。巨石落地，扬起一阵飞灰，呛得她剧烈地咳嗽起来。

蓦然，脸上一暖，竟然是句芒用手掌轻轻地捂住了她鼻子和嘴巴。

掌心太暖，化成一股暖流熨贴在她的脸颊上。

"你的脸怎么这么烫?"他没有察觉她的变化,低声问她。云萝狠狠地瞪了他一眼。句芒更加迷茫了:"我说错什么了吗?"

她一把将他的手拨开,羞愤地说:"都这个时候了,你还管我的脸烫不烫?"

句芒受了她一通抢白,脸上依旧茫然。云萝跺跺脚,转身拉着他往外面逃去。

不到一刻钟,他们一行三人总算是跑出了山洞。眼前豁然一亮,又是那云雾海横在眼前,只是那画舫只剩下一条。看来其他商人见势头不对,早早就坐船走了。

云萝上了画舫,娬媚也早已筋疲力尽,一进船舱就委顿在地。

句芒看了看身后的杜鹃山,飞快地对云萝说:"我去将山毁掉。"

她记起杜鹃宫主的话,有些担忧:"可是他说的混沌迷阵,会不会真的那么厉害?"

娬媚吃力地撑起身子,恳求地望向句芒:"大人,万一毁掉杜鹃山却让我们陷入混沌迷阵,那就请大人先带云萝走。"

"娬媚!"云萝难以置信地拉住她的手,"我怎么舍得丢下你?"

娬媚疲惫地笑了一下,如同春风中的娇花弱柳:"云萝,毁掉杜鹃山,就能断了夏国的后路,宋国就能免掉战乱之苦……我说过我想要帮承湛的。"

是了,为了帮他,哪怕赔上自己的性命也在所不惜。

云萝犹豫了一下,问句芒:"你有把握解开混沌迷阵吗?"

句芒粲然一笑,说不出的英姿飒爽:"没有把握,目前唯一有把握的是——如果我们不毁掉杜鹃山,那么夏国会继续利用玄兵制造战事,人间还是会有生灵涂炭的修罗场。"

云萝下定主意:"句芒,你去毁掉杜鹃山吧。"

他深深地看了她一眼,点了点头,然后念动了仙咒。无数道金光从他的足底射出,带出凛然浩荡的长风,将他一头墨发拂在半空。石青色的披风在身后猎猎飞扬,只一眨眼间,那个俊逸非凡的少年就不见了,取而代之的是一条横空凌云的青龙!

画舫已经驶出了一段距离,但依然可以看到杜鹃山正颤巍巍地向这边移动。那座山居然活了!

青龙向杜鹃山飞去,只听一声巨响,它撞碎了杜鹃山的左侧!

霎时间,无数小石子迸发而出,裹挟着白色飞云迎面扑来。云萝抬手挡住脸颊,拼尽全力结出一个结界,将自己和娬媚包裹在内。

透过透明的结界,云萝看到青龙盘在杜鹃山上,使劲一勒,山石顿时碎裂开来。

轰然巨响犹如雷声,在半空滚滚而过,杜鹃山在眼前倒了下去,转眼间就没了踪影。

一道金光落在船头,句芒化回人形,一步走进她的结界,急声说:"杜鹃山被踏平,混沌迷阵就会释放出来,快使用意念驱动画舫!"

云萝连忙正襟危坐，集中自己的意念。

只见画舫外的雾气更加浓厚了，起初只是薄雾，还能看得见日光，如今那雾气潮汐，竟然让外面的景色半分都看不到了。

"不好！"媜姵突然惊叫一声，"结界破了！"

第十一章

东方有国曰金乌·

果然，结界破了一条裂缝，雾气从缝中飘了进来，犹如细弱的小白蛇，稍一接触就能感受到那股阴冷的气息。

句芒用仙气结了一个结界，然而那些雾气依然会钻进来。

云萝又惊又疑："这是混沌迷阵造成的？"

"是的，这些雾气没有毒，但是总能够穿透结界。"句芒回想了一下，"我倒是在天宫的古书上读到过混沌迷阵的记载。"

"有没有破解的方法？"婳嫚连忙问。

句芒摇了摇头说："混沌迷阵是比八卦迷阵还要凶险的一种阵法。传说鸿蒙之初，世界就是一个无天无地的物体，是盘古用斧头将鸿蒙劈开，才形成了天地万物，有了时间、空间。这混沌迷阵就是将一切事物都变成一团混沌的阵法。"

云萝听着句芒在旁边絮絮地说来，突然感到一阵头晕目眩，他的声音也渐渐飘远，随后身子往后一倒，落入一个温暖的怀抱，她……怎么了？

句芒抱住她，眉头蹙成了一个川字："云萝，你脸色怎么这么差？"

云萝想开口说话，却发现自己好不容易才能集中精力："我就是感觉头晕……婳嫚……"

旁边的婳嫚已经悄无声息。云萝心中暗叫不好，伸手去摸，只摸到她冰凉的发丝。一个没注意，她不知何时竟然昏睡过去，静静地躺在地上，绯色纱衣铺在身下，更衬得脸色煞白。

"婳嫚，你……你怎么了？"云萝摇晃着她的肩膀，她却紧闭着眼睛，不言不语。

句芒伸出两指，指尖有银色光团凝聚，那是青龙的仙力。然后，他将指头按在婳嫚的额心，说："混沌迷阵会让任何人意念变得混沌，就像混沌兽一般……婳嫚是凡人，经不住这样的阵法，我先用仙力护住她。"

什么？

云萝想起混沌兽没有五官的那张脸，不寒而栗："变成那样不知好歹善恶，不知光明黑暗的混沌兽？太可怕了！"

句芒眸光微敛："这个阵法凶恶就凶恶在此，不过云萝，我一定会保你周全。"

云萝重重地点头，攥住了他的衣衫。然而一阵倦意袭来，上下眼皮很快就打起架来，眼前的情景也模糊不堪。这是要变成混沌兽的迹象吗？

混沌兽没有分辨万物的能力，也体会不到天上人间的酸甜苦辣，它将永远浑浑噩噩地活着，感受不到责任的沉重，也体会不到命运的捉弄，更不会有分别的悲苦。

云萝带着这个念头，只觉得身体轻飘飘的，犹如睡在白而软的云端上，什么忧愁苦虑都离她而去了。难道这就是传说中的极乐世界？

正恍惚着，却有人猛地摇晃她的肩膀："云萝！云萝！"

她这才回神，只见句芒正满脸焦急地看着她："不要被混沌迷阵迷惑了！它在攻击你的意志！"

云萝怔怔地看着自己的双手。原来方才的想法，都是混沌迷阵灌输给她的！

一咬牙，她抽出凤剑，狠狠落在手心上。剧痛传来，才让她脑中那团昏昏沉沉的云翳散去了许多，随之而来的是让人心安的清明之感。

血一滴滴地从掌心中滑落。云萝忍着痛，对句芒说："你别管我，要保住婍婳！"

他眼中伤痛愈浓，突然沉声说："云萝，你还能使出多少仙力？"

"只要能从这迷阵出去，用上十成也行。"

句芒点了点头，说："不识庐山真面目，只缘身在此山中。身在破混沌迷阵是不容易破解的，但是外部的地仙却可以将迷阵破解掉！看来只有召唤地仙来帮忙了。"

她心中一喜，忙问："那我要怎么做？"

他低头去看婍婳，将手收回："就趁现在，我们合力用仙幡召唤出距离这里最近的地仙，请他们帮忙！你要记得将玄图收好。"

云萝将玄图放进锁盒，仔细拴在自己腰间，然后盘腿而坐。

句芒从腰中拿出一张幡旗，上面用金线绣着许多古老神秘的陌生文字，散发着一层淡淡仙气。

"云萝，集中意念，我们一起用仙幡召唤地仙，明白了吗？"

她点头。

雾气浓稠如白浆，遮天蔽日，周围除了一片白茫茫什么也看不到。画舫犹如行在一片白色沙漠之中，只有船头挂着的绿纱还在摇晃，似是唯一一点慰藉人心的绿洲。

要走出这片白色沙漠，只有借助仙幡这一个办法。只能成功，不能失败。

云萝凝神聚气，气沉丹田，开始努力将仙力都集中在手掌之上，然后将仙力推入仙幡。句芒也是如此。

两股仙力，一青一白，凝在一起，在仙幡文字上迅速游走。

撇横竖弯折勾点，仙力很快就注满了整张仙幡。接着那些文字渐渐有了虚影，影子升上半空，嗖的一声不见了。

句芒神色这才放松了一些："云萝，总算是成功了。"

那一瞬间，虚脱感又铺天盖地地袭来。云萝知道是因为仙力流失，她又受到了混沌迷阵的影响。

句芒适时一把扶住她，然后将仙力从他的指尖源源不断地注入她的体内。青龙的仙力十分强大，注入体内之后，云萝只觉四肢筋脉无比舒坦，无一处不妥帖。

她挣扎起来："不行，你如果失去太多仙力，会……"

他用眼神制止住她不要再说，只低声说："我自有分寸。"

云萝脸上一烫，有些不自在。这世上能将暧昧的话说得光明正大的，句芒应当是个中翘楚。

她一时不知如何去应，只得胡乱回了一句："你的就是我的，那我的呢？"

他嘴角抽了抽："你的还是你的，我不拿不抢，行了吗？"

云萝忍不住咧嘴笑了起来："真好。"

句芒白了她一眼。

这样的青龙句芒，收敛了那股冷锐之气，有几分可爱，又有几分骄傲，让人忍不住去逗一逗。

她呵呵一笑，问："句芒，你为什么对我这么好？真的是把我当作骊姬了？"

这么多天，他一次都没有提起骊姬，云萝也不点破，因为骊姬的事情已经变成了她心中的一根刺，拔不掉也碰不得。

扪心自问，她不想做骊姬的影子，她想让句芒真真正正地意识到，她是仙厨云萝，是误打误撞成了他的二徒弟的女仙。可是句芒会分得清她和骊姬吗？

句芒移开目光，没有回答。

云萝倾过身体，迎上他的目光："句芒，别回避我，我要听你亲口说实话。"

他的目光那样清澈，如秋日朗空般没有一丝阴影。

她心中定了定，句芒没有过分回避这个问题，也就是说，他现在告诉她的答案，是最真实不过的。

终于，他开了口："我并没有将你当作骊姬，我明白骊姬已死，并且无法转世。"

云萝心中一喜，忍不住露出笑容。

可是他下一句话却让她心头一沉："可你和她实在是太像了……云萝，每次看到你，我都觉得我像看到了骊姬。所以我每次对你好一分，对骊姬的愧疚就少一分。"

她怔住。

为了她，他不惜与五万天兵为敌，不惜让银河倒流，不惜下界历险……原来还是因为骊姬？

云萝猛地站了起来，声音都在微微颤抖："你不是说，能够分得清我和骊姬吗？你为什么……"

为什么不骗她？

只要骗骗她，说这世上没有什么天龙、海龙的误会，没有和骊姬的缠绵往事，没有对骊姬的怀念，只一心一意为她……那该有多好。

骊姬更先遇到他，在他心中占据了一席之地，从此之后他遇到的人，就再无法与之相比。

"我不要做别人的附庸，句芒，你明白吗？"云萝向他凄声说，"我是云萝，你对我好，我会感激你！是云萝在感激你，不是骊姬在感激你，你还是不明白！"

句芒的眼中翻涌起无边的痛楚，他抱住头，声音低沉："云萝，求你了……别说……"

"我要说！你不能再陷入往日的回忆中……"

他痛苦地闭上眼睛，打断了她的话："云萝，我欠骊姬的，永远都还不了——就算明白这个事实，对我而言又有什么用呢？"

是了，他最好认为她就是骊姬，对她好就是在为自己赎罪，这样皆大欢喜。

可是她的心呢？又该如何安放？

心头痛楚，云萝勉力一笑："是吗？那你就当我是骊姬吧，忘了我是云萝。"

他怔怔地看着她，想说什么又极力忍住，眸中一片哀伤。

娲嬑依然沉睡不醒。云萝不想再多说，走过去将她的头搁在膝头，轻轻地抚摸她的秀发。

时间仿佛胶着了一般，不再前行也不再流动，剩下的只有一片毫无生机的死灰，蒙在这天地之间，化作更浓稠的雾气。

娲嬑的呼吸十分均匀平稳，云萝却感到一股深深的绝望。

前路迷茫，心路也凄凉，相对却无言，这就是所谓的咫尺天涯吧。

正默默无言时，她突然发现眼前的浓雾有了一丝变化。

原本浓稠得看不见任何景色的白雾突然开始荡漾了起来，似是水波流动。在这寥廓冷

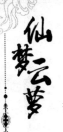

落的天地之间，有一束火光遥遥燃起，正往这边移来。

她一惊："那是什么？"

句芒看了一眼："应该是金乌族人来救我们了。"

只见那火光起初还是一团，后来分成了许多簇火苗，在大雾中熊熊燃烧。雾霭渐渐变得轻薄，最后稀薄成了淡烟流水，再也掩不住四周的山水景色。

云萝向四周一望，不由得吃惊。好一派山明水秀的江南风景！

杜鹃山原本所在地方已经被夷为平地，旁边的山脊连绵不绝，白色烟岚如轻萝缦带般缠绕在山腰。上方是碧空如洗的苍穹，好似一只巨大的琉璃碗扣在大地之上，上面镶缀着几抹淡粉色微云。云影卷舒自如，和山影一起倒映在湖中。

他们乘坐的这艘画舫，原来并非浮在水雾中，而是在湖面之上。湖水澄明透亮，飘着点点浮萍，偶尔有调皮的鱼儿跃出水面，溅起涟漪，一圈圈地泛开。

云萝挥散最后一缕霜丝般的雾气，只见那些火光十分迅疾地向这边飞驶而来。

句芒向她这边靠近了一些，出声提醒她："那是金乌族人。"

金乌？

方才心情沉重，云萝竟然现在才注意到，金乌不是在天宫吗？怎么人间也有金乌？

"天宫的金乌是怎么回事？和这些金乌族人是一样的吗？"她忍不住问句芒。

句芒盯着那些火光，回答说："不，不一样！金乌其实就是太阳。传说盘古开天辟地之后，天上有十个太阳，烤得大地炎热无比。猎人后羿有一手好箭术，就将九个太阳射了下来。那九个太阳落在人间，化为九簇圣火。有凡人聚集在那片土地修炼，就化为地仙，成了金乌族人。"

云萝恍然大悟。原来这金乌族人依然是从凡人修炼而来，只是善于使用与火有关的咒术。

说话间，云萝忽觉怀中的婳婳动了动，忙低头看去。只见她鸦翅般的睫毛抖了抖，然后睁开眼睛，迷茫地看着四周。

"婳婳，你醒了？"

她茫然地望着四周，问："云萝，这是在哪里？"

"我们还在杜鹃山附近……那是金乌族人。"云萝看着那些火团包围了画舫，镇定地向婳婳解释。

嗖的几声，火团化为人形落在船头，那是三名身形颀长，姿容美丽的女子。她们的额头上都有火形印记，穿着用红色羽毛织成的衣裙，裙尾一直拖到脚踝。若有走动，带着银铃的白皙细弱的脚踝就从裙边露了出来。

她们向句芒一拱手，朗声说："青龙大人，受仙幡使命，特来相助！"

句芒回礼："多谢金乌人，今日的大恩大德，青龙日后必会相报！"

为首的那名女子大约只有十五六岁，生得明眸皓齿。她亮晶晶的眼睛看了句芒一眼，突然笑着问："我们国主不需要青龙大人报答，只是素闻大人威名，仰慕已久，想请大人去一趟金乌国，好让我们国主尽一尽地主之谊。"

"这……"句芒有些为难。

云萝顿时心领神会，眼下还要去寻找阴神，怎么可以去金乌国逗留呢？

云萝上前几步，对那女子说："姑娘，我名叫云萝，她名叫婳姽，我们和句芒大人都是同行。实不相瞒，这次出行是因为有要事要办。不如等我们办完事情再去拜访金乌国主，你看这样如何？"

女子笑吟吟地说："你们叫我燕辞就行了！既然你们有要事要办，那我如实回禀国主。只是句芒大人要说到做到，别让我们国主空等一场。"

句芒淡笑，墨色瞳仁中漾起几分暖意："绝不食言。"

"那好，我们就此告别。"燕辞说完，侧脸对身后两名女子说："我们走。"然后就打算凌空飞起。

然而就在这时，云萝突然觉得腰间一热，身子竟然被一股无形的力量向前拖了几步，忙稳住身形。低头一看，腰间的锁盒竟然变成了红色，直直地向燕辞的方向飞去。只是因为被拴在腰上，所以才将她扯得一个趔趄。

这是怎么回事？

云萝想将锁盒收回，可是它仿佛生了眼睛，直直地向燕辞的方向飞去。

燕辞也发现了异样，回头盯着那锁盒，好奇地问："云萝姑娘，这盒子里是什么？"

云萝犹豫了一下，才回答："是玄图。"

"玄图是玄器，我们阳神一派都用不上……你们要玄图做什么？"

句芒抢先一步说："我们是想用玄图去深海里寻找阴神。"

燕辞一副了然的样子，忽然像记起了什么，急声说："你们不能去深海！"

"为什么？"

她急急地说："深海极为阴寒，变幻莫测，我们是阳神，受不了那股阴寒之气的！你要去深海，除非带上我们金乌国的圣火。圣火遇水不灭，可保你们一路畅通。"

婳姽突然出声问她："云萝，你说锁盒出现异样，是不是里面的玄图有指示？"

云萝觉得婳嬬说得有几分道理。因为玄图知道要去深海必须取得圣火，所以才会飞向燕辞，暗示他们要去金乌国。

句芒说："将锁盒打开吧。"

云萝点头，念动咒语将锁盒打开。只见锁盒里的玄图慢慢浮起，最后在她面前铺展而开。图上升起一团幽蓝的光球，溢出一缕青烟。那烟丝在空中盘旋了几圈，终于勾勒出一个模糊的人影。

云萝眼睛一眨不眨地看着玄图，生怕错过了什么。

句芒疑惑地问："你就是玄图巫女？"

人影开口说话了，是冷冷的女声："不错，我是玄图巫女。"

"你能带我们去深海寻找阴神吗？"

人影回答："可以，但是尔等要去深海，须得用圣火取暖。因为那里冰冷刺骨，恐怕你们还未行到三分之一，就已经结成了冰块。"

燕辞一喜，开始游说他们："句芒大人，你也听到了，要去寻找阴神必须先取得圣火。不如就随我们前去金乌国好了。"

眼下也只能如此了。

句芒说："好，那就即刻出发吧。"

话音落地，那人影就慢慢缩回到图上，接着玄图卷了起来，稳稳地落进锁盒里。

腾云一日可行八万里，所以没有费吹灰之力，他们就来到了金乌国。

和之前想象的不同，金乌国并非一个火光冲天的国度，而是和江南景致并无二样。这里位于东方一隅，因为四面环山，易守难攻，倒也算是一个世外桃源。

燕辞率先落地，回头道："到了。"

云萝仔细打量了一下周围，这才发现和半空中观察到的很不相同。可以看出金乌国不久前刚下过一场雨，空气中带着潮湿，地上落花比比皆是，街旁新绿色垂柳随风摇曳，撩人春思。这番景致依然是人间景致，甚至紫陌上开着不少人间店铺，只是路上的行人都穿着漂亮的羽衣，皆是女子。

"这里没有男子吗？"云萝忍不住问。

燕辞回答："金乌坠在这里，所带来的阳气极重，只有女子的阴元才能与之抗衡，从而达到阴阳调和。金乌国并非没有男子，只是极少……说起来，男子并不适合修炼金乌术，所以本国女子众多。"

云萝琢磨了一下"修炼金乌术"，顿时恍然大悟。原来金乌国也是一处修仙的仙地。

凡人想要修炼成仙，就要以各种方法修炼咒术和仙术。这些凡人修炼金乌术小有成就，就能修炼成半人半鸟的身体。

句芒眺望了一眼远处，往南方一指："那里就是你们国主的宫殿？"

都城依山而建，不远处的山腰上，一座火红宫殿若隐若现。山上郁郁苍苍，垂挂着数道白绮般的瀑布，所以更显得那座宫殿十分醒目。

燕辞的声音中充满崇敬："不错，国主听闻你们大驾光临，早就备下了宴席。"

等到他们上了山，才发觉景色更加绝美。山景幽深，路却很好行走，经常柳暗花明又一村，刚才还是羊肠小道，一转弯就能看到山势平缓，蓄起一池碧水，生着亭亭的荷花，正在迎风摇摆。

燕辞顿了顿脚步，回头看她："云萝姑娘是仙女，不知在天宫任的什么仙职？"

云萝不好意思地回答："我在天宫担任仙厨一职，让你见笑了。"

燕辞抿唇一笑："哪里会见笑，只怕我们金乌宫里的宴饮不合姑娘口味呢。"

她这般客气，让云萝莫名生出几分亲切来。想来到人间这么久，燕辞算是第一个和她温言软语，相谈甚欢的人。

这样一路絮絮地说着话，不知不觉就到了金乌宫殿门前。只见一条巨大的石桥在悬崖峭壁之间架起，上面三步一岗、五步一哨站着守卫。从这个角度望去，金乌宫架在重峦叠嶂之间，更显得威武奇伟。

悬崖上挂着数道瀑布，走在石桥之上，水雾扑在裸露的肌肤上，凉润一片。

金乌宫殿的露台高高在上，台阶两旁的栏杆上，雕刻着身形颀长的瑞兽。云萝和句芒、婗婳一路拾级而上，看到露台的四角立着刻满古老图腾的石柱，一名盛装女子在众宫女的拥立下，正望着他们露出笑靥。

不消说，这般尊贵无双，必定是金乌国主无疑了。

水是眼波横，山是眉峰聚，那金乌国主穿着火红的羽衣，衣上镶金缀玉，正衬出她姿容美丽，清贵无双。

见云萝走来，那国主轻移款步，盈盈走来："素闻句芒大人、云萝大人仙名，今日一见，果然不同凡响。"

句芒回答："国主有礼了。"

她弯唇浅笑，透出一股说不出的妩媚："句芒大人何必客气，唤我飞琼就可以了。"

句芒面上微微诧异，云萝心中也有些不是滋味。

婳姮扯了扯她的袖子，在她耳边低语："云萝，我怎么觉得这个飞琼国主对句芒大人有意思？"

"别乱猜。"虽然嘴上这样说，云萝心里却一点底气都没有。

句芒显然不想多留，开门见山地说："有一件事还请国主帮忙，我等要去深海，须得取圣火护体，还请国主赐予圣火。"

"宫殿里的宴席还没开始呢。"飞琼有些失望，很快就恢复了常态，"句芒大人，您是英雄，气度不凡，克制阴神还不是手到擒来的事情，何必急于一时呢？"

说着，她一双美目看向云萝："仙厨大人，您说是不是呀？"

她之前毕竟命令燕辞救出他们，云萝面上也不好推辞太多，只好应着："这倒是。"

金乌宫中的宴会果然精彩绝伦，席上珍馐佳肴十分可口，大殿中央的歌女们表演着飞天舞，一时间让人看得眼花缭乱。

燕辞也在舞女之列，她身穿一身雪白羽衣从天而降，腰若束素，鸦鬓上簪着一支明珠步摇，一出场就惊艳四座。

殿中舞女盘旋而舞，只有燕辞凌空舞着，身姿曼妙。舞女向上挥水袖时，燕辞就好像行走在一片绯色云朵之上，整个场景精妙至极。

婳姮看呆了，悄悄对她说："云萝，她舞得可真美。"

云萝也打心眼里赞叹。

一舞终了，句芒率先鼓掌："飞琼国主，你宫里真是人才辈出。"

飞琼娇羞不已："句芒大人过奖了，燕辞能以一舞取悦大人，那是燕辞的荣幸。"

云萝观察了一路，觉得燕辞人美心善，当下便对飞琼说："国主，我实在喜欢燕辞得紧，可否让她与我们共几而食？"

飞琼答应了。

燕辞欣喜不已，坐在她身旁说："谢仙厨大人。"

云萝将一碟点心放到她面前，柔声问："燕辞，穿上这羽衣就会飞天？"

从踏上金乌国土的那一刻起，她就发现，金乌族人只有一部分会飞天，一部分和凡人一样，身后的翅膀只是一种摆设。

"仙厨大人，那是因为金乌术本来就是修炼飞天的啊。"

殿中教坊开始奏乐，飞琼正和句芒叙话，此时正是打探消息的好机会。云萝连忙追问："飞天？"

燕辞脸上一派天真无邪："是的，你看，我们人人身穿羽衣，就是因为我们要修炼金乌术。我的修为算是比较高的了，所以可以在空中自由飞舞，等修为再高一些的时候，就可以涅槃重生为凤了！"

云萝大吃一惊。

嫭嫙失声问："凤凰？"

燕辞得意扬扬道："不错，就是凤凰！上古的时候，九个金乌被后羿从天上射下来，落在这片土地上，就形成了九簇圣火。只要修炼成了金乌术，跃入圣火，就可以涅槃为凤凰了。"

云萝不无担忧地问："可是修成金乌术，也未必一定能够成为凤凰。万一你失败了，岂不是要灰飞烟灭？"

"这个我知道，可是不试试，我就永远成不了凤凰！"燕辞兴致勃勃地问她，"仙厨大人，天宫是不是有一位朱雀大人？"

云萝答："是的，朱雀大人是南方神兽，也就是凤凰中的翘楚，她与句芒大人平起平坐，神艺非凡。"

燕辞不无崇敬地说："我此生的愿望，就是能够成为凤凰，这样就能位列仙班，成为朱雀大人座下的神鸟了！"

"可你为什么要修仙呢？"

燕辞凝眸想了想，说："修仙需要理由吗？"

一瞬间，云萝又回想起句芒曾经问她，你为何要修仙？

世人多向往神仙生活，却不知道漫漫岁月也有寂寞无奈的时刻。

云萝也不好打破燕辞的幻想，只端起一杯清酒，鼓励她说："燕辞，我就敬你一杯，祝你早日成为凤凰。"

燕辞端起面前的清酒："多谢仙厨大人！说不定你很快就能在天宫看到我了。"

云萝潸然而笑。

正说着，殿外突起喧闹之声。

飞琼眉头一紧，扬声问："殿外何事喧哗？难道不知道我正在宴请贵客吗？"

一名女将飞步进来，禀道："国主！鸦族人在外面闹事，要国主尽快举行祭天仪式！"

169

飞琼冷冷地说："金乌国举不举行祭天仪式，是低贱的鸦族人说了算的吗？给我赶他们出去！"

"是！"

眼看女将领命离去，飞琼却喊住她："等一等，我改主意了，他们既然要祭天，那就祭天好了。"

等到女将离去，她才转移目光，对句芒说："句芒大人不是要求圣火吗？祭天仪式若是举行了，我就能取一簇圣焱真火给你。"

句芒笑了一下："那就先谢过飞琼国主，只是为何非要等到祭天仪式呢？"

"只有在祭天仪式的时候，九簇圣火聚在一处，火焰最高之处才能出现圣焱真火。只是……"她顿了顿，"恐怕云萝仙子和婳姇姑娘不太喜欢祭天那种场景。"

"国主何出此言？"婳姇挑了挑眉，"我和云萝也算是阅尽名山大川，不至于连一个祭天都看不习惯。"

飞琼呵呵笑了两声，问："婳姇姑娘莫要怪罪，这祭天仪式实在是可怕至极。"

婳姇幽幽地说："国主，你大概不知道我在成为凡人之前，就是梦貘族的祭司吧？祭天仪式对我来说，就跟吃饭一样平常。"

飞琼面色一僵，明显语塞。

云萝偷偷地对婳姇说："你何必和她闹得不痛快。"

婳姇扫了她一眼："你就是好脾气。我可看不惯她围着句芒转的样子……这祭天仪式，她想着法子不让我们参加，我偏不让她如愿。"

句芒坐在一旁，也不出声，只端着酒杯慢慢地喝酒。他目光清淡，气度谪仙出尘，似乎这一切纷争都不关他的事。

飞琼被婳姇顶了两句，又不好当众发作，一双黑葡萄般的眼睛只望着句芒，却不想他根本就无意解围，也只好尴尬地不出声了。

好在燕辞适时地劝解："婳姇姑娘，你误会我们国主了。"

婳姇将起额边一缕碎发，悠然问："我怎么就误会了？"

"国主不让两位女仙参加祭天仪式，并非是看不起两位的修为，而是这祭天仪式上有鸦族人投火涅槃。"

云萝微惊："投火涅槃？你不是说，只有修为很高的金乌族人才能够变为凤凰吗？"

燕辞娓娓道来："话是不错，但只要有修为都是有机会化为凤凰的，鸦族人也不例外。因为鸦族人身份低贱，修不了金乌术，他们要是能够有一人化为凤凰，那全族人就可以摆脱贱奴的身份，所以他们才如此渴望祭天仪式。云萝仙子、婳嬬姑娘，这祭天仪式其实就是许多鸦族人自愿跳入圣火，其场面必然惨烈无比。国主之所以不让你们参加，就是怕你见不得这个。知道的呢，会说我们有甘愿涅槃的精神；不知道的，还以为我们草菅人命呢！"

云萝没想到事情的真相竟然是这样，一时间不知如何回答，只好问："修为很高的金乌族都不一定化为凤凰，那鸦族人岂不是更没有把握？"

飞琼接过话头："鸦族人低贱，哪怕希望渺茫，也想试一试。毕竟天缘这东西，谁也把握不准。"

可惜这一试，赔上的就是自己的性命。鸦族人之所以这样前赴后继地去投火，也许是想要改变自己低贱的低位吧。

从大殿中出来的时候，云萝看到有一排乌泱泱的人站在殿阶旁边，个个垂眉低首。那都是一些男人，生得倒是俊美，只是两臂都是乌黑的羽毛。相比较而言，金乌族人大多数都是女人，肌肤欺霜赛雪，身上的羽裙也多为鲜艳的颜色。金乌族和鸦族人孰高贵孰低贱，真是一目了然。

婳嬬和云萝耳语："那就是鸦族人吧？"

云萝点头："鸦族羽黑，性子冲动，看来就是他们了。为了改变自己的低位，宁愿赔上自己的性命，我倒是有些敬佩他们了。"

"他们一直被金乌族奴役，所以很看重这个吧。"婳嬬拧起眉毛，"虽然我看不惯这么多鸦族人去死，但这是金乌国的风俗，也只有入乡随俗了。"

雨后初晴，天空格外干净明澈，云丝漫卷，托起几缕蔷薇色的夕阳。

飞琼抬头望了望天色，笑着对他们说："几位贵客，我看今日天色不早了，你们就在这宫里早些休息吧。我已经安排了几间上房，希望你们住着舒心。"

她这样客气，云萝也不好礼节不周，当下便笑着回答："国主热情好客，安排得哪里有不妥帖的地方。"

飞琼扶着燕辞的手背，一边步下台阶，一边朗朗应道："那我就放心了，缺什么少什么，只管跟宫里的人说。"

飞琼不愧是一国之主，即便在对她笑着，那笑意里也透着不可攀附的威仪。金簪步摇光芒璀璨，腰中环佩叮咚作响，好一个权势加身的美人。

只是云萝注意到，飞琼看着句芒的眼神，总有那么一丝丝的不同。

这世上，只有女人看男人的眼神才会那么细腻，全失了高高在上的态度，只剩下妥协

和温柔。

婉婳说得不错，飞琼对句芒的态度是不太一样。

也不知哪里来的怒气，云萝快走几步，和句芒拉开距离。燕辞连忙跟上她，柔声说：“云萝仙子，国主准备的房间在这边。”

云萝回头对句芒说：“大人，云萝累了，先回房歇息。”说完，她拉着婉婳的手，打算走进宫房。

谁知句芒突然出声唤她：“等一下，云萝！”

这一声透着急切恳求，让她顿时起了一身鸡皮疙瘩。云萝头皮一紧，暗道不好，回头果然看到飞琼疑惑地看看她，又看看句芒。

他扫了旁边的灌木丛一眼，语气暧昧：“借一步说话。”然后对飞琼说：“飞琼国主，抱歉，我有几句话得交代云萝。”

云萝彻底愣了。

不只是她，飞琼也愣了。

燕辞更是露骨，笑得十分暧昧，说不定打心眼里就将她和句芒认作是一对儿了。

云萝真想直截了当地说一句，她和句芒是纯洁的师徒关系。只怕这句话说出来，更是让人误解。

万般无奈中，云萝随着他往灌木丛这边走了几步，咬牙切齿地问：“你到底要说什么？用秘术不能说？”

他握拳放在唇边嘿嘿一笑，竟有几分狡黠。她从未见过这样的句芒，一时间有些怔愣。

句芒低声说：“我是故意让飞琼误会的。”

“为什么？”她有些怒了。

他哼笑一声，道：“你这么聪明，竟看不出来？惹上情债还不起，总是一件麻烦事。”

云萝张口结舌，顿了顿才说：“你英雄盖世，自然有美人仰慕你，我早就看出来了。”

他忙牵住她的手，喃喃地说：“云萝，别这样。”

十指温暖，直透入心间。

云萝想，她是喜欢句芒的。扪心自问，于句芒对骊姬不肯忘怀这件事，她十分介意。当然，眼下这个飞琼国主仰慕句芒，她更加介意。

她抬了抬眼皮："那你要我怎样？"

他摇了摇她的手，三分央求七分无奈："晚上戌时去西棠苑找我，切记。"

"不去。"

"行，我去找你便是。"

"好好好，我答应你。"云萝哪里抵得住他的无赖。

飞琼领着一群宫女在原地等候，见她和句芒一起回来，那眼神再也掩饰不住浓浓的妒意。

云萝只装作看不见，若无其事地对飞琼说："国主，我和婳嬎就先进房休息了。"

她答："我觉得你们也该乏了，就早些休息吧。我还要陪句芒大人参观一下金乌宫，等你们休息好了再来游览宫室美景也不迟。"

燕辞将云萝领进房间，交代一些事项之后，云萝装作漫不经心地问："燕辞，西棠苑在哪里？"

燕辞脸一红，"扑哧"一声笑了出来。

云萝和婳嬎对视一眼，问："有什么好笑的？"

"仙子莫要见怪，我只是有几句体己话想说给仙子听。"燕辞一派小儿女忸怩作态的模样，不好意思地问她，"仙子，西棠苑就在国主寝宫旁边，看来国主对句芒大人真是用心良苦。"

寝宫！

云萝擦了擦额头上沁出的冷汗。这个飞琼国主，司马昭之心，人人皆知，她对句芒的心意也太明显了吧？

"你们国主的的确是一片真心，只是她是地仙，句芒大人是天神，按照天条律例，仙凡不可结合。"婳嬎说。

又故意问云萝："云萝，你说是吧？"

云萝微微点头。

燕辞愕然，旋即忙摆手解释说："你们误会了，国主并非要违背天条，而是……云萝仙子，我之前告诉过你，金乌族人是有可能变成凤凰的！"

她恍然大悟。

在整个金乌族人中，飞琼算是身份、血统最尊贵的人，涅槃为凤的概率要比别人高出很多。如果她变为凤凰，那就不再是地仙，而是神鸟！

朱雀大人座下的一只神鸟，配青龙句芒大人也算是门当户对了。

原来飞琼存的竟然是这个心思。

云萝将燕辞的手轻轻牵起，到底还是忍不住心中的那股酸味："抱歉，是我多想了。你们国主可以舍身化凤，我们并无异议，只是想要和句芒大人缔结一段仙缘，还要问过他的意思。"

燕辞乌黑的眼珠滴溜溜一转，巧笑倩兮："仙子别说笑了，句芒大人喜欢的人是你呀。我想国主也看出来了，只是不甘心而已。"

云萝心头狂跳，忙放开她的手："别胡说。"

她笑嘻嘻地说："仙子莫恼，燕辞心直口快，直言直语惯了。"

虽然接触的时间不长，但是云萝也看出燕辞这个姑娘心思单纯，没有坏心眼。定了定心神，她克制住自己的情绪，尽量用平稳的声音问："燕辞，可否告诉我西棠苑的路？"

燕辞一口答应下来，将去西棠苑的路线细细绘在一张白纸上递给她。

婳嬺有些不放心："燕辞，我们打听西棠苑的事情，你可不要告诉你们国主。"

"你们放心吧，我一定会守口如瓶。"燕辞十分干脆地答应下来。

第十二章

春光月色心上秋：

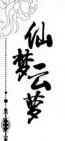

　　"句芒大人要你去西棠苑找他？"燕辞离开之后，云萝将今日之事对婳姵一一道出，让婳姵惊讶不已。

　　云萝忙做了一个嘘声的动作："你小声点儿。"

　　婳姵一边低头沉吟，一边转动着手中的白瓷杯："他让你去，你去就是了。只是记得一件事，凡事要小心。我总觉得那个飞琼国主不简单。"

　　云萝把玩着腰间丝带上的缀珠，一时间惶然无语。

　　夜色苍茫，沉沉如水。

　　也许是受了春雨的洗刷，初晴的夜空挂着一轮明月，素绮流光般的月辉洒遍大地。

　　整个金乌宫陷入一片静寂。云萝估摸着时辰到了，就换上一身暗色衣服，悄悄地出了宫室。其实，不用燕辞给她的那份路线图，她也能通过仙术算到句芒的位置。之所以要燕辞亲口告诉她西棠苑的位置，只是想试　试燕辞对她是诚心还是假意。

　　果然，燕辞给的路线图是真的。

　　走过几条长廊，经过几座宫室，云萝来到了西棠苑的大门。

　　这处宫室虽然位于飞琼寝宫旁边，但从远处看，院内种植着一棵参天菩提树，环境幽雅，颇有几分清修的味道。

　　宫门上的黄铜铆钉在月光的映照下，散发着幽幽的光。她深吸一口气，推开了宫门。

　　那一瞬间，云萝看到了摄人心魄的美景。

　　月光洒了一地，她的心也散了一地。

　　句芒并没有穿平日里的那件衣袍，而是换了一件白色的大袖宽衫。衣料应是上好的丝绸，月下，衣上泛起一层淡淡的光。而他腰间则用一条茜红的帛带束起，如瀑青丝从肩头垂下，整个人俊俏潇洒，风流倜傥。他一直都是威武不凡的，如今换了衣着，整个人的气韵柔软了不少。

　　句芒坐在一根低矮的枝丫上，听到动静向她这边看来，然后轻声说了一句："你来了。"

　　云萝再也挪不开自己的目光，喃喃地回答："嗯，来了。"脸上如同被火烤过，灼烫一片。她打心眼里庆幸月光再亮也留了处阴影，让他看不清楚她此刻的表情。

　　他向云萝伸出手来，示意她走过去。

　　云萝走到跟前，这才看到他右手拿着一支海螺形状的白玉笛子，忍不住说："这个小玩意真是可爱。"

"这是骊姬送给我的。"他低头看那笛子，长长的睫毛在脸上投下一片阴影。

云萝心头一沉，不知道该如何作答。

他抬头看她，墨眸如清寒的星子，接着慢悠悠地说："云萝，我今晚约你相见，就是想告诉你——我对你好，并不仅仅因为我想对骊姬赎罪。"

云萝苦笑："那还因为什么？"

"因为——"他顿了一下，才说，"因为你值得我对你好。"

云萝呆呆地看着他，心头掀起波涛巨浪。只见他又凑过来，附在她耳边轻语："云萝，今日对你说的都是我的真心话，也是为了断了金乌国主的念头。"

断了飞琼的念头？

云萝感到不妙，忙回身望去，竟然看到飞琼正站在身后不远处，静静地望着他们。原来她和句芒的对话，都被她听了去。

云萝顿时明白了句芒的用意——飞琼也算是他们的救命恩人，如今她对句芒心生情愫，句芒不好明里拒绝她，只好用这种方法让她死心。之前他故意让子戌时来找他，就是算准了飞琼也会来西棠苑找他吧。

飞琼定力不错，步履沉稳，只是云萝注意到，她织锦衣袖下露出的手指在微微发抖。

她走到云萝面前，一笑："云萝仙子，真是不巧，你和句芒的体己话竟被我不小心听去了。"

"我和云萝本是两情相悦，国主不必介怀。"句芒眼神甜如蜜，直噎得云萝站立不稳。

谁和他两情相悦了？云萝正想反驳，没想到句芒狠狠地瞪了自己一眼，只好将到了嘴边的话咽回肚中。

飞琼凉凉地说："句芒大人，人间有一句词是'轻烟薄雾，怎是少年行乐处。不似秋光，只与离人照断肠。'说的是春月使人喜，秋月使人愁。可我怎么觉得，这春月也让人愁得不行呢？"言语中的寥落失望显露无遗。

句芒淡然一笑："并非春月使人愁，而是赏月的人愁绪不解。飞琼国主若是见不得这月亮，我回天宫后让广寒宫不要掌灯了就是。"

飞琼愕然："那怎么行？"

"我也只是说笑而已。"句芒漫不经心地说。

飞琼语塞了半天，终究还是凉了心意，讷讷地说："我今夜来寻句芒大人，是有一件事想和大人商量。"

说着，她看了看云萝："云萝仙子也帮着出出主意吧。"

"国主有话就请说。"

飞琼清了清嗓子，说："你们要取最精纯的圣火护体，去深海寻找阴神，其实不用这么麻烦，我倒是有一个更精妙的法子。"

云萝来了兴趣："国主有更好的主意？"

飞琼往她腰间的锁盒瞟了一眼："不错，甚至不用玄图给你们指路，你们也可以找到阴神。"

云萝半信半疑起来，用余光瞟了一眼句芒，发现他正专心致志地把玩着手中的海螺笛子，并未表现出太多的兴趣，便也不敢将话说得太满："可是我们之前询问过九尾狐仙，她告诉我们只有这一个方法。"

"仙子不要不信，听我说完再做判断不迟。"飞琼说，"金乌圣火遇水不灭，可以在海上燃烧。等到几个月，圣火就能将海水烧干。到时候，阴神没有藏身之地，你们击败他简直是轻而易举。"

以海为灯油，用圣火点灯？

这足以吞噬天地的野心，却被飞琼用最平常的语气说了出来。云萝被震得半晌无言，最后只能喃喃地说："这恐怕不妥，再说从哪里找令圣火不灭的灯芯？"

飞琼目光往句芒身上一瞟："这就要句芒大人出面了。"

句芒这才将海螺笛子收起来，懒懒地问："要我如何做？"

"请句芒大人从海中捉一条蛟龙，抽出龙筋，那龙筋就是最好的灯芯！"

句芒冷笑："那请问国主，您设计出这样大的手笔，有什么目的呢？"

飞琼笼了笼淡金色的衣袖，朗声说："实不相瞒，与金乌国相邻的诸国一直在蚕食金乌国的土地，我只有将疆土扩张到海底，才能站稳脚跟与其他诸国相抗衡！这个计策简直是一石二鸟，不知句芒大人意下如何？"她伸出白皙如玉的手，向句芒伸过来。

句芒不动声色地避开她的手："恕难从命。"

"为何？"飞琼惊愕。

句芒低头看她："云萝，你来说说吧。"

云萝点头，上前对飞琼说："国主，请听云萝一言。金木水火土乃人间五行，互相牵制又互相辅助，缺一不可！你烤干了海水，的确会让你国土辽阔，可是这样一来却让水这一行完全弱掉。五行失衡，天下就会大乱！再说，烤干海水的过程中，那些蛟龙鱼蟹该怎么生存？一国之主，必要心存仁德，请国主三思！"

飞琼哼笑了一声，目光瞬间淬了毒，结了冰："我有说过烤干所有的海水吗？"

"就算留有余地，也会扰乱人间秩序！"

"你怎知金乌圣火不能一统天下，重立秩序？"

云萝盯着她，慢慢地说："一统天下，疆土归一，代价却是哀鸿遍野，白骨森森！"

飞琼怒极反笑，不再看她，只对句芒冷声说："我好心好意救了你们，本来以为我们能够齐心合力，你们却不知好歹！"

"我想云萝已经将理由说得够清楚了，飞琼国主，我们是不可能合作了。"句芒不慌不忙地说。

飞琼气得肩膀颤抖，一拂袖便愤然离去。

月色溶溶，然而再也没有之前的和谐气氛。

宫门被用力地甩上，青铜门板被震得发出嗡嗡的响声，可见飞琼这一怒非同小可。

云萝不无担忧地问："句芒，若是飞琼国主一气之下，反悔不给我们圣焱真火怎么办？"

他薄唇轻启："若要取得精纯的圣火，就要对飞琼国主虚与委蛇。云萝，我不想失了本心，我想做任何事都要堂堂正正的。"

月色中，他的轮廓尤其俊秀出尘。云萝静静地看着他，心潮难以平息。她和他终究是不同的。他是百炼钢，不会轻易妥协，不会使用阴谋，而她遇到问题只会求助于一些小聪明和小伎俩。

云萝轻笑："好一个不想失了本心！句芒，你说得对，为了圣焱真火去迎合飞琼，会做出许多违心的事情，那我们去寻找阴神，伸张正义又有什么意义？"

他笑意更浓："知我者，莫过云萝。"

那笑容太灼目，让云萝不好意思直视。只是她没看到，他在暗影中也同样红了脸。

"云萝，九尾狐……"他欲言又止。

她下意识地问："什么？"

月色中，她的眼睛中有细小的光点，亮晶晶的，那样一眨不眨地看着他。句芒忽然觉得一种前所未有的心慌，仿佛是心里闯进一只小兽，弄乱了他所有的章法，让他第一次无法启齿。

真奇怪，当初送她螺子黛的时候，也没有这样慌张过。

他是真的想过，将来若是真的能和她共享画眉之乐，她会不会乐在其中？

"没什么。"他含糊地说，"你能陪陪我吗？"

云萝气鼓鼓地靠在他身旁坐下："我就知道你还在利用我……先是为了赎罪才对我好，后来是让我当桃花挡箭牌，现在又让我大晚上不睡觉在这里陪你……"

　　话音未落，一只手扶上了她的肩膀。

　　那只手指骨分明，紧紧地搂住她，将她整个人带向他温暖的怀抱。云萝迟疑地抬头看了看句芒，只一眼就让她心慌意乱。

　　情生意动，原来是这样折磨人。

　　她靠在他怀里，听着头顶上方传来的均匀的呼吸声，终于迟疑地问："师父，徒儿不甘心。"

　　"哪里不甘心？"

　　"入了你师门，半点儿功夫都没学到。"她口不择言，觉得这句话说起来真像撒娇。

　　说不甘心是骗他的，当初他将她从五万天兵手里救出来，他这个师父已经做得太合格了。

　　"还有呢？"

　　"还有……"她喃喃地说，"徒儿觉得，现在和师父不像一对师徒。"

　　"那就别做师徒了。"

　　云萝愕然，还未说出半个字，就感觉一股温热的呼吸轻轻扑来。还未反应过来，嘴唇就被封住，只剩唇舌之间温柔的缠绵。这一刻，所有的语言都变得苍白。

　　她睁大眼睛看着面前的句芒，他低垂着睫毛，吻得极为认真，让她想起了初见那日，她中了春梦的情毒，他也是用这样的方法帮她解毒。只是当时的感觉是羞愤，如今是满满的甜蜜。

　　明月西沉，夜露轻轻降落，身上披着的纱衣一片润凉。可是谁都没有离开这曼妙月色的意思。

　　许久，他才轻轻松开她。

　　云萝靠在他的肩头，摩挲着那海螺笛子："句芒，给我吹笛子，好不好？"

　　"你想听，我就吹。"

　　句芒眼中有无边的寂寥，苍茫得如同今晚的夜色。他将笛子凑到唇边，开始吹奏一首低沉悲凉的乐曲。苍茫婉转的曲调从笛子中飘出，又沉入这茫茫月色中，化作滴滴露水缓缓降落，将肩头打得一片潮湿。

　　情不自禁地，他记起了一千多年前的那个夏日。他化出真身飞跃入海，畅意遨游一番浮出水面，然后看到了坐在礁石上的骊姬。

　　日光照耀下，她风华惊世，让他半分也挪不开眼睛。而她好奇地游到他身边，轻声问："你是海龙？"

　　鬼使神差般，他幻化回人形，点了点头。她顿时笑靥如花。那一瞬间，他就倾了心。

原来这样的一场劫难，从那时起就开始了。

句芒低头看云萝，她已经陷入睡梦中，浓密的睫毛垂盖下来，在洁白如玉的脸上投下一片阴影。

她不知道，九尾狐早就将她的心思都告诉了他。

九尾狐也有取梦读梦的能力。当日她笑嘻嘻地将一个梦捧到他面前："句芒大人英雄盖世，却窥不破一个小女子的心思，实在是不应该。"

他诧异，去看那个梦，看到云萝愤而出走飞回皇宫，终于明白了她的心意。原来自己一直挂念着的人，也对他有同样的情肠。

"云萝仙子心头有一滴心头血，时间久了可就要损了她的道行。"九尾狐掩口而笑，"所以还得句芒大人您多多体恤，别让人家空等太久，有情意滋润，那心头血自然就消失了。"

"你为何要告诉我这些？"

九尾狐诡秘一笑："你们的仙缘来得可不容易……我替你们戳破这层窗户纸，你就当我是唯恐天下不乱好了。"

回忆就此打住，思绪缓缓回位，五脏六腑、全身经脉都绷紧，他所有的注意力都集中在身侧的佳人身上。句芒将云萝搂紧了一些，手掌渐渐运力，将一股股仙力输入她的体内。

"你的那滴心头血不消，是我对你还不够好吗？云萝？"他隔着枝叶疏影望着那轮明月，自言自语地道。

你的一滴泪，于我而言就是汪洋大海。

你的一丝痛，于我而言就是痛彻心扉。

终于在这个深夜里发现，自己舍不得她受苦。

夜深月落，天地间万籁俱寂，只剩竹叶轻擦墙角虫鸣，掩盖不住的，还有火热的心跳声。凉风扫过衣襟，卷起落花几许，却带起思绪万千。

飞琼对他们的态度果然一落千丈。

翌日清早，没有宫人来过问起居，原先热情有加的金乌族人，见到他们也都绕道而行。

媱婳气愤不已，扯着青碧的绢丝帕子，愤愤不平："云萝，凡间就是这样的世态炎凉。他们的国主痴心妄想，要烤干海水用蛟龙做灯芯，还怪我们不肯妥协，变着法子冷落

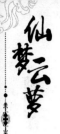

我们。明明是她不讲道理！"

云萝有些魂不守舍。她明明记得昨晚和句芒在院落里赏月，怎么一早却在床上醒来？难道是她记错了……

"国主一定不会答应送我们圣焱真火了。要不，我们去西棠苑找句芒大人，然后商量一下怎么办吧。"

句芒依旧穿着昨天的那身月白宽衫，墨发已经用玉冠束起，儒雅风流的气度不容忽视。他站在西棠苑的宫门口，看着她微微一笑："云萝，昨晚睡得好吗？"

昨晚梦中纷乱，一忽儿是海水潮声映明月，一忽儿是分花拂柳采棠棣，无论梦到了什么，梦中人都是……句芒。

一定是他昨晚吹的笛声太过摄人心魄，才会让人多梦浅眠。

云萝掩饰性地压低目光："还好，我们今天去见一见国主吧。"

没想到，刚走出不远，就见两名金乌宫人守在路边，见了他们就说："几位贵客，那边是国主寝居和处理政务的地方，你们不能过去。"

句芒仿佛早已料到这种情况，不假思索地问："我们有要事叨扰国主，可以通传一声吗？"

"这恐怕不妥，国主昨天听闻边疆又起战事，一时怒火攻心，身体多有不适，还请几位贵客多加体谅。"

"那国主打算什么时候见我们？"

"这个要看国主的意思。"金乌宫人回答得滴水不漏，显然是打定主意要拦他们了。

太阳从东边缓缓升起，整个金乌宫沐浴在一片暖金色的朝晖之中。尖而高的宫顶周围，散发着淡淡的蔷薇色的光泽。

云萝抬头看了看前方，高高的台阶上就是飞琼所居的凝惠宫。先不说面前这两名宫人，就说那台阶上，一步一阶都站着宫人。要想见到飞琼，谈何容易。

"那好，我们先回住的地方等候。"句芒如此说着，转身就走。

云萝无奈，只好和婉娩紧步跟上。

走回西棠苑的时候，忽见燕辝从半空中落下，脚一沾地就向他们疾奔而来。

见她神色有些不对，云萝预感不妙，忙迎上去问："燕辝，怎么了？"

燕辝气喘吁吁，小脸上挂满汗珠，急声问她："云萝仙子，昨晚是不是发生了什么事情？"

云萝飞快地和句芒交流了一下眼色。句芒略微点头，她这才拉住燕辝的手，道："你别急，慢慢说。"

"国主以往这个时候，是早就起来处理政务的。方才我去找她请示祭天仪式的事宜，宫中的侍女却拦住我，说国主身体不适！我好说歹说，才让人往里头传了话，可是国主却让人回了我，说祭天仪式延期，没有十天半个月，估计是举行不了仪式了！"燕辞满脸焦急。

飞琼被句芒拒绝，又没能取得他们的帮助，不仅不见他们了，连自己的下属都不肯见了？

云萝感到不妙，只好反问："祭天仪式就算延期，也总会举行的吧？"

燕辞眼眸中的光彩暗淡下来："两天后是日曜日，在那一天举行祭天仪式是最好不过的。我……我打算在那一天投火涅槃。"

娲婳吃了一惊："燕辞姑娘，万一你没有成功，岂不是……"

燕辞的笑容有些苍白："娲婳，人生在世都避免不了一死。我此生的愿望就是涅槃为凤，可以成为朱雀大人座下的一只神鸟，从此位列仙班，为了这个愿望，我愿意放手一搏！现在国主突然改变主意，要择日才举行祭天仪式，不只是你们没办法取得圣焱真火，我也没有多少胜算能够化为凤凰了。"

云萝怔了怔，还是没有告诉她全部实话："昨天晚上倒也没发生什么事，就是飞琼国主大概在为国土的事情而烦忧……"

燕辞脱口而出："国主是想烤干海水，以海底作为金乌国的新疆土？"

句芒突然出声："你知道？"

"我是国主座下四大护法之一，自然知道这个。你们不愿意帮国主，国主就生气了？"燕辞追问。

云萝苦笑："并非我们不愿意帮国主，而是这件事违背天地伦常，残害海中生物，不可为之！"

燕辞正色说："我虽然侍奉国主，但也并不是唯国主马首是瞻！从一开始，我就不同意国主的这个想法，可惜国主和另外三位护法很是执拗……"

云萝心中一阵感动，问："燕辞，你会帮我们吗？"

"会，当然会！"燕辞歪着头想了想，"眼下倒是有个办法。"

"什么办法？"

她说："把海水烤干并非一日能就，捉蛟龙也得等待时机，可祭天仪式却是迫在眉睫！不如你们先假意答应国主，等取了圣焱真火再反悔也不迟。"

"这……"句芒有些犹豫。

燕辞一副心领神会的样子："我知道句芒大人光明正大，不愿意用这种不入流的手

段。可是别忘了，这里面还有一个小漏洞可以抓。"

漏洞？

云萝疑惑地看她。

燕辞笑吟吟地继续说："云萝仙子答应帮助国主，可不等于句芒大人也答应了。国主心切，自然不会想到这一层。等祭天仪式结束，句芒大人不愿意为国主效力，难道说还要云萝仙子去捉蛟龙不成？"

婳嬿一喜："这也是个办法。"

云萝只觉头脑清明："燕辞的办法不错，到时候我食言也好，捉不来蛟龙也罢，那都是我的不是，和句芒大人扯不上关系。"

句芒蹙紧眉头，低头不语。

"你一个人去见飞琼国主，我不放心。"半晌儿，他直截了当地说，"你虽然是仙人，但毕竟只是一个仙厨，防身的仙术并没有多少。"

云萝笑道："防身的仙术不会，可是逃跑用的遁地术还是会的。句芒，你就让我去吧。"

他还是有些不放心，将一件物什放在她手里："你万事小心。"

那是白玉做的海螺笛子。

笛子握在手里，凉凉润润的触觉从掌心一直沁到心里。云萝将它紧紧握住："你放心吧，我不会有事，只是去找国主表决心而已。"

他们重新来到凝惠宫前。这一次，燕辞换了说法，让宫人去通传，说云萝打算助国主一臂之力。果然，飞琼很快就让人带出话来，让她进宫觐见。

重重宫门在眼前渐次打开，呈现出幽且深的内里。阳光在此止步，只能看到细小的微尘在空中乱舞，飘入那片昏暗中就再也看不到了。

云萝极力将自己的呼吸平稳下来。

因为这件事需要她一个人应承下来，所以句芒不能一起跟着去。他站在她身后，突然出声唤她："云萝。"

云萝停步，回头看他。句芒站在阳光里，静静地看着她道："昨晚的笛声，是为你而吹的。你若想我，就吹响白玉海螺笛。"

云萝脸上一红，心就在这一刻再也无法平静。

婳嬿在旁边"扑哧"一声笑了："是什么曲儿？难不成是人间的《凤求凰》？"

云萝顿时羞赧起来，瞪了婳嬿一眼："少贫嘴了，眼下还是办正事要紧。"

她跟着燕辞往内里走去，走了两步回头，看到句芒还站在廊檐下，墨眸如黑玉般深沉，身姿如雪松般挺拔。

她第一次从他的眼神中读出了珍重的意味。

两个人如此依依不舍，究竟是从何时开始的呢？云萝已经找不到答案了，只惶惶然回头，拐进了一道门。

及地的羽衣拖在地上，发出沙沙的响声。

燕辞带着云萝走进殿内，直走了一阵子，才说："云萝仙子，到了。"

殿内燃着醉人的沉水香，一缕一缕地从鸭形香炉里浮起，又钻入了鹅黄色的纱帐中。

重重纱帐中，飞琼坐在床上，目光冰冷地扫了云萝和婳婳一眼："听你们说，要助我一臂之力？"

云萝温然说："国主为金乌国筹谋，我怎能坐视不管？只是昨日句芒大人执意不肯，我也不好拂了他的面子，这才没有答应国主。"

"可是捉蛟龙，点海灯，只有句芒才能办得到。你就算有心帮我，恐怕也无能为力。"

"国主此言差矣。"云萝敛了笑容，正色说，"只要国主答应举行祭天仪式，送给我们圣焱真火，我自然有办法说服句芒。"

飞琼居然没有生疑，幽幽地叹了一口气："你有如此决心，我就信你一次。只是——"她拖长了腔调，"初见句芒，我就动了心思。"

云萝心里"咯噔"一下，却只能装作茫然。

"国主的意思是……"她故意凝眉，拖长了声调。劝句芒改了心意去爱别人，这种事她可不能随便答应。

飞琼眼中带笑，笑意却浅淡："我的意思是，句芒似乎对你情有独钟。如果你答应忘记句芒，我就同意举行祭天仪式。"

云萝默然，心头一寸寸地冷了下来。

果然，飞琼不是那么好对付的。有了皇图霸业，还想要收了心仪之人，也太霸道了吧。

婳婳冷笑道："国主，句芒大人另有所爱，你提这个条件，不是强人所难吗？"

飞琼并未动怒，只是笑道："婳婳姑娘，我给出的条件很公平，是不是为难，你们自己心里清楚。云萝仙子，我知道你忘不掉句芒大人，所以我准备了一颗忘情丸。你放心，我这里有解药，如果你践行诺言，我就将解药给你。"说完，她向旁边的宫人使了一个眼

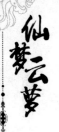

色，就有人端着一个托盘走上前来，盘中檀香盒中有一颗红色的药丸。

云萝低头看了那药丸一眼，冷笑道："国主想得真是周全。"

仙人有百毒不侵的体质，但她不确定，这忘情丸会不会让她忘记句芒。

云萝下意识地握紧了手中的白玉海螺笛。如果她真的忘了他，还能不能记起这支笛子中曾流淌出那样令人心动的乐章？

"仙子考虑一下吧。"

"我拒绝。"云萝冷冷地对飞琼说，"看来这次我们不可能合作了。"

飞琼惊愕，见她去意骤浓，忙从床上下来："云萝仙子，你大概不知道祭天仪式意味着什么吧？"

"这和忘情丸有什么关系？"

她脸上带了七分凄楚三分怨恨："有关系！我要在祭天仪式上投身火海。如果涅槃不成功，那就灰飞烟灭！你连我最后的请求也不愿意答应吗？"

"国主也要涅槃？"

燕辞从旁边走了过来，叹了一口气："云萝仙子，实不相瞒，祭天仪式五年举行一次，每一任的国主都会投火涅槃。国主已经将传位诏书写好，如果涅槃失败，那就……仙子，这也许是国主最后的心意了。"

"可是，就算我忘掉句芒，也未必能让句芒倾心于你。"

飞琼冷笑："你赌的是情，我赌的是命！你若是不吃忘情丸，我怎知你的诚意？你可要想好，我等下一个五年也同样可以举行祭天仪式！但是你们呢……阴神用五年时间就可以完全苏醒了吧？"

看来她不达目的绝不罢休了。

云萝突然心念一动，朗声道："既然国主执意要我吃下忘情丸，我就恭敬不如从命了。只是给我一个时辰的时间，我要将我和句芒的过往都记下来。"

飞琼这才转怒为喜："那好，仙子可要遵守诺言。你要留一些回忆，这是人之常情，我可以理解。燕辞，你带仙子去偏殿，一个时辰内不要打扰仙子。"

"是。"燕辞应声，带着云萝向偏殿走去。走到无人的地方，燕辞偷偷地对她说："云萝仙子，我们成功了！"

云萝勉强笑了一下。

燕辞以为云萝是因为忘情丸而情绪低落，便安慰她："仙子莫要伤心，祭天仪式开始之前，我会想办法将解药偷出来。"

云萝摇头："我不要解药。燕辞，你没必要为了我再去冒险。"

"那是……"燕辞迷惑地看着她。

云萝苦苦一笑："金乌族人只有涅槃为凤这一条路可走吗？火中涅槃凶险异常，飞琼和你都没有百分之百的把握，更何况那些鸦族人？燕辞，就为了一个虚无缥缈的梦，值得你们付出这么多吗？"

燕辞怔怔地看着她："可是，一旦成功就可以位列仙班。"

"位列仙班又能怎样？"

这一次，燕辞没有回答。

"你们得道，和凡人不同，你们本可以纵横天下，翱翔长空，阅尽天下美景！难道对于你们来说，这样的凡间还不够令人满足，还要去天界？做一个逍遥自在的金乌族人，不好吗？你可知天宫景色万年不得一变，长生寂寞孤苦，还有天条约束着七情六欲。燕辞，仙人的生活哪里有你们想象的那么自在。"

燕辞彻底怔住，半晌才道："仙子不用多说了，我已经决定涅槃，成败在此一举。"

云萝无奈，只得叹了一口气。然而，她从燕辞的眼中看出，燕辞的眼神没有刚才那般坚定了。

偏殿空旷，静寂无声。

云萝独自坐在榻上，双手在半空轻拢慢捻，从掌心游离出蓝色的丝线。那些丝线如同生了眼睛，在半空中缠绕辗转，渐渐纠结成一个梦境。

那是她编织的一个噩梦。

正如燕辞所说，这里面依然有漏洞可钻。比如，飞琼让她吃下忘情丸，并不曾禁止她吐出来。

飞琼只知道她是仙厨，没有太多的攻击力，打心眼里就看低她一层，却不知道她的前身是一只梦貘兽。梦貘兽只要吞下一个噩梦，就会将腹中物呕吐出来。

云萝将噩梦梦境偷偷藏起来，然后才整理好服饰妆容，朗声唤道："进来吧。"

燕辞端着那只檀木匣子进来。云萝静静地看着那枚忘情丸，然后吞了下去。

头脑果然开始微微发晕，眼前朦胧一片看不清晰。她极力在脑中回忆起句芒，却发现内心同样炙热。

环佩声泠泠响起，飞琼缓步走到她面前。云萝微微一笑："国主，我已经实现了诺言，也请国主将圣焱真火送给我们。"

"我会遵守诺言。"飞琼露出一抹高深莫测的笑容，"只是祭天仪式，是在今天举

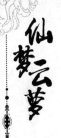

行。”

“今天？”云萝顿感不妙。

燕辞满脸愧色：“仙子，对不住，为了让你吞下这颗药丸，我骗了你。”

不妙！

从早上初遇燕辞，她就在做戏？

云萝心中警铃大作，暗地里念出仙咒，想要飞出偏殿，却发现自己手足麻木，不能动弹。忘情丸到底是什么东西？

飞琼冷笑：“你放心，我知道你们仙人百毒不侵，怎么会给你吃毒药？方才那不是忘情丸，而是迷仙散！祭天仪式上，我要你投火自焚。”

“你！”云萝没想到她竟会这样无耻，“你为了得到句芒大人，不惜使出这样下三烂的手段？”

“我得不到的东西，也不许别人得到。”她恶狠狠地说，娇美的容颜上挂着恶毒的表情。

云萝怒极反笑：“身为一国之主，难道可以出尔反尔吗？”

飞琼微怔，复又说道：“我会遵守诺言，给句芒圣焱真火的！其实我一直没有告诉你，圣焱真火要有仙人祭火才能出现！在金乌国，哪个族人敢说自己的修行赶上了仙人？所以你就是那个最合适不过的人选！而且，在火中涅槃的金乌族人才能化为凤凰。”

真相竟然是这样！

云萝颤巍巍地看向燕辞，眼中充满着愤恨。

燕辞不敢看她的眼睛，讷讷地说：“云萝仙子，我在祭天仪式上也会投火，就算有圣焱真火，我依然没有万分的把握化为凤凰。人之将死，其言也善，所以我现在可以保证，国主说的都是真的。”

云萝心中闪过几个念头，突然脱口而出：“那些鸦族人呢？”

飞琼居高临下地看她，倨傲无比：“鸦族人？呵，不过是一些活柴火罢了。”

云萝恍然大悟。说什么鸦族人也可能化为凤凰，原来根本就是一个弥天大谎！飞琼就是用这种谎言，骗得鸦族人自愿投火祭天！

“你身为国主，怎么能这么狠心，看着那些鸦族人白白送死？”

“你还是多想想你自己吧，等一下入了圣火，你就连元魂都不剩了。不过你放心，我会将圣焱真火交给句芒的，毕竟那也有你的功劳。来人！”飞琼高声喊。几个金乌人抬着一只巨大的金笼子走进偏殿，飞琼不由分说地将云萝推进笼子，然后关上了笼门。

“燕辞，去告诉句芒大人，我留下云萝仙子共进御膳。等他走后，我们就赶往圣地！"飞琼唇角一勾，吩咐燕辞。

燕辞应声，低头走出偏殿。

云萝愤恨不已，这算什么，一开始装单纯骗取他们的信任，现在又和国主狼狈为奸，真是知人知面不知心。

金笼子上的绢罩渐渐落下，挡住了外面的景象。她躺在笼底，听到周遭传来扑棱的翅膀拍打声，接着就感觉身体飘浮起来，有流风扑过来，卷起绢罩的一角。

透过绢罩的缝隙，她看到笼子旁边有巨大的翅膀，下方是淡淡流云。在万丈高空之上，看到山上的金乌宫只是金黄色的一个小点。

过了一阵子，四肢的麻木感才消除了不少，云萝挣扎着将事先藏好的噩梦吞下，终于将醉仙散吐了出来。

精神为之一振，她掏出凤剑，打算斩断金笼子。可就在这时，云萝发现自己无法施展仙术飞天了！

就算能够砍断牢笼逃走，如果没有仙术飞天，那只能摔成肉泥。她急了，这一定是因为迷仙散，只是她不知道这药效什么时候才能完全过去。

绢罩被一股劲风掀起，云萝这才看清楚金笼子原来是被鸦族男人驮起来的。飞在笼子两边的是几个鸦族青年，流风从他们黑色的羽翼之下呼啸而过。

也许是注意到了她的目光，一个鸦族人回头冷冷地看了她一眼。

橘色纱罩被风呼啦一声刮走，如风卷残云般，霎时间就消失在天际。

云萝向鸦族人大喊："你们被飞琼骗了！她只是想让你们做祭火用的柴火！你们根本就不能变成凤凰！"

本以为这番提醒会让他们有所忌惮，没想到一个鸦族人愤怒地向她喊："你才说谎！鸦族人是最高贵的！"

"是飞琼统治压迫我们，我们早已忍无可忍了！鸦族人在上古时期就是一种神鸟，是帝俊与羲和的儿子，却被飞琼当成了贱奴！"

鸦族人愤怒地抗议起来。

"我们相信，鸦族人的血统这么高贵，一定会有涅槃成凤的可能性的。"一个鸦族人向她恶狠狠地喊。

云萝迅速在大脑里搜寻着，蓦然记起了两位上古神君，帝俊与羲和……

是了，这些鸦族人之所以自命不凡，肯定是因为这两位上神的传说！

"帝俊与羲和的儿子是三足鸟，但只是形似乌鸦而已！你们并非他们的后代，是无法涅槃为凤凰的！你要相信我，我在天宫待了三百年……"

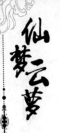

话还未说完，鸦族人就疯狂地拍打着翅膀，让她无法继续说下去。

"鸦族人不是低贱的，我们会用祭火让你明白的！"

云萝彻底束手无策了。他们希冀了那么久，肯定不肯相信自己真的没有变成凤凰的命。可如果放任他们去死，她同样于心不忍。

正想着，忽听一声欢呼："圣地到了——"

第十三章

凤凰一出惊天下·

云萝挪到笼子边上，俯瞰下面，只见一块四周环山的平地上，燃烧着九个冲天大火堆。金红色的火光如同九条火蛇，向天龙喷吐着浓浓的烈焰。哪怕身在高空，她也能感到那股灼人的热度扑在肌肤上。而九个火堆的中央，是一个巨大的八卦阵，黑白卦图十分醒目。

鸦族人带着金笼子开始降落。

随着高度的降低，云萝看到飞琼和燕辞穿着盛装站在八卦图的中央，正抬起头看着他们。

飞琼目光锐利，隔着万丈高空，从地面往上紧紧地盯着她。

云萝有些焦急起来。祭天仪式很快就要开始了，然而她却没办法使用仙术，说不定句芒也被蒙在鼓里，还以为她在陪飞琼吃香的喝辣的呢。

长风浩浩荡荡地扫过，将她的长发拂起。云萝感到有些冷，忍不住抱住了双臂。

"仙子，仙子……"旁边有人喊她。

云萝侧过头，看到一个少年鸦族人正透过笼子栏杆看她，巨大的黑色翅膀在空中拍打不停。她忙笑了笑："怎么了？"

他有些局促不安，显然是不想引起他人注意，往两边张望了一下才说："你说的……鸦族人不是神鸟后代，是不是真的？"

云萝心中猛然升起一丝希望，忙快速地说："是真的！三足乌的后代很多都化为了青鸟，在西王母娘娘座下服侍，流落人间的很少！你们不要投火，那会让你们送命的！"

少年垂了垂眼帘："等一下祭祀开始，我们先跳入圣火，然后是仙子，之后才是国主她们。"

"别跳！"云萝不敢大声，"国主是骗你们的，你们的肉体让圣火更加旺盛，和日曜两相呼应，然后国主化为凤凰的可能性才会大大增加。最后的得益者，只能是国主。"

少年抿了一下干燥的嘴唇："我信你。"

云萝这才微微放心："那你叫什么名字，可以帮我说服其他鸦族人吗？"

他摇头："我叫凉歌……我没办法说服其他兄弟，他们如果不在了，我也不会苟活。"

眼看着最后一缕希望也要破灭，云萝向他伸出手："别这样，凉歌……你不要跳入圣火，要珍惜自己。"

凉哥怔怔地看着云萝，不知所措。

云萝看着那样悲哀的目光，突然感觉到一种别样的伤感——她马上自身不保，却还在担心别人。

有什么东西滚到了脚边，云萝伸手一摸，发现那是句芒送给她的白玉海螺笛。

那晚的情景又浮现在眼前，句芒一身白衣，宽袖软软地垂在身侧，月光在衣上洒落一层流光。云萝忽然记起了他说的话——你若想我，就吹响白玉海螺笛。

难道，这句话有什么暗示不成？

尽管学得不是很像，但云萝还是将记忆中的那支歌曲断断续续地吹了出来。如果她没记错，这应该是骊姬曾经歌唱过的《春江花月夜》的曲调。只是那晚的月色太美，云萝不忍心点破。

只要不出言点破，她就可以假装这笛音是因她而起，因她而歌。只要不出言点破，她就可以假装句芒忘记了骊姬，开始学会珍惜眼前人。

鸦族人落在地面上，而云萝只低着头吹笛子。

飞琼十分不满地说："请仙子停止吹奏。"

云萝抬头，淡淡地说："我大限已到，国主连这个都要干涉吗？"

飞琼道："我只是怕你玩什么花招。你服下迷仙散，居然还能动弹，真是让我佩服。"

九个巨大的火堆在八卦阵周围燃烧着，热浪扑来，让她后背上微微出了一层薄汗。飞琼的脸被火光照亮，那眼神却冰冷至极。云萝轻轻一叹："飞琼，你认为杀了我，句芒会放过金乌国吗？"

飞琼仰头大笑，神情显得癫狂："有了你投入圣火，金乌国就会有凤凰临世！我还怕对抗不了句芒？"

云萝冷冷一笑，飞琼终于中计了。接着，云萝猛然起身，大声呵斥："国主，你这样想才是不仁不忠不义！"

飞琼赫然变了脸色。

"你生祭仙人，生祭金乌子民，是为不仁！你身为地仙，不肯清修，反而利欲熏心，是为不忠！你明知激怒青龙会让金乌国覆灭，还要逆天而行，是为不义！"

周围的金乌族人和鸦族人顿时面面相觑。有人交头接耳地议论："国主明知道激怒句芒大人没有好下场，还是要逆他的意思而行吗？"

"听说这次祭天仪式，句芒大人并不知情，要不然他怎么不在场？"

"我们地仙再厉害，也比不过天神啊！"

"万一天神发怒可如何是好？国主是化为凤凰了，可我们还要活着啊！"

人们开始窃窃私语起来，看向飞琼的目光都生出了怀疑的意味。

云萝向守在金笼子旁边的鸦族人喊："你们听好，鸦族人是不可能化为凤凰的！你们如果真的有天命加身，那么早就被仙帝和西王母接进天宫去了，怎么会放任你们在这里受飞琼奴役？"

"住口！"飞琼又惊又惧，忙命令身边的燕辞："快将她连笼带人都投入圣火！"

"可是，按照惯例是要鸦族人先祭火，圣火最旺盛的时候再祭仙人……"燕辞犹疑地说。飞琼转身就给了她一巴掌。清脆的掌声响起，让在场众人都惊呆了。

云萝心中暗叫一声不妙，看来飞琼的威信还在。果然，燕辞捂住通红的右脸，低声道："是，燕辞遵命。"

燕辞向云萝走来，迈着轻盈的步子，一如当初落在她面前那般。云萝有些绝望，握紧了腰中的凤剑，心想：就算不能逃出生天，也一定要拼个你死我活。

然而，一个人影挡在了燕辞面前。

是凉歌。

他挡在燕辞面前，仿佛鼓起了很大的勇气，但依旧用铿锵有力的声音说："我不许你伤害仙子。仙子说得有道理，惹怒了青龙句芒，我们活着的鸦族人该怎么办？"

其他鸦族人并未说话，只是默默地站在凉歌身后。凉歌身后渐渐聚集了一团黑云，他们是一直生活在金乌族底层的人民。燕辞有些惊慌，后退一步，警惕地将手按在腰间的武器上。

千年的苦难，一线的希冀，如今才发现竟然是一场水中花镜中月的谎言，这委实让人难以再忍受下去。鸦族人中，有人回头看云萝，那是沉默又愧疚的眼神。

云萝怔怔地看着这一切，恍然若梦。鸦族人终于开始觉悟，开始有所反抗了？

"你们，你们真是反了！"飞琼暴怒起来，难以置信地看着鸦族人。

云萝忙抽出凤剑，将金笼子劈开，一步跨出来，大声喊："飞琼，若你肯悬崖勒马，王威尚存，你的子民还会臣服于你的！"

"你住口！"飞琼勃然大怒，伸出双臂，金色的羽衣在阳光下散发出耀眼的金辉。云萝只觉得一阵疾风吹来，转眼间飞沙走石，忍不住眯了眯眼睛。然而就是这一瞬间，飞琼已经飞快地冲破了鸦族人的封锁，来到她的面前。云萝忙提剑便刺，哪里来得及，只削下了她几片碎羽。

手腕一痛，凤剑咣当一声落地。

云萝眼前一花，便觉双脚离地。飞琼竟然制造出一个透明的结界将她困在其中，然后

194

飞上半空。

"你要做什么？"云萝在结界中挣扎。若在平常，她完全可以对付这种结界，可她如今仙术尽失，无论如何也摆脱不掉这种法术。

飞琼金色的羽衣在空中飞扬。她回头看了云萝一眼："当然是用你祭火！"

"你敢！"

"鸦族人不愿意祭火也就算了，你可是让金乌族变成凤凰的关键，我不能轻易放过你！"飞琼的眼中闪着锐利的光芒。她浮在半空，开始控制结界往下坠落。

"仙子姐姐！"云萝听到有人唤她。原来是凉歌带着几个鸦族人冲了过来。他愤怒地向飞琼喊："国主，你快住手！"

"你们鸦族人生来低贱！你以为凭你们几个就可以阻止我吗？"飞琼倨傲无比地说。

"还有我！"一个清脆的声音响起。

飞琼愕然回头，看到燕辞也飞上半空，正用一种陌生的眼神看着她。

"燕辞！你也要背叛我吗？"

燕辞有些疲惫，懒懒地摇了摇头说："国主，如果化为凤凰必须牺牲那么多人，那未免太残忍了一些，你说是吗？"

飞琼猛地回头，眼中如同铺陈着点点碎冰。云萝预感不妙，就看到飞琼的手往下使劲一按——

在许多人惊恐的目光中，结界带着她迅速往下坠去！云萝只觉一阵翻天覆地的混乱之后，就看到熊熊烈火向自己扑来！

此时正是日上中天，九个圣火火堆火势突然大了起来，转眼就吞噬了八卦阵，冲天的火舌狰狞无比。

云萝闭上了眼睛，既然要死，何不死得痛快一些。最后的一个景象，是满眼的火红。

然而那种焦灼感迟迟没有出现。

难道……她灵魂出窍了？

云萝试着睁开眼睛，不由得大吃一惊。原来她已置身于圣火之中，只是那结界竟然没有任何破损，将可怖的火焰挡在了外面，竟然半点儿热度都无。

抬头，云萝看到飞琼和鸦族人都惊讶地俯瞰着这一切，像是对眼前的一切难以置信。

为什么……飞琼的结界竟然保护了她？可飞琼原本不是要杀她吗？

云萝正胡思乱想着，突然听到半空中传来一声厉啸，震彻天地！

那是龙的吼声，带着排山倒海的愤怒与不甘。

她踮足眺望，透过透明的结界和火红色的火焰，看到滚滚乌云袭来，淡蓝色的闪电在

云间翻滚不息。那是句芒！

云萝记起那支白玉海螺笛，恍惚记起他曾对她说，昨晚的笛声，是为你而吹的，你若是想我，就吹响白玉海螺笛。

原来如此！

那白玉海螺笛里，竟然存了一种召唤青龙的秘法。所以在她吹响不久，他就及时探知了她的情况，驾云前来。

飞琼尖叫起来："快挡住他，快！"

可是句芒临阵，谁敢对抗？转眼间，那些鸦族人和金乌族人就逃得无影无踪。

乌云到了头顶上方。云萝看到乌云中有一条青龙，鳞片闪着锐利的冷光，铜锣大的眼睛冷冷地俯瞰着这一切。而在青龙的脊背上，站着一名女子，青丝飞扬，绯红衣衫，不是婤姬还能是谁？

云萝眼睛一热，向天空大喊："句芒、婤姬，我没事——"

估计他们也看到了火中的情形，知道她在圣火中暂时无碍。只听青龙的声音传遍整个大地："飞琼，你将结界从圣火中取出，放了云萝，我就饶你不死！"

飞琼仰头大笑："我放了她，你若反悔杀我，怎么办？你们想救她，就自己入火去救！怎么，难不成你们也怕这圣火让你们涅槃了不成？"

"你不要敬酒不吃吃罚酒！"婤姬怒极，"你逆天而行，就算变成凤凰也是一只毒凤凰！"

"你！"飞琼怒极，却想不到言语来反驳，冷笑着说，"好吧，若要我放了云萝，必须要你这丫头来换！"

青龙冷冷地俯视着她。

飞琼继续说："句芒！你不是说，我放了云萝就不杀她吗？但我凭什么相信你？所以，你把婤姬送过来，我就相信你！等我到了安全的地方，自然就会将婤姬送回来。"

云萝一惊："不可以！飞琼诡计多端，不能相信她！"

她和婤姬之间隔了万丈，饶是她这样卓绝的视力，也看不清她的表情。可是婤姬的回答却是一字一句地响在耳边："好，我下去，你放了云萝！"

"不可以！婤姬，太危险了！"云萝急得大喊。可是婤姬并未理睬她，只见她踏着一朵云，慢慢地降落下来，绯红色的衣袂蹁跹飞扬，犹如一朵染了霞光的云彩。

飞琼低头看了看云萝在火中的模样，勾了勾手指。云萝只觉身体变轻，那结界竟然带着她缓缓向上升去。

圣火在脚下翻滚着，如同鲜红的蛇芯。最后，结界完全脱离了火海，停在飞琼身边。

飞琼瞥了云萝一眼，冷笑着说："算你命大。"

"结界为什么不破？"

飞琼愕然，复而一笑："真可笑，我还想问你呢！我自己的结界，竟然能经得起圣火炙烤？肯定是你在作怪。"

云萝努力使头脑冷静下来："国主，我不知道结界为什么不破，但是我现在请求你——不要为难娲婳！今日的恩怨就一笔勾销。"

"呵，恩怨一笔勾销……"飞琼诡谲一笑，抬头看到娲婳已经快要落在眼前，像是记起了什么，突然浑身一震。然后，她用一种异样的眼神重新看着云萝，突然幽幽地说："云萝，我突然想明白了，你和句芒绝非良配，并不仅仅因为你们无法缔结仙缘。"

这话锋转得太快，让云萝有些迷茫："你何出此言？"

飞琼凝眸看她："云萝，你将来会害死句芒的……不，你会害死许多人。"

她的话如同一根银丝从云萝心头拂过，总觉得哪里不对劲，可又说不上来。云萝刚想张口问，却已见娲婳落了下来："飞琼，解除结界，放云萝上去，我跟你走！"

飞琼神色莫辨，只凝眸看着娲婳，步摇上面的金珠链从发髻上垂到腮旁，一摇一晃。云萝只觉耐心快被她磨光了，忍无可忍地说："飞琼，你到底在打什么主意？你到底是什么意思？"

"你以为我会告诉你真相吗？"飞琼冷冷笑道。

娲婳见飞琼并没有搭理自己，怒道："痛快人就做痛快事！你快放了云萝！"

飞琼这才慢吞吞地伸出手，将云萝身边的结界一点点收回。只是她还是戒备地挡在云萝身前，对娲婳说："你先过来。"

云萝紧张起来。

娲婳缓缓飞了过来。飞琼抓住云萝的衣袖，突然用力将她往娲婳那边一丢。云萝一个趔趄扑上娲婳的云头，却站立不稳，差点儿掉下去。娲婳忙去扶她，却不想突然觉察背后有一股力道，瞬间就将云萝冲下了云头。

"云萝！"娲婳一声凄喊，徒劳地去抓她，却抓了一个空。

风从耳边嗖然而过。云萝回头，只见飞琼从身后抱着自己，面孔上是一片凄厉。

"国主，你放开我！"她奋力挣扎。

飞琼恶狠狠地说："就当我是为了句芒！云萝，你不能活下来！"

"你在胡说什么？"云萝用力去掰飞琼的手指，可飞琼用了十成的力气，她哪里掰得开？

圣火已经近在眼前，眼看就要吞噬她们。就在这千钧一发的时刻，云萝只觉眼前绯红

色一晃，接着听到了飞琼的惨叫，同时腰间那股力道也消失了。

是媭婤！

时间瞬间变慢，一点一点地向前行走，慢到足以让云萝看清楚媭婤娇美的容颜以及凄绝的笑容。云萝心生不妙，伸手去抓媭婤。媭婤却摇摇头，猛地将云萝推到云上，然后自己抱住飞琼扑入了火海。

"媭……"云萝想喊，却哽住了。

绯红色和金色的身影双双消失在圣火中。

云萝坐在云上，怔怔地看着这一切，忍不住地发抖。

媭婤！

——云萝，你再捣乱，我这上清观就没香火了，没香火你养我？

——凡人们都只得一支下下签就够了！这一生他们得一千次上上签又有何用，反正百年之后他们都是要死的。

——对不起，云萝，我等不下去了……我现在就可以变成凡人，我要和他在一起！

——是什么曲儿？难不成是人间的《凤求凰》？

媭婤的音容笑貌在云萝脑海中回荡，让她心痛欲裂。为什么，为什么要不顾一切救她？世事太残忍，她们连个告别都没有，却已经是永别！

热浪突然卷得老高，向她直扑过来，火势之迅疾让她来不及躲避。就在这时，风声厉啸，将云萝整个人都卷了起来。

一阵乾坤颠倒，她只觉身子被抛到了半空，又重重地落在一个物体上。揉了揉眼睛，云萝看到自己已经伏在青龙的身体上，身后的圣火蹿得老高。

句芒的声音传来："云萝，别伤心，媭婤不会死的。"他的声音有些怪异，她侧了侧身体，看到他口中有一团幽蓝色的火球，在静静地燃烧着。

那是圣焱真火！

媭婤后来成了凡人，但体内仍然凝聚了不少灵力。也正是因为这个，所以才能引出圣焱真火吧！

云萝鼻子一酸，痛哭出声："句芒，这是用媭婤的命换来的圣焱真火啊……"

句芒十分艰难地开口："云萝，我等下要跳入东海，这缕圣焱真火就拜托你保管了。"

跳入东海？云萝茫然地问："为什么？"

他没有回答，只是身体在微微颤抖，似乎在经受着巨大的痛苦。她回头，看到青龙的尾巴上正燃烧着熊熊大火！

"句芒！"云萝惊慌失措地喊，"我去帮你把火扑灭！"

"别！这是金乌之火，遇水不化，能够伤及仙身，你不可涉险！"他出声阻止她。

云萝急得六神无主，抱住龙身哭喊："句芒，我已经失去了媭媭，我不能再失去你！"

"我不会有事，只是恐怕要到深海才能灭火。"青龙开始急速往下坠落，"你守好圣火！"

云翳四处散开，下面是一片碧蓝无垠的海面。那一簇圣焱真火从青龙口中飞快地移出。云萝看准时机，向那圣火一扑，用双臂环住了它。一股温暖的感觉顿时流遍四肢百骸，有一种说不出的妥帖舒适之感。她惊讶地看着怀中的圣焱真火，只见它幽兰的光芒并未受到丝毫损毁，反而更加光彩熠熠。

普通的金乌圣火会吞噬一切，可是这簇圣焱真火却这般温柔美丽。

青龙一跃入海，击起巨大的水花，海浪轰然散开，卷起千堆雪般的水花。

抱着圣焱真火浮在半空，云萝感觉仙力正慢慢地流回到身体里。慢慢地降落在海滩上，她望向一望无垠的大海，瘫软在温软的黄沙上。

圣焱真火十分驯良地浮在她的身旁，带来阵阵春风般的暖意。

海风阵阵吹来，海面上又回复了平静，她的心却如乱麻。句芒会有事吗？深海的冰冷能够熄灭他身上的圣火吗？

腰间的锁盒突然开始发光发热。云萝知道那是玄图巫女的暗示，忙将锁盒打开。只见那缕青烟从玄图上浮出，玄图巫女淡淡地道："仙子，我本就是海中玄器，如今到了家乡，可否让我归去？"

"巫女，那能否告知我，如何才能去海之极深，寻找到阴神呢？"

青烟似的玄图巫女终于开口了："海之极深入口处的地方，有一座笙曦宫。你们要拜访笙曦宫的主人，才能进入海之极深。言尽于此，我也不便多说，还请仙子放我回海吧。"

尽管看不到青烟中巫女的神色，但云萝总觉得她应该是一脸沉郁之色，忍不住问："巫女，是否前路坎坷，你才不愿意跟随？"

她沉默片刻，突然说："飞琼之前对你说的话，都是真的。"

云萝一怔。

脑海中蓦然浮现出那个大胆热烈的女子，她瞪着自己，目光里有一种可怕的意味。

当时她说了什么？

——云萝，你将来会害死句芒的……不，你会害死许多人。

——就当我是为了句芒！云萝，你不能活下来！

云萝浑身打了一个冷战，喃喃地道："怎么可能！我怎么会害别人？"

玄图巫女没有说话，而是收起了青烟，回到了玄图中，之后就是静寂无声。显然，她已经不愿多说了。

云萝默然站了许久，将玄图使劲抛向大海，海浪一卷，那玄图就消失不见了。

"句芒——婼婳——"云萝对着大海声嘶力竭地喊，心绪如同海风飘摇。可是海面上依然没有任何变化，回答她的只有阵阵涛声。

千里水天一色，只有孤鸿的影子在远处云端时隐时现。

她累极，躺在沙滩上仰望着天空。此时日光正毒，热辣辣地投在肌肤上，惹起一阵阵酥痒感。

蓦然，那日头仿佛被什么东西咬了一口，出现了一个黑点。

太阳穴突突一跳，云萝忙坐起身，眯起眼睛看那个黑点。只见那黑点越来越大，竟是冲她而来。等看得清楚了些，只见那黑点原来是无数双玄黑翅膀组成的！

鸦族人？

云萝擎着圣焱真火迎了上去，越近越觉得心惊。那玄黑翅膀的确是鸦族人不错，可是那被围在中央的却是一只流光溢彩的金凤凰！

金凤凰生着七彩尾羽，如一把收起的彩扇，在身后摇曳飞舞。她有健硕而美丽的金色翅膀，每一根羽毛上都闪着璀璨的光，所到之处都撒下点点金粉。

云萝脑中轰然作响——那凤凰应该是在圣火中涅槃成凤的！究竟是谁，是飞琼？

为首的鸦族人正是凉歌，他看到她，惊喜地大喊："仙子，婼婳姑娘化为凤凰啦——"

云萝恍若在梦中，看向掌心的那簇圣焱真火："圣火，你快把我烧醒，我是在做梦吗？"

圣焱真火静静地在她掌心燃烧。

一时间，鸦族人和凤凰已经到了跟前。那凤凰摇身一变，化作婼婳的模样。婼婳含着热泪唤她："云萝，是我！"

不是梦，这不是梦。

就算是梦，她也不愿意醒来。

云萝飞扑上去，抱住婼婳。没错，这是她绯红色的衣衫，是她温软窈窕的身姿，是她娇美无双的笑靥——婋婳，涅槃复活了！

"婋婳，你没事真好！"云萝抱住她，流下两行热泪，"你和飞琼跃入圣火之后，到底发生了什么？"

"当时我只想着和飞琼拼一个鱼死网破，入火之后就失去了知觉，醒来后就发觉自己浑身是火，痛楚不堪。这也可能是幻珠本身就有大量的灵力，才会让我如此吧！等意识完全恢复，我发现后背居然长出了一对翅膀，身体已经化为金凤凰，并且拥有了神力！所以我让鸦族人带路，来找你们。"

"不是只能是金乌族人才能涅槃为凤吗？"

"也许……是天机异变，也许是幻珠本身就具有独特的灵力，才让我得以涅槃。"婋婳眯了眯眼睛，也有些百思不得其解，"现在先别说这些，句芒大人呢？"

云萝有些黯然："他在水中疗伤。"

"句芒大人神武，会没事的。"婋婳握住她的手，安慰地拍了拍她的手背。

凉歌突然一拱手，朗声说："还请婋婳姑娘担当金乌国国主！"

其他鸦族人也七嘴八舌地说："是啊，婋婳姑娘，你如今是金乌国唯一的凤凰，做国主当之无愧！"

云萝淡淡地笑了，轻声问她："婋婳，你如今是神鸟了，是留在金乌国做国主，还是上天宫侍奉朱雀大人，就看你自己的选择了。"

鸦族人用期待的目光看着婋婳。

婋婳心领神会，想了想，笑着说："自然是留在人间做金乌国的国主。你们放心，我做了国主一定会善待金乌族和鸦族人——人间太疾苦，但有承湛我就已经心满意足。"

鸦族人顿时欢呼起来。

只有凉歌懵懂地问："承湛？那是大宋国的皇帝吗？"

"是的，我原本是大宋国的妃子。"

凉歌黝黑的脸上露出憨厚的笑容："原来如此！听闻大宋国的皇帝仁厚，金乌国神往已久！待国主重振朝纲，金乌国派使者过去，国主可要做大宋国的皇后！"

婋婳有些忐忑，云萝忙拉住她的手紧紧一扎："必然是皇后……凤凰，哪里有屈居人下的？"

婋婳重重地点头，眼中有泪光闪现。云萝心中也宽慰了许多，她历尽千辛万苦，终于博得一个和承湛并肩的地位。凤凰临世，看哪个大臣还敢弹劾她是妖女？

云萝和婋婳带着鸦族人一起降落在沙滩上，等候句芒从水中出现。婋婳轻声问她："要不我们一起下水看看？"

　　云萝刚想回答，就听见海水突然涨高。远远地望去，只见海上形成一个巨大的旋涡，周遭海水飞速旋转起来。她不知是福是祸，忍不住向前走了几步。

　　句芒，是你吗？

　　她在心中默默地祈祷，希望他能够平安无恙。只见那旋涡越转越快，最后轰的一声喷出一条水柱。那水柱从空中落下之时，海水哗哗地向两边分开，竟然辟出一条道路来。

　　眼前波澜壮阔的奇景让众人瞠目结舌。凉歌在她身后喃喃地说："真的好美啊……"

　　只有感受到这种震动内心的美，才能切身体会到飞琼想要用圣火燃尽海水的暴戾。

　　那海路愈来愈宽，浪花翻卷处走来两人，其中一人墨发飞扬，步履矫健，石青色披风上的一条青龙呼之欲出，正是句芒无疑。

　　云萝欢呼一声，向他奔跑而去。

　　这短短的一个时辰，仿佛已经耗尽了她千年的等待。

　　她向他跑过去，水雾从两边飘来，轻柔柔地飞在脸颊上，让视线也模糊了不少。可她不在乎，那一刻，他只是一个自海面归来的丈夫，而她只是一个在家苦候的妇人。金风玉露 相逢，胜却人间无数。

　　句芒脸上也是同样的惊喜与感动，他向她伸出双臂。她不假思索地扑入他的怀抱，语无伦次地说："句芒，你可回来了！婳媺没事，没事……"

　　他温柔地抚摸她的长发，一句一句地回答："好，我知道了……"

　　她尽情地嗅着他身上散发出来的清新气息，深深地陶醉其中。不知道过了多久，突然有人在旁边咳嗽了一声："你们……叙完旧了吗？"

　　云萝吓得忙抬起头，只见句芒旁边还站着一位英俊的青年，正十分尴尬地看着她。她忙离开句芒，后退几步，无措地问："句芒，这位是……"

　　句芒眼中带着笑意："他是海中蛟龙，这次我的烧伤能这么快地痊愈，多亏了他的海药。对了，他叫潮汐。潮汐，这位是云萝仙子。"

　　云萝向他盈盈一拜："多谢潮汐，云萝感激不尽。"

　　青年朗朗一笑："哪里，我还要多谢他放我一马，听说飞琼国主的计谋是将我的筋骨给抽出来做灯芯呢！"

　　她会心一笑。

　　野心勃勃者，必然被野心所连累。那个试图一统天下的女子，那个妄想成为上仙的飞琼，早已在圣火中灰飞烟灭。

　　一路说笑到了岸上，云萝将玄图巫女告辞而去的事情对句芒说了一遍。

　　潮汐皱起眉头说："笙曦宫倒是听说过，在南海那边，你们有圣焱真火护体，去那里倒也不难。只是……"

"只是什么？"

他顿了顿，蹙眉说："听说笙曦宫的守护人脾气古怪，是一只南海蝴蝶。你们在天上地上法力无边，可是到了海底，未必能胜出呢。"

云萝蹙眉，重复道："南海蝴蝶？"

"南海蝴蝶是一只异兽，是人形，生着两只绚丽的蝴蝶翅膀，常常在海上漂流。如今做了笙曦宫的守护人，游离于阴阳两界交会处，连我们东海这边都不知道他的底细。"

凉歌问："那岂不是跟我们鸦族人一样？天生就有一对翅膀，是异兽。"

潮汐淡笑着说："不一样……你们鸦族人拍一拍翅膀就是一阵轻风，那南海蝴蝶拍一拍翅膀，就是翻天巨浪。更有传闻说，他有一架竖琴，乐曲悠扬时大海平静，乐曲高昂时大海怒吼。"

句芒听到这里，云淡风轻地说："潮汐，谢谢你能对我们说这些，尽管前路凶险，我还是要去的。"

"云萝，你们能不能等上一段时间？"娲婳突然开口说，"既然凶险无比，你们未必就能在海底胜出，不如你们把南海蝴蝶引到地面上来，我会集合金乌国和大宋的力量帮助你们。"

"可是娲婳……"云萝有些担心。

娲婳摇摇头打断了她的话："我知道你想说什么，你放心，金乌国并不是不堪一击，宋国的士兵也不是无能之辈，说不定能在哪里帮上你们。"

"就这么办吧，多一些人帮助也不是坏事。"潮汐插嘴劝说，"南海蝴蝶不一定待在深海，有时候也喜欢来到地面上。"

云萝还想反驳，可是句芒已经开了口："云萝，入海之前还有很长一段时间，我们可以在海边暂住。"

他眼眸中有某种沉郁的东西，让她看不懂，辨不分明，只出现了一瞬间，就倏忽而逝。她还想再说些什么，句芒已经攥紧了她的手，喃喃地说："云萝，听我的。"

她看向周围，发现众人的表情亦是如此，重遇时的惊喜和激动已经散去，只剩一片浓稠得化不开的沉郁。

为什么，他们仿佛都知道些什么，偏偏她不明白。

入夜。

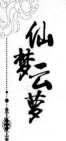

天幕上疏星淡月，海上依旧刮着剧烈的风，比白日要寒凉许多。

"云萝，你知道我为什么要等待一段时间吗？"句芒将她的手握紧。

"你是为了等娀嫚和承湛集中兵力？"

他摇头，轻叹了一口气说："云萝，饶是我这样强大的天神，也有办不到的事情。我怕万一控制不住阴神，该怎么办？我们还不如在下海之前，好好享受一段静谧时光。"

原来他是这样想的。今天众人估计也是猜到了这一层，才劝说他们等候一段时间再下海。

云萝心中苦涩："句芒，无论你走到哪里，我都跟着你。生，在一起；死，也要在一起。"

今天她将玄图巫女临走时的话说了一遍，唯独隐去了她的那段话——飞琼之前对你说的话，都是真的。

她莫名地感到恐惧，想将这件事和盘托出，又觉得那不过是巫女的无中生有。她怎么会害死句芒呢，怎么会害死这天下苍生呢？

"句芒，你知道为什么我掉入火中，飞琼的结界却没有碎掉吗？"

她试探着问句芒，他却只是绷紧了嘴唇，半晌才道："我也觉得奇怪，可是怎么想，我都不明白为什么。"

句芒拥紧了她的肩膀。

她向海面上看去，什么也看不到，只能听到远处隐隐约约传来一首清歌，在海面上盘旋回荡着。

那是鲛人的歌声，神秘而悠远。

第十四章

笙曦有琴奏潮声·

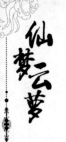

翌日，云萝和句芒告别了娲婳他们，一起去了南海。

她和句芒在海边搭起一座小木屋，开始过起了凡人的生活。海边的生活清苦而单调，却有在天宫体会不到的惬意和自由。

清晨，天边喷薄而出的朝阳染红了天际；黄昏，海面上盛满了细碎的金色波光；晴日，海上波光潋滟，海鸥啁啾；雨天，海上风云变幻，惊涛骇浪。

云萝和句芒将这些美景尽收眼底，一点一滴永存心中。这大概是她此生最美好的一段时光了。每天听着海浪声入眠，那股清凉微咸的湿意也都沁入了梦里。

海面平静的时候，她也会试着潜入海底，采摘一些珍珠和海菜，烹煮一顿美味的饭食。他每次都吃个碗底朝天，还会半开玩笑地用竹箸敲着碗沿，说要再吃一碗。

云萝将一碗饭盛给他，嗔怒道："敲什么敲？比乞丐敲得都响，看你那样子，早就没有了天宫青龙的姿态了。"

句芒嘿嘿一笑："得仙厨在此，我句芒此生已经足矣，管他什么青龙，什么天宫？"

她伸手一指，直直地往他面门上戳去："你还好意思？你说，白小姐是怎么回事？"

那个如同芙蓉花般美丽的江南女子，应该早已嫁人了吧，或者真的如同梦中那般，到承湛的皇宫里做了一名妃子。近来不知怎的，她总觉得这样一件微末小事，也值得琢磨半天。

句芒好笑地望着她："当时你给我画了张麻子脸，还没解气？"

"那不一样，那时我还没认识你呢。你和她，究竟有没有……"云萝咬了咬下唇，还是没说出"情意"二字。

"没什么，不过是看到有民宅失火，掐指一算白小姐阳寿未尽，就顺手救了她，结果被她看到了，竟然就那样害了相思病。"

"你说的是真的？"

"是真的。"他的神情十分坦率。

云萝只觉得心头微痛，仿佛被虫蚁咬了一下。

句芒眉头紧锁，一把扯过她的手腕，两根指头放在她的仙穴上按着，半晌才舒展了眉头。

"句芒，怎么了？"

怀里的佳人香躯温软，水眸如星，让他心动不已。他低头轻声细语，声音里有藏不住的欣喜："那滴心头血，总算是消失了。"

"什么？"

"没什么。"他低低叹息，"云萝，等解决了阴神的事情，我们回到天宫，该怎么办呢？"

云萝一僵。

是的，回了天宫，还能像如今这样自在吗？

"还能怎么办？"她含着两滴泪抬起眼帘，"天条那样严厉，大不了你我两两相忘，再不来往。"

前头已经有了骊姬，她不可能再去触碰这禁忌。

"这就是你想的？"句芒将她搂得更紧，"我想的是，脱了这神籍，和你做一对逍遥地仙。"

什么？

云萝挣脱了他的怀抱，愕然道："你知道脱掉神籍是什么意思吗？"

并不是只有句芒有过这样的想法，千百年来，总有几名上仙因为情爱想过脱掉神籍。可是他们了解到如何脱掉神籍之后，就再也没有想过去尝试。脱掉神籍，就是剔除仙骨，抹掉神识，不亚于脱胎换骨。那是无比惨烈的一件事。

"你不用为我这样做！"云萝摇头，清泪点点落下，"你生来就是神祇，若是为了我变成一个区区地仙，会后悔的！"

"我不会后悔。"

"别说了。"云萝将筷子放下，扭头去了屋外。外面海风猎猎，卷起浪花，一堆堆地冲过来，足下白沙是那样冰凉。

她抱住双臂，低头啜泣。

半晌，从身后环来一对臂膀，句芒的声音在耳旁响起："云萝，我们先不想这个问题，先过好眼下的日子，好吗？"

她点头。

先过好眼下的日子，也只有如此，只能如此。

这件事如同一页书，被轻轻翻过。从那以后，两人再也没有吵过一次架，日子变得悠长而宁静。

打破这宁静的，是媦嫘用信鸽传来的消息。从字面上看，媦嫘的消息并不乐观。天下

异兽、能人志士已经有不少沾染了阴神的气息,变得暴戾残忍。原本清明太平的凡间,已经被糟蹋得乌烟瘴气了。

就连昨晚,云萝也无意间看到句芒站在窗前擦拭着青龙利刃和凤剑,表情肃穆,眉眼端宁——那是每一个战士在上战场之前对武器的爱护之情。

云萝知道,一场恶战即将拉开序幕,而她和他的结局都不可预知。

胜或者负,决定着生或者死。

云萝偶尔会呆立在海边黑色的崖石上,任由海风将长发吹得散乱,一个人静静地想着心事。

"句芒,我们还能在一起多久呢?"她叹息一声。

海浪滚滚,只有涛声回答她的问题。云萝眯起眼睛,看到海边那栋小屋已经亮起了柔柔的灯光。

句芒今天去海巡,此时应该回来了。不知道他此刻在做什么?

她念了个咒术,想要飞身离开,目光却被一抹亮色所吸引。原来脚边的石缝里竟然生着一株玉香罗。细小的根茎柔弱无比,通体洁白,有着不容小觑的韧力。

"真是踏破铁鞋无觅处,得来全不费工夫。"云萝又惊又喜,低身抚摸那朵玉香罗。

玉香罗向来是地仙们最爱的灵草,摘了玉香罗的花熬水服用就可以增强功力。

记得她还是一只梦貘的时候,曾经漫山遍野地去寻玉香罗。承湛那时还是族长之子,听闻她寻找玉香罗,就命令几只梦貘帮忙去找。

后来她听说此事,还对承湛发了一通脾气,坚持要自己去寻草。可承湛振振有词地说,云萝,玉香罗十年才开一次花,一次花期只有三天,万一这三天里没有找到玉香罗,难不成还要你再等十年不成?

那我就等上十年啊。她当时这样说。

承湛却还是不依,扯过她的手说,十年太久了,我舍不得你等。

现在想一想,承湛果真是耐不住性子的人。梦貘的寿命有数百年之久,修为上乘的可以有千年甚至几千年寿命,他却连十年都觉得漫长。

所以后来,他才会愿意放弃梦貘的身份,进入人间做一个凡人吧。不知道他做这个决定的时候,有没有想起过她?

不如……送给媪媪养着,玉香罗还是养生灵药呢。

云萝伸手想要将玉香罗挖出来,想了想又缩回了手。

"罢了,你距离下一次开花还要五年,谁能等得了那么久。"云萝怏怏不乐地自言自语,"要知道,我们这一趟去海底,不知道有没有命回来。"

海风凛冽，那株玉香罗却岿然不动。

回到屋里，房内只有一盏油灯幽幽地亮着，居然没有句芒的身影。

"句芒？"

她去了几间屋子看了，发现他的配件和披风都还在，人却没了影子，当下心中忍不住疑惑。

这木屋上面还有一层阁楼，云萝踩着木质阶梯上去，果然听到有哗哗的水声，似乎有人在沐浴。

云萝骇然，这阁楼也就放放杂物而已，哪里能用来洗澡？再说，平常的洗浴都是用海水完成，哪里需要在这里洗？

难道，这人并不是句芒？

云萝心里忽然生出许多不好的预感，暗自掐了个咒诀，将那柄凤剑持在手中，慢慢挪到了楼梯口，看见阁楼上拉起了一张帘子。水声，就是从帘子后面传来的。

她咬了咬牙，用剑尖去挑那帘子，却有只手适时将那剑一把握住。接着，句芒懒洋洋的声音传来："想看，用手挑开就行了，别用剑。"

还真的是句芒？

云萝的脸腾地红了，她松了剑柄，后退了两步，咬牙切齿地问："你发什么神经？"

"今天出海，恰好捉了一只吞吐兽，就拿来调教一番。"

她咬牙。

吞吐兽是海中生的一种灵兽，能吞下一个湖泊的水量，吐出积雨云。没想到居然被句芒捉来伺候他沐浴。

"你捉了这吞吐兽，龙王不会怪罪吗？快还回去！"她又气又急，隔着帘子喊。

"急什么，我看这吞吐兽有趣得很。"句芒不慌不忙地回答。

唰的一声，帘子被人拉开。云萝吓得赶紧捂住眼睛，踉踉跄跄地逃下楼梯。句芒从身后一把抓住她："你逃什么。"

她的右手触碰到他赤裸的手臂，更是惊慌，面红耳赤地道："你快穿上衣服！这样像什么样子。"

身后传来一声轻笑，接着那股力道加大，一把就将她往后扯去。云萝惊叫一声，倒在他的臂弯里。

她心头狂跳，拼命挣扎，却被他两手钳得紧实。无奈地抬头看去，她意外地看到句芒穿着一身单衣，居然不是想象中的衣衫不整。

见她诧异，句芒坏坏一笑，问："你以为，我在做什么？"

"我……"

"你以为我让吞吐兽伺候我沐浴？"

云萝语塞，脸上烫烫的，如同身子里烧了一把火。

句芒继续笑道："对不住，让你失望了。"

"谁，谁失望了。"

"那你刚才躲什么，现在又一副恹恹的样子，不就是没看到你想看的场面，特别失望吗？"

没想到他嘴巴贫起来，比刀子还利。云萝一口气咽不下去，索性跺了跺脚，道："是，我是失望了。"

这次，轮到句芒发愣了。

"还以为你在这阁楼上沐浴呢，想一睹美男出浴的美景，谁想到是调教灵兽呢。"云萝装作不满的样子摇头，忽然上前两步，伸出一根指头钩住他的腰带，"不如，你让我饱饱眼福呗。"

句芒顿时面红耳赤，想要扯回腰带，却无奈云萝下了死劲钩住，怎么扯都扯不开。

两人正在僵持中，忽然旁边传来一个弱弱的声音："你们打情骂俏，也要考虑考虑别人的感受……"

云萝吓了一跳，这才记起这阁楼上还有一只吞吐兽，赶紧松开了手指。句芒脸色更是不好看，将那张悬挂的帘子一拉，一只浑身长满灰毛的小兽就滚了过来。

它浑身被捆仙绳捆成了一只球，滚过来的样子特别滑稽。滚到云萝脚下，吞吐兽抬起眼睛，竟然是墨玉一般的瞳仁，漂亮得很。

云萝忍不住"扑哧"一笑："吞吐兽，你怎么就得罪了句芒大人？"

吞吐兽呜咽了两声，才道："仙厨大人，求你救救小的吧！小的不该把你们的行踪告诉凡人。"

"你告诉了谁？"

"告诉了渔村里的几个渔民……呜呜，女仙，我真的没有恶意。"

云萝茫然无措地看向句芒："要不，放了它？"

句芒甩了甩手腕，道："幸亏只是告诉了几个渔民，不是什么要紧的阴神，你想放，就放了它吧。"

云萝蹲下身，将捆仙绳解开。

吞吐兽抖擞了一下毛发，蹒跚地走到窗户边，回头深深地看着云萝。

"你还有事？"

"多谢仙厨大人。"吞吐兽犹豫了一下，吞咽了下口水，"还有，你是我见过最漂亮的女仙。"

句芒顿时黑脸，抬起一脚踢在它的屁股上："谢就谢，说这么多废话干什么？"可怜那吞吐兽抵不过这千钧一脚，呼啦啦地向海边飞去，转眼就没了踪影。

云萝愤愤然上前，只见海面翻滚，哪里还有吞吐兽的身影？

"夸我漂亮，就是说废话？"她叉腰道，"你怎么这么霸道！"

句芒一把将她搂过来，咕哝了一句："我就是霸道，不容别人都看见你漂亮。"

云萝"扑哧"一笑，怒气全消，心头荡漾着一股甜蜜。

"吞吐兽将我们的行踪告诉了渔民，会怎样？"云萝靠在他的肩头，心不在焉地问。

"嗯，他们已经上门了。"

话音刚落，就有人"笃笃笃"地敲门。

这么快就找上门了？

云萝顿时警醒起来，不由自主地去摸腰中的凤剑。

句芒扫了她一眼，平静地道："没什么，只是几个渔民而已。"

下了楼，那敲门声果然大了起来，似有不达目的不罢休的决心。

"谁敲门？"

门外有人回答："我们是附近渔村的渔民，特来拜见英雄。"

云萝这才记起，一个月前，附近渔村被一条邪恶海兽所惊扰，句芒帮助他们将那条海兽杀死，他们才没有举村搬迁。后来为了隐藏行踪，她和句芒搬到了这里，没想到吞吐兽将他们的消息告诉了这几位渔民。

打开门，门外果然是一名渔夫打扮的老者和几个小伙子。他们见了她，忙施礼："我们今日是来拜见英雄的。"

她回头向句芒挤挤眼睛，他连忙从桌边站起，几步走到门前说："你们太客气了，为民除害只是举手之劳。"

老渔夫颤巍巍地将手中的一个篮子递上："英雄，你的举手之劳救了我们全村人，这是我们煮的鸡蛋，送给英雄和夫人享用。"

云萝脸上一热，忙说："我不是……"

句芒抢先接过篮子，笑着道："你们太客气了，内人语拙，我替她谢谢你们。"

谁语拙啊！她狠狠地瞪了句芒一眼。

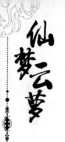

只听那老渔夫又说："英雄，如今我们渔村还有一事相求，不知道英雄应不应？"

"请说。"她和句芒忙将老渔夫和几个小伙子迎进屋中。

老渔夫坐下喝了一口茶，才说："是这样的，我们出海打鱼，无非是为着多打几斤海鱼，养家糊口度日罢了。但是这南海有一只南海蝴蝶，他经常在海面上兴风作浪，虽然不曾出过什么人命，但也让我们头痛不已。每日早早出海，早早回来，打来的海鱼也只够果腹和存粮……英雄，能不能帮助我们除掉南海蝴蝶？"

又是南海蝴蝶。

云萝笑吟吟地问："他不是笙曦宫的守护人吗？怎么，他经常来海面上？"

"可不是吗？"一个小伙子抢过话头，"他有一架竖琴，传说是用鲛丝做的，乐曲激昂的时候，大海就会掀起滔天巨浪，让我们没办法出海打鱼。英雄，只要将那竖琴的琴弦割断，大海就永远平静，没有任何波浪了！"

云萝看向句芒，他正低头沉吟。在这次计划中，的确要先去拜访南海蝴蝶，然而他是敌是友，他们并不知晓。如果答应了渔夫，那么就等于直接将南海蝴蝶划为敌人了。

这些渔夫也可能是得了消息，知道他们要去海之极深。

"不行。"许久，句芒才抬头说。

渔夫们惊愕不已，纷纷问："英雄可是忌惮那南海蝴蝶？"

"不是。"

"可是觉得不值得如此行事？你放心，如果你帮了我们，我们从此供奉你的神像。"

"也不是。"

老渔夫和几个小伙子交换了一下神色，又问："英雄是不是想要我们做什么？"

"更不是。"句芒直截了当地回答，"我不会做这件事的，请回吧。"

老渔夫无奈，只好和几个小伙子站起身向外走去。走出门口时，他突然回身，用苍老的声音问句芒："可否请英雄说一句实话，为什么不愿意帮我们除去南海蝴蝶吗？我们也好死心。"

几个小伙子也附和道："是啊，英雄，你就告诉我们原因吧。"

句芒淡淡一笑，眉目间意态风流。

"你们有没有想过，你们凡人生活在这天地间，享受着天地的馈赠，那其他的千千万万生物也是如此。凡人享受多一些馈赠，那是因为你们的能力要强大一些。但就算如此，也请不要贪心不足，只想着掳夺别的生物生存的机会。"句芒眯起眼睛，目光锐利得似乎要穿透云层，"我不肯帮你们，不为什么，只是一种英雄之间的相惜罢了。在我看来，雄鹰不可以被囚禁，狮子不可以被驯服，老虎就该咆哮山林，大海就应如此波澜壮阔——你们凡人想着改变天地万物，想着当主宰一切的王，想着万物都驯服听从自己的指挥，可曾想过，凭什么？"

老渔夫有些惭愧。一个小伙子不甘心地说："英雄，我们有力气有胆识，就是可以去囚禁雄鹰，驯服狮子，逮住老虎，征服大海！"

句芒淡淡一笑："是吗？你们的确可以征服它们，却没办法改变它们身体中流淌着的英雄的血液。这就是我拒绝你们的理由。我不愿意去改变世间的秩序，也不愿意去毁掉任何一个英雄，就是这样。"

小伙子们面面相觑，老渔夫突然发话了："英雄，今日叨扰了，我们回去了。"

看着他们离去的北影，她问："他们是不是已经知道我们的身份了？"

"估计是。"句芒回答看，"这个地方，看来不能久待了。"

又要离开这里，换一个地方居住吗？云萝有些郁闷。

句芒见她神色抑郁，突然说道："我今天带你去东海龙宫怎么样？"

"龙宫？"她来了兴趣，"我长这么大，还没去玩过呢。那里好玩吗？"

"好玩，我想带你去散散心，而且我们也该去向潮汐告个别了。还有媸媔和承湛也该抵达东海了，我们可以去将他们接来。"

她温顺地一笑："好，那就去吧。"

该来的，总会来。

东海龙宫位于浅海，是一座光华璀璨的水晶宫。云萝和句芒潜入海中向水晶宫靠近，途中看到许多鲛人在身边游来游去。他们用宽大的鱼尾调整方向，波浪般的长发飘荡在水中，唱着听不懂的歌谣。

云萝记起了骊姬——现在比起来，骊姬的确是鲛人中最美丽的女子，不知道句芒看到这些鲛人，会不会思及她？

她忍不住向他望了一眼，只见他眉目淡然，全然没有私心杂念，还询问似的看了她一眼："云萝，怎么了？"

云萝游过去牵住了他的手，问："句芒，我听不懂这些鲛人的歌声，但是为什么……"

他猜出她未说出口的话语，柔声回答："为什么你能听懂骊姬的歌声？很简单，是我教她的。骊姬很聪明，很快就学会了人间的语言。"

他毫无保留，大大方方地谈论起骊姬，反而让她心中安定下来。到了水晶龙宫前面，

潮汐哈哈大笑着迎了出来，拱手说："句芒大人，家父已经摆好了宴席，里面请！"

水晶宫奢美华丽，晶莹剔透，宫墙上装饰着珍珠和贝壳。和曦华公主的仙宫不同的是，那些贝壳还是活着的，贝身一张一合，里面珍珠的光芒也是一闪一闪的，委实让人目不暇接。

云萝看得眼花缭乱，一路随着那些虾兵蟹将到了主殿。东海龙王见了他们，十分客气地拱手道："两位贵客大驾光临，真是令我水晶宫蓬荜生辉啊！"

"龙王真是客气。"

一番寒暄之后，他们入席落座。席间有歌舞表演，还有鱼女为他们斟上美酒。云萝正看得高兴，突然感觉有人在看自己。

略一侧目，只见龙王正定定地看着她，那目光很是复杂。

云萝有些不自在，换作任何人被这样盯着看，都没办法淡定，当下便起身道："龙王是不是有话要对我说？"

句芒在旁边慢慢地喝酒，似乎也察觉到了龙王的注视，有些不悦。

龙王这才觉得失礼，哈哈一笑，问道："云萝仙子，你可认识一只叫骊姬的鲛人？"

骊姬！

她心头一颤，手中的美酒差点儿洒了一地。

句芒也停止饮酒，神色复杂地站起身。

龙王更是惶恐，也起身道："无事，我只是……觉得云萝仙子的容貌和骊姬很是相像。"

她下意识地看向句芒，发现他神情平静，看不出任何想法。心头乱乱的，她一时也没了主意。

"我并不认识骊姬。"

龙王笑容里有些深意："骊姬是我这海中最美丽的鲛人，只是有一天，她突然失踪了，已经很久没有她的消息了。"

骊姬已经死在星河中了，永远不会回来了。

云萝也不知道是哪里来的歉意："让龙王失望了，我并没有见过骊姬。"

东海龙王依然没有放弃这个话题："句芒大人，请恕老夫直言，你身边这位女仙，一定和骊姬有几分渊源。"

"龙王，我只是和骊姬长得有几分相似，并不是她！而且骊姬死后是无法转世轮回的啊！"云萝脱口而出。

"骊姬已经死了？"

句芒紧蹙眉头说：“龙王，云萝和骊姬容貌相似，这只是巧合。”

“但愿是巧合吧。”东海龙王的脸上流淌过一丝失落，很快就恢复了常态，“其实要分辨云萝仙子是不是骊姬，方法很简单。他们东海的鲛人身体中流淌着极阴之血，恰好能够与极阳之火相克！所以鲛人落入阳火之中是安然无恙的。”

云萝一激灵，小心翼翼地问：“极阳之火是……”

“说来也巧，金乌国就在东海附近，那里有古代后羿射下的九个金乌火堆，那就是极阳之火。”东海龙王并未察觉她的异样，不紧不慢地说。

云萝只觉得浑身的血液都冻结了，句芒的脸上也满是震惊。原来，那时候落入圣火，保护她的并不是飞琼的结界，而是……

如果她是骊姬，那么一切就都能解释清楚了。正因为她体内有极阴之血，所以才能与圣火相抗衡，当时飞琼的结界才没有破。

不，她此生是云萝，不是骊姬！

云萝再也忍不住，不顾众人的目光，径直离席向外面游去。她无法接受这样的事实——自己竟然是骊姬？

不，这不是真的。

眼前的珊瑚丛五彩斑斓，根部升起一串串晶莹的小水泡。云萝呆呆地看着，突然记起在天宫时，她无意中用一滴眼泪引出了月祟，惹得西王母大怒。如果她是骊姬，那一切就能解释通了——她体内有极阴之血，力量也属于纯阴，那么自然能够引出月祟。

可如果她是骊姬，那么天宫众仙怎么会察觉不到？

周围的水流发生了一些变化，云萝回过头，看到句芒站在自己身后。他目光深邃，淡淡地说：“云萝，人总要面对现实的，你和骊姬的确存在共同之处。”

云萝怔怔地说：“你从一开始就发觉了？所以你一直把我当作骊姬！”

“不！”他上前抱住她的双肩，“你只是云萝，只是云萝！你虽然拥有极阴之血，但你成了仙，身体发生了本质上的变化！我从来都把你看作云萝，骊姬只是过去的事了……”

如果这是在陆地上，他一定能够看到她眼中的眼泪。可此刻她只能任由自己内心的悲伤默默流淌。

“句芒，飞琼和玄图巫女都说我将来会害死许多人，难道我就是……我就是阴神？”

不是没有想过这种可能性，如果她才是尚未觉醒的阴神，那么真的如飞琼所言，她会唤醒阴神，会有许多人因她而死。

而且更可怕的是，之前在天宫，星盘曾经预测过，引发这一切祸端的人就是她。如今

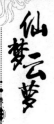

她知道自己有极阴之血，更加证实了那个预言！

句芒低头看她："绝无可能！"

"可是……"

"没有可是！"他打断她的话，"等这件事结束之后，我们就回到天宫去，回到青龙神宫，再也没有人来叨扰我们。"

这顿宴席自然是不欢而散。临走时，云萝对东海龙王和潮汐难免有些歉意，龙王丝毫不在意，若无其事地对她说："你们若是有事需要东海帮忙，尽可以召唤我们。"

潮汐也说："是啊，南海那边不比东海这边太平，你们一定要小心行事。"

云萝和句芒道过谢，告别了东海龙王和潮汐，一路回到了海面上。

恰好海面上有一座生满绿树的小岛，他们索性在那里住了下来。云萝不提在水晶宫的事情，句芒也不点破，两人就这样又过了十几日悠闲自在的时光。

一日，她突然看到海岸方向升起一枚信号弹，在空中炸裂开来，那是她和婼婳约定的信号。看来，金乌国终于集齐了兵马，在东海海岸聚集了起来。

"云萝，走吧。"句芒站在她身后说，"总要面对这一天的。"

云萝默然。

这一天，终于来了。

她和句芒踩着海浪向海岸前行，人还未到跟前，就看到那里已经聚集了乌泱泱的军队。阳光下，两面旗帜折射出金色的光芒——一面是大宋的旗帜，一面是金乌国的旗帜。承湛和婼婳坐在马背上，向她和句芒微微笑着。旁边是一身戎装的凉歌，他已经脱了孩子气，成熟了不少。

承湛和婼婳都穿着戎装，骑在高头大马上，英姿飒爽。见她和句芒到了海岸边，他们立即翻身下马。凉歌也冲了上来，见了云萝，喜不自胜地说："仙子，国主让我做了大将军，我现在可以保护你了。"

云萝笑着点头，鼓励他说："凉歌，你是好样的。"

承湛没什么变化，精神比以往好多了。他目光依然清淡，只是在看到云萝的时候多了一些神采："云萝，你们一路上的经历我都听婼婳说了，真后悔没有和你们同行。"

曾经那么多缱绻柔情，在这一刻已然云淡风轻。如今看到承湛，他目光坦然，云萝也没有再徒生伤感。

她"扑哧"一笑，道："所幸婼婳在金乌国有惊无险，不然你要她怎么赔你呢？"

媜姽脸一红，嗔怒道："你又开玩笑！把你赔给他，不正好？"

"好，你回不来，就把我赔给承湛。"云萝笑嘻嘻地道。

句芒不知怎的，脸色不佳，将云萝一把拉过来："赔谁也不能赔你。"

承湛仰头哈哈一笑，白皙的面孔在阳光下有一种天然的爽朗："如今在我心上的，只有我的凤后。"说完他低声对云萝说："只要他对你好，我就心满意足了。"

云萝会心地一笑。

"句芒，走吧。"

句芒却犹豫起来，一只手在披风里左右捣鼓，却迟迟没有拿出什么东西来。

云萝奇怪："你还想说什么？"

"我有东西要送你。"说着，他从怀里取出一朵花，居然是那株玉香罗。

云萝讶异："你从哪里找到的？"

"几日都看到你围着这玉香罗转悠，我就想你是不是很喜欢这朵花。"句芒的脸上浮现出温柔，将那朵花别在她的耳鬓，"真美。"

"可是这玉香罗，不是再过五年才开吗？"

句芒但笑不语。

媜姽呵呵笑了起来，打趣道："云萝，句芒大人人见人爱，花见花开，这玉香罗可不就开了？"

云萝脸一热，移开目光，正迎上承湛。他骑在马背上，也在静静地看着她，眸子里有感慨的意味。

以前那个送她玉香罗的人是承湛，现在送她玉香罗的人变成了句芒。当时年轻，以为只要爱就是一生一世。谁曾想到，斗转星移，那时的恋人如今身旁都各自有了别人。

"云萝，"承湛突然开口，"你一定要保重。"

她笑着重重点头。

这一刻，她的内心无比踏实安稳。在这个世界上，她所有挂念的人都各得其所，真是难得的一件幸事。

句芒施展仙术，一瞬间海岸上飞云走雾，两国兵士都乘云御风而行。她和句芒也腾云跟上，一转眼，南海便到了。

她和他并着肩，一步步向海水中走去。媜姽就在这时突然喊住她。云萝回头，看到了媜姽眼中隐忍的泪光。

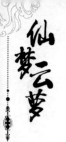

　　婳嬺定定地说："云萝，凡事一定要小心。"

　　云萝笑着向她挥手。

　　只是转头的那一瞬间，她敛去所有笑意，将一切私心杂念都抛开。跃入水中的瞬间，她将圣焱真火擎在手中。那幽蓝的火焰在水中静静地燃烧，辟出一小块温暖的光亮。

　　"冷吗？"句芒问她，拉住了她的手。

　　云萝摇了摇头，说："有圣焱真火在，我感觉身上暖融融的。"

　　他点头，说："等一下我们就进入深海了，会完全黑暗了。"

　　闻言，云萝不由自主地抬头望了望海面。海面上碧波纹路一圈圈地荡漾着，璀璨的阳光在上面折射出无数小光点。这样的美景，就快要看不见了。

　　果然，下潜没多久，周遭一片黑暗，连鱼儿都看不到一条，只有圣焱真火还在幽幽地燃烧着。云萝有些害怕，向句芒那边靠拢了一点儿。他忙搂住她的肩膀："云萝，坚持住，很快就要到了。"

　　最恐怖的地方不是面对恶兽，而是面对你永远都无法探知的黑暗。

　　不知道下潜了多久，就在她快要绝望的时候，她突然觉察出眼前有了一个光点。起初云萝以为是自己眼花，后来发现那不是圣焱真火的影子，而是实实在在的一个光点。

　　"句芒，你看！"云萝指着前方说。

　　句芒声音中夹带着欣喜："那就是笙曦宫了，过了这处宫殿，我们就可以进入到海之极深了。"

　　又靠近那个光点一段距离，云萝听到了一段隐隐约约的琴声，在耳边盘旋回荡，如泣如诉。随着下潜的速度加快，她看到那个光点越来越大，最后终于得见轮廓——那是一座默然静立的海底城，虽然城中放置着一颗巨大的夜明珠，可处处都是断壁残垣，俨然是一座废墟。

　　那堆废墟之中似乎有一种神秘而古老的召唤，让她心中大骇，止步不前。句芒捏了捏她的手背，低声说："别怕，有我呢。"

　　云萝这才定了定神，和他一起游到城门下。只见那城门上挂着一块颜色不辨的牌子，上面写着三个大字，笙曦宫。

　　千算万算，她都没有料到笙曦宫是这般光景。宫门破败不堪，爬满了藻类枝条，几乎不辨颜色。云萝定了定心神，试着将仙术凝聚于掌心，去推宫门。宫门悄无声息地开了，同时那阵琴声更加清晰了。

　　云萝和句芒对视了一眼，双双游进宫去。宫里寂静得可怕，偶有小水珠从窗棂冒出来。游到近处，她才看清楚那宫檐下，窗格上都有着精美的雕花，宫内也端放着象征着吉祥的瑞兽。这般超凡出尘的风华在凡间难得一睹，只是如今沉在这幽深的海底，徒添了几分凄凉意味。

终于到了内殿，只见四角都放置着用于照明的夜明珠，视野也随之一亮。云萝举目望去，只见宝座之上坐着一个银发男人，正用十指弹奏着面前的一架竖琴。琴声冷然，他的眼神也同样冰冷。

让人惊叹的是，他光裸的后背上生出两只色彩缤纷的巨大蝶翼，柔柔地垂在脚边。

南海蝴蝶？

句芒上前一步，沉声问："你是……华笙？"

云萝大吃一惊，他们认识？

那人停止弹琴，抬头看向句芒，唇角勾出一道弧线："好久不见了，句芒。"

云萝讶然："这是怎么回事？句芒，你怎么会认识他？"

句芒眸子里没有一丝情绪，只是淡淡地回答："华笙以前曾是天宫里的一位琴师，后来莫名其妙地消失了，天界也对他的去处讳莫如深。我没想到竟然会在这里见到他……而且，他会变成南海蝴蝶。"

华笙慵懒地往后座上一靠，戏谑地看着他们："天界自然不会告诉你们真相，因为我是上仙的耻辱。"

句芒皱着眉头，一句话也没回答。

云萝心里突然七上八下，本来以为这南海蝴蝶是一只异兽，就算是要与他们为敌，她和句芒加起来也能斗得过他。没想到他也是一位上仙，仙力不可估测，真要针锋相对，她和句芒未必能够胜出。

华笙像是看出了她的心思，道："你别担心，我不会阻拦你们进入海之极深。只是，你们要听我讲完所有的故事。"

"好，你说，如果有我能帮上忙的，我一定不会推辞。"

海水在内殿里飘来荡去，地砖上生出的水草也随之乱舞。华笙仰起头，表情似乎是在回忆着往事。终于，他用低沉的声音讲述起来。

"一千年前，我下凡游历，偶然在海上遇到一个非常美丽的鲛人。她叫宁曦，性情温柔，我们很快就相恋了。后来，宁曦生下了一个女儿，但我们的私情终究没办法掩盖下去，天界为之震怒。仙帝和西王母除了我的神籍，将我赶出天宫。"

云萝心头一震。这故事，可不就是句芒和骊姬的翻版？只不过句芒和骊姬擦肩而过，而宁曦和华笙选择在一起了。

句芒沉吟了一下，道："原来是这样，我的确不知道当年的内情。"

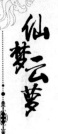

华笙随手拨动琴弦，道："你自然不知道，当年这件事被西王母瞒得死死的，任何人都不得过问。当时，无论我怎么求情，仙帝和西王母都不肯放过宁曦。作为惩罚，她受了七七四十九道天劫，最后受伤过重，没过几年就死去了。她死后，我也就没有在人间继续生活下去的心情。"

"那你是如何来到这里的呢？"云萝问。

华笙定定地看着她："在回答这个问题之前，你们不想知道另一件事吗？"

"何事？"

"我和宁曦的女儿是谁，你们难道不好奇吗？"

云萝心念一动，霍然起身，难以抑制心中汹涌的狂潮。依稀记起，西王母曾经说过，曦华公主是一位上仙和鲛人的私生女，天生就有特殊的仙质——亦正亦邪。

句芒也是脸色微变，用探询的眼神看向她，云萝默然地点了点头。句芒顿了顿，问华笙："难道……曦华公主是你的女儿？"

华笙的眼眸里有无尽的悲伤："是的，曦华的名字，是用我和宁曦的名字合二为一取的！当年我离开天界，本想带曦华一起走，可是仙帝和西王母说曦华仙质不纯，如果放任她在人间长大，说不定会变成一个祸害。所以我才答应了让天宫收养曦华。"

云萝心有不忍，安慰他："你也别太伤心了，曦华公主在天宫生活得很好。"

"是吗？"华笙眼中神色奕奕，"她长什么样子，能告诉我吗？"

云萝犹豫了一下。曦华公主因为体内的阴神之血快要复苏，所以被封在坚冰里，这种事情怎么好告诉华笙呢？

"云萝，还是告诉华笙吧。"句芒的眼神清淡悠长，"在这样寂寞的深海，过着这样寂寞的日子，没有理由再欺瞒他关于女儿的事情。"

"怎么，是曦华的情况不太好吗？"华笙急切地站起身。

云萝忙说："华笙，你别急，曦华没有大碍，只是深海之中的阴神就要觉醒了，一旦醒来，会让天下生出许多阴神一派的凡人和异兽，届时曦华也会变成阴神一派。"

"在天宫受了一千年的仙气浸润，还不能完全祛除她的阴神之血吗？"

"不行，华笙，你也是知道的。"句芒心情沉重地回答，"阴神一旦觉醒，意味着什么。"

华笙脸上出现死灰般的绝望。他抿紧嘴唇，跌坐在座位上，垂下眼帘。

她忙劝说他："华笙，现在唯一的方法就是，帮助我们除掉阴神。"

"你们无法除掉阴神。"

句芒道："我知道阴神很强大，但是凡事不去试一试，又怎么知道结果呢？华笙，你愿意带我们去吗？"

华笙没有直接回答，只是反问他们："你们一定以为，我在这笙曦宫里生活，就一定知道阴神的弱点和软肋，对不对？"

难道不是吗？云萝压住心中的疑惑。

他脸上的淡笑如同一条清澈的溪流，在涓涓流淌着："正好相反，我一点儿也不知道阴神的弱点和软肋。"

云萝突然记起那个他没有回答的问题："那可以告诉我们，你是怎么来到这深海的呢？"

他沉默了半晌，才回答："宁曦死后，我万念俱灰，一度想要自戕，一了百了。反正那时候已经从仙人变成了凡人，想要死去很容易，于是我就投了南海。等我从海水中醒来，我发现自己因为还保留着仙人的一丝精气，所以并没有死去，而是异化成了南海蝴蝶这种异兽。这样也好，这里是宁曦的故乡，我想在这里陪着她。但是南海龙王并没有收留我，而是告诉我说，在南海的极深之处，有阴神的力量源，一旦苏醒，则会天下大乱。他问我，愿不愿意去那里守护，我就同意了。"

"所以你就在这里建了一座宫殿，守护着这条通道？"云萝忍不住问。

华笙点头，说："建这座宫殿是宁曦的想法，她在生前就想要这样一座宫殿，所以我就按照她留下的图样建造了一座一模一样的。只是伊人不在，我也干脆建成废墟样式了。"

爱人不在，他不愿独活，就算是独活了下来，也不愿意安享华美的城池。他宁愿眼前的一切破败不堪，身体受到禁锢，也要以此来表达对爱人的哀思。

云萝唏嘘不已，说："你也别太伤心，你受了那么多苦，也算对得起宁曦了。"

句芒在旁边静静地听着，突然发问："你方才说，南海龙王让你在这里守护？"

云萝这才觉察出哪里不对劲。按理说南海龙王应该助天界一臂之力，毁掉阴神才对，怎么还会派南海蝴蝶守在这里呢？

华笙大概看出了他们的疑惑，呵呵一笑，解释说："古往今来，有多少英雄豪杰要毁灭阴神，结果都送了性命。所以南海龙王让我来这里，是想要保护那些英雄。他让我提醒你们，能毁掉阴神的人，不能为情所困，为情所累，为情所折。"

不能为情所困，为情所累，为情所折……这是什么古怪的规则？云萝暗自腹诽，这未免也太儿戏了吧？

华笙正色说："你们不要不放在心上，你们知道，为什么阳神那么强大，却无法铲除阴神吗？"

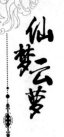

云萝摇头。

这的确是她想不明白的问题，按理说，仙帝和西王母那么厉害，曾经荡平天界，为何和阴神缠斗了几万年还无法彻底消灭他？

"那是因为，阴神在人心。"华笙说，"阳神的力量在于金木水火土五行元素，看得见摸得着。可是这世上有私欲的地方，就有阴神存在，你们如何能将阴神剿灭干净？充其量只能抑制它壮大罢了。"

云萝这才明白过来，深以为然地说："那不能为情所困、所累、所折，是怎么一回事？"

华笙回答："意思就是说，无情无欲的人才能够摧毁阴神。你和句芒都不可以。"

他目光犀利，似乎有一种看透人心的力量。

句芒蹙眉问："为什么？"

"我今生也为情所困，无法除掉阴神，所以我也不知道原因，更何况我的力量也不够。奉劝你们还是回去吧，另想办法去压制阴神。"华笙说完，将银色的长发拨到身后，并开始细细地调起竖琴来。他意兴阑珊，不想再理睬他们，无形之中已经下了逐客令。

云萝愣住。如果不能除掉阴神，那么她还是要回到天宫去，在灵虚山下经受一万年的寂寞之苦。只是在人间走一遭，杨柳堆烟小桥流水的美景看过，长河落日高山巍峨的道路走过，那一颗心已经不想再被禁锢。

眼泪几乎要夺眶而出，她只好强忍着泪意，干笑着问："句芒，我们放弃吧！我终于明白星盘为什么会说我将唤醒阴神了……原来我让这世上唯一可以对付阴神的人有了弱点！句芒，要么你忘记我，要么让我被压在灵虚山下！"

"不！"他激动起来，"我不会让你被压在灵虚山下的，我想看见你，时时刻刻都看见你。"

她定定地看着他，说："句芒，你忘记仙帝对你说过的话了吗？"

他一怔："什么？"

云萝一字一句地说："假如一座城中藏有一颗明珠，你将那座城夷为平地，可以将明珠找出来吗？句芒，你不能！阴神在于人心，难道你要杀光所有的世人，只为了将阴神除掉吗？"

"不，即便知道可能不会成功，我也要试一试。"句芒将她的手紧紧攥住，"已经走到了这一步，怎么可能因为只言片语而放弃？"

笙曦宫里又飘来了乐曲声，这一次的乐曲激昂顿挫，海水也跟着震荡起来。云萝吃惊地往身后看去，只见华笙从废墟之上冉冉升起，银色长发在海水中荡漾着。他张开五彩的蝴蝶翅膀，一边划动着海水，一边用竖琴弹奏着。

"华笙，你想做什么！"句芒一把将她拉到他身后，警惕地问。

华笙这才停止了弹奏，露出一个诡谲的笑容："你们还是回去吧！不然，我就要用竖琴掀起惊涛巨浪，你们要从这里回到海面就很难了。"

"华笙，我决定去海之极深，请你放行吧！"句芒将手放在青龙利刃之上，目光锐利。

华笙挥动翅膀，游到他们面前，扫了他们一眼，才说："我不是为难你们，只是你们真的不适合去杀掉阴神。"

句芒加重了语气："华笙，放行！"

"好！"华笙冷冷地说，"是你们要去海之极深的，发生任何事情，都不关我的事情。"

他将手飞快地在竖琴上拨出一串音符，长发在海水中飞扬起来。这一次的乐曲和前几次都不同，带着铿锵的力度，转眼间就在废墟上空形成了一个旋涡。紧接着，云萝感到脚下有隆隆的震动声，正在诧异时，只见那废墟般的笙曦宫在慢慢地上升着，无数砖瓦泥土掉落下来。

宫殿下方是一个巨大的黑洞，刚刚露出来的时候，就有一股急流卷起，形成了一个旋涡。句芒一把将她抱住，她才没有被水流卷走。

废墟浮在海水中。华笙居高临下地望着他们："下面的黑洞就是海之极深！你们只有三个时辰的时间，过了时间我就没办法支撑整个笙曦宫了，到时候别怪我无情！"

句芒一拱手："华笙，谢了！"

华笙哼了一声，扭过头并不作答。云萝和句芒定了定神，跳进了那个黑洞。

黑洞很深，似乎根本没有底，触目所看到的也只是无边的黑暗。如果没有圣焱真火和句芒，云萝想，自己一定会被逼得发疯。

就在云萝以为这黑洞没有底部的时候，脚底突然踩上了柔软的泥土。

到底了！

她激动地抬头望向句芒："我们到了！"

句芒低头看她，眼神温柔，圣火的光芒映在眸子中，明明灭灭。

"那里有一扇石门。"

云萝惶然回头，借着圣焱真火的光芒看到那里果然静静地伫立着一座石门，上面雕刻着繁复古老的花纹。石门之后是什么呢？她突然有些惴惴然。

句芒走上前，凝聚仙力于掌心推那座石门。石门并没有什么机关，缓缓地开了。让她

惊讶的是，一线暖金色的亮光也从门缝里漏了出来。

"句芒，阴神不是很可怕吗？为什么我们竟然没有受到攻击？"云萝一把拉住他。

句芒动作一滞，蹙眉静静思考了一下："华笙说，阴神在人心。云萝，你心里一定要有数。"

云萝点点头，抽出凤剑，跟着句芒走进石门里。出乎意料的是，门后竟然是一座华美的宫殿。殿内有一座巨大的银白贝壳，贝壳中躺着一个非常美丽的鲛人。

"句芒，你来了。"鲛人的声音十分甜美，肌肤莹泽如玉，配上两只湛蓝如海的眼睛，足以倾倒众生。

只是云萝在看到那鲛人的第一眼，浑身的血液几乎要冻结了。

她是骊姬。

第十五章

天涯望断无归途：

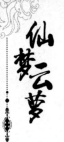

骊姬就是阴神？

云萝不敢相信自己所看到的一切。

骊姬脸上有浅浅的梨涡，眸中秋水潋滟。她搭在贝壳宝座上的一只手，皓腕如月，让人一眼看去就挪不开目光。

云萝一度以为自己是在梦中，可是圣焱真火的温度扑在皮肤上，周围的海水依旧冰冷，而身边的句芒踟蹰不前。

"句芒，当年你狠心抛下我，如今连相认都不愿意了吗？"骊姬的声音里充满了哀怨。

句芒的神色瞬息万变，有震惊，有愧疚，也有难以抑制的喜悦。最后，他低声问："你真的是骊姬？"

"是我。"

"骊姬，我不是抛下你，我是要回天宫处理事务！哪里知道……"

"你住口！"骊姬的表情突然变得狰狞起来，眼眸中燃烧着浓浓的恨意，"当初你为什么不告诉我你是天龙，不是海龙？你害得我痴情错付，害得我尸骨无存，害得我一世寂寥！"

云萝打了个冷战，看向句芒。只见他脸色青灰，似乎在忍受着巨大的痛苦。直到这时，她才明白华笙的警告是什么意思。无情无欲的人才能击败阴神，而句芒曾经对骊姬用情至深，这就是致命的软肋！

不行，不能这样下去！

云萝连忙扳过句芒的脸，逼着他看向自己："句芒，她不是骊姬，骊姬已经死了，她是在诱骗你！"

他垂了垂眼帘，面色稍霁，说："你说得对，她是阴神。"然而旋即却疑神了半晌，喃喃自语道："云萝，我们东西南北四神都是天生神眼，我却无法窥破她的真面目，难道她真的是骊姬？"

云萝的心停跳一拍："句芒，相信我，她是阴神，不是骊姬！"

他眸中的疑惑渐渐散去，取而代之的是一片清明。

骊姬冷冷地道："你们历尽曲折，好不容易来到这海之极深，难道就是为了在我面前展示一番郎情妾意吗？"

"嗖——"

云萝将凤剑指向骊姬,一字一句地道:"阴神!就算你化成骊姬的样子,我也不会对你手下留情!"

骊姬冷冷地笑了:"你是云萝仙子?若我没有看错,句芒大人应该是拿你做我的替代罢了!你还真以为他对你是真心实意?"

这句话如同一把银针,在云萝心头上扎出细密的血珠来。云萝不敢去看句芒是何种表情,也许他根本就没有想要去反驳骊姬的这句话。她只是强迫自己相信,这一定是阴神的诡计。

眼前青光一闪,是身侧的句芒将青龙利刃抽了出来,闪着锐光的刀尖直指骊姬。他语气中含着坚冰不化般的决心:"无论你是不是骊姬,我今日都不会放过你!"

骊姬眸中渐渐显出戾色,终于伸出右手,那手上竟是三寸多长的尖利指甲。她将宽大的鱼尾一甩,向他们飞快地游了过来,同时那尖利的指甲也向他们抓来。云萝把凤剑直直地向她刺过去。只听"哧"的一声,一切都静寂下来。

凤剑和青龙利刃都深深地没入骊姬的胸口,鲜血从伤口处一滴滴地落下来。

她竟然……没有躲!

骊姬脸上充满了痛苦,尖利的指甲也瞬时缩了回去。

云萝难忍心中震惊:"你为何不躲!"

从踏进这海之极深之后,她就觉得处处诡异——祸乱天下的阴神,竟然这样不堪一击?

云萝看了一眼句芒,惊惶地发现他脸色奇差,正震惊地望着骊姬,似乎不敢相信眼前的一切。

骊姬露出一抹笑容,颤抖着向他伸出手:"句芒,原来你竟如此狠心……枉我对你痴情一片……早知如此,何必当初!"

有莹白的珍珠从她眼中滚出——那是鲛人独有的眼泪。

句芒脸色青灰,松开了握住青龙利刃的手,踉跄退后几步。就在这时,骊姬突然向句芒扑去,转眼间就消融在他的怀抱里。

句芒抱住了头,发出痛苦的嘶吼。

"骊姬——"

云萝这才发现,其实眼下就是最坏的情况——不是伤,不是死,而是句芒因为骊姬而彻底崩溃。

句芒像受到了巨大的打击,肩膀微微颤抖,脸上的表情开始扭曲起来。

云萝突然感觉到前所未有地害怕，喃喃地说："句芒，她是阴神，你没有做错，相信我。"

他没有说话，只是静静地落下泪来。

——阴神在人心。

恍惚间，她又想起了华笙的话。原来真的是这样，无情无欲的人才能够摧毁阴神。

"句芒！"她上前抱住他，"你看看我，我是云萝！"

他抬头，眸中神色陌生无比，然后突然一笑。

这一笑透着邪气，生生地让她的心哆嗦了一下。

云萝嘴唇发抖，问："句芒，你怎么了？"

下一刻，她的心更是冷到了极点，因为他说："骊姬。"

"我不是骊姬！不是！"云萝猛然后退。

句芒的眼神迷离，喃喃地道："你是骊姬，别否认了。"

"你，你不是句芒。"云萝忽然感觉到一种前所未有的陌生感，她一边摇头一边往后退。她想起消融在句芒怀中的骊姬，突然明白了一切："句芒，刚才你心神防备最弱的时候，阴神侵入了你的神识。你是上仙大人，千万不能被阴神控制！"

"你在说什么？骊姬，我怎么一句都听不懂。"

句芒一笑："不信？"他一指贝壳宝座，"你看。"

贝壳宝座上有一颗珠光莹润的珍珠，散发着诱人的光泽。云萝迟疑地走上前去，终于看清楚，那就是一颗心意珍珠。

心意珍珠中突然发出一个幽怨的女声："云萝，我知道你总有一天会来到这里。"

"你是……骊姬？"云萝失声道。

珍珠中传来轻笑，接着道："我是骊姬，只不过这些都是我残存的最后一缕神识。世事难料，我只能通过这种方式来告诉你真相。"

云萝脸色发白。

"云萝，你就是我。异兽的确不会转世，但如果将我的元神封入一只小梦貘的体内呢？这只梦貘本来就有灵性，掩盖了鲛人的阴柔之气，加上勤于修仙，所以很快就成了一名上仙。"

真相，竟然是这样。

云萝只觉身上一阵发冷，抱紧双臂，摇头道："不！如果是这样，天宫怎么会发现不了？"

"从一开始，我就将自己的元神封在你体内了。你仔细想想，这是为什么？"

一个念头如银丝,轻轻拂过她的心头。云萝蓦然明白了什么,颤抖着声音问:"你和阴神联手?"

"不然呢?"女声咯咯地笑起来,充斥着一种难言的诡异意味,"我和阴神做了交易,他送我去星河,而我要将元神给他。云萝,我真的没想到阴神会将我的元神封入一只异兽体内。直到我在星河中死去很久,他将我最后的一缕神识幻化成生前的模样,我才明白阴神要做什么。原来,他要我在这里等待句芒大人的到来,在他心神提防最脆弱的时候,让阴神和他合二为一!"

云萝回头看句芒,他正站在不远处,目光阴沉。同样是俊美的少年,但此时的句芒和往昔截然不同,周身充斥着肃杀和瘆人的气魄。她打了个冷战,猛然握紧了手中的凤剑:"就在你刚才消融在他怀中的时候?"

"不错,我骊姬早已死在星河里,刚才死在你剑下不过是一场幻觉,好让句芒大人乱了阵脚。"

"别这样。"云萝声音哽咽,"骊姬,你不是爱句芒大人吗?你快将阴神的力量从他体内抽出来。他是上仙,不能承载阴神的力量。"

珍珠沉默了半晌,才道:"云萝,我不知道……当我在冰冷的海水中苦苦守候的时候,当我浮在星河中绝望地死去的时候,我心里都是恨!"

"不,他若是知道你在人间受苦,一定会来找你的。"云萝将珍珠捧起,向她呼唤。珍珠再也没有发出任何声响,光泽也暗淡了许多。也许骊姬的最后一缕神识已经消散了。

阴神在人心,根本就没有真实形体。眼下,何方为敌?或者,敌人与句芒合二为一,她还能不能下得去手?

句芒缓步向这边走来,迈上殿阶的步伐沉稳而坚定。他走到贝壳宝座前,一扬披风坐下,然后低声笑了起来:"云萝,你不该高兴吗?"

"为什么?"

他不由分说地将她一把拉过去,然后用双臂圈住她,伸手温柔地抚摸着她的脸颊:"现在上神加上阴神的力量,已经无人可以阻止我们了!"

云萝忍不住发抖:"句芒,你想做什么?"

"当然是要将那些人都杀光!"他用最诱惑的语调说着最阴狠的话,"天界、人界都容不下我们,凭什么?只要我统治了整个世界,我就封你为神后,如何?"

"不!你疯了!"云萝使劲摇晃着他,"你是那个行事光明正大的句芒大人,你不能和天下为敌!你清醒一下!"

他目光一冷,将她的手腕一按,那柄凤剑立即掉落在地。

"云萝，该清醒的人是你。"

说完，他低下头，那吻便以一种强势之姿压了下来。云萝奋力挣扎，却无法挣脱他坚实有力的怀抱。和第一次在荷池中的吻不同，这次他的探索和噬咬都是不容抗拒的。

这一吻销魂蚀骨，抵死缠绵。

云萝无法挣脱，只能默默承受，眼角一湿，便流下了一滴眼泪。如果当初不是为了她，句芒不会来到这里，不会被骊姬和阴神所蛊惑，也不会变得如此邪恶……星盘说得果然不错，让阴神觉醒的人，就是她云萝！

终于，他将她放开，轻声道："云萝，你在这里等我，我去去就来。"

她一时紧张，抓住他的衣袖："你要去做什么？"

"杀人。"

句芒的披风在水中翻卷，上面绣着的那条青龙栩栩如生，几欲破浪而出。他凛然而立，眼中暗潮翻涌。云萝被他的气势震慑得半晌说不出话来。

未等她回神，他已经将她放到贝壳王座上，迈步下了台阶。云萝咬了咬牙，捡起地上的凤剑想冲上去。然而他只一抬手，她便感到被一个透明的结界挡住了。

他如今的结界，是十个云萝加起来也破不掉的。

云萝急了，大喊："句芒，不要！"

他回身，淡淡地看她："在这里等我。"

"句芒，你到底要杀谁？"云萝急得大喊。

可是他再也不搭理她，径直向石门走去，然后身影消失在茫茫海水之中。

云萝颓然坐在地上，身旁只有圣焱真火在静静地燃烧。半晌，她开始举目四望，打量这座宫殿。可是很快，她就失望了，因为这座宫殿显然是为了等待句芒来而建的，并没有多余的宝物，四壁都是施了结界的石块，牢不可破。

唯一的出口是石门，可是她破不掉眼前的结界。

她懊恼地坐在地上，看到依然静静燃烧的圣焱真火，泄愤般一脚踢了过去。

圣焱真火被踢得往结界撞去，转眼就闪到了结界另外一边。

圣火居然可以穿透结界？

她仔细观察结界，发现结界上的法力比刚才弱了许多。略一思忖，她试着伸出手，凝聚仙力于掌心，向结界狠狠一击！

结界的碎片纷纷扬扬地飘落，云萝心中一喜，带上圣焱真火向石门扑去。走出石室之后，她努力向上游去。

周围幽黑而死寂，在微弱火光的映照下，云萝依稀看出水草妩媚地在水中摇摆，如同舞女们柔软的手臂——可是在阴森的水底，这一切是那样的诡异。

笙曦宫里静悄悄的，华笙躺在地上，银色长发飘舞在台阶旁，暗淡无光。云萝一惊，上前将他扶起："华笙，句芒呢？"

华笙吃力地睁开眼睛，抹去嘴角的一抹血痕，冷笑着道："句芒？他还是那个句芒大人吗？他现在……是一只杀人恶兽，将我打伤就往水晶宫那边去了。"

云萝心头一凉，哽咽着道："我去阻止他。你忍一忍，我这就渡一些仙气给你疗伤。"

"别浪费力气了，你还要赶着去阻止句芒呢。"华笙闭上眼睛，艰难地说，"我若是……知道真相是这样的，当初就该下定决心阻拦你们……说起来，我也是有罪的……"

"不，你没有罪！"云萝心中酸涩，大声说，"有罪的是我，如果不是我，句芒就不会来到这里……"

"云萝。"华笙打断了她的话，微微一笑，"你相信宿命吗？"

她怔住，不知如何回答。

他淡淡地道："也许一切都是注定好的，你不必自责。这几百年来，我一直想念着宁曦……思念那么苦，我终于不用再思念她，要去见她了。"

"华笙……"她终于忍不住哭了起来。可是他的眼睛急速暗淡了下去，身后那对绚丽的翅膀也瞬间变成了灰白色。

他死了。

云萝颤抖着手，将他尚未闭上的眼睛阖上，然后将他轻轻地放在冰凉的地板上。

"嗞嗞——"

华笙的身体中突然发出异样的声音。云萝有些惊恐，后退了一步，就看到他的银发飘了起来，然后几根头发竟然脱离了头皮。

再向不远处望去，只见华笙的竖琴倒在地上，琴弦已经断裂成数段。那几根银发向竖琴游去，倏忽间就变成了完好的琴弦。

原来，这些琴弦都是华笙的头发。

青丝，根根都是情思。

他用青丝做了这把竖琴，多少清宵良辰，一边弹琴一边思念佳人。青丝有多长，那情丝就有多长。

云萝叹了一口气，想了想，终究不放心把竖琴留在这深邃海底，于是打算将竖琴带走。没想到，她轻轻一抬，那竖琴仿佛有了灵性般浮了起来。

"我觉得，这里太寂寞了，你在水晶宫更好，你说呢？"云萝抚摸了一下竖琴的琴

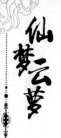

身，自言自语地说。

她试着向上游了一下，那竖琴就跟了上来。不愧是上仙做出的仙器，灵性非同寻常。

云萝在深海中游着，仔细辨认去龙宫的方向。不知游了多久，她突然嗅到海水有些异样。

她停了下来，低头看到纱质衣裙在海水中飘逸如蝴蝶，又如仲春里铺天盖地的落花。她勾勾手指，圣焱真火便如幽灵一般浮在掌心之上。只是这样一对比，她才发觉——原本白皙的手掌竟然变成了暗红色！

她悚然一惊，这才意识到海水中竟然充斥着血腥。难道是……

云萝不敢想下去，飞快地向龙宫的方向游去。终于，灯火通明的水晶宫静静地躺在水底，如同一块通透的美玉般散发着迷人的光泽。她莫名地松了一口气，觉得水晶宫这样安静，应该还未受到句芒的侵犯。

一抹利刃无声无息地抵上她的脖颈。云萝只觉得颌下一凉，心中震惊，却也不敢妄动，只问："谁？"

"是我。"身后男人的声音是那样熟悉。

她皱了皱眉头："潮汐？"

竖琴静静地浮在一旁，突然琴弦微动，发出悦耳的声音。身后那人惊道："这不是……南海蝴蝶的竖琴吗？"

云萝感到脖颈上刀刃一松，趁机回头去看，果然看到身后那人就是龙太子潮汐。潮汐看了看竖琴，又看向她："你见到南海蝴蝶了？"

"是的，他去世了，所以这把琴被我带出来了。"云萝有些不安，"潮汐，我没有恶意。"

潮汐将手中利刃收回腰间，冷冷地道："你知道吗？句芒大人竟然闯进水晶宫大开杀戒。"

"什么？"云萝大吃一惊。

潮汐轻蹙眉头，指了指竖琴："若不是琴声告诉我你值得信任，我都不敢相信你。说吧，到底发生了什么事？"

云萝将前因后果都说了一遍，急问："现在水晶宫怎么样了？"

潮汐露出悲伤的表情，拨动了一下海水，道："水晶宫不是句芒的对手，死伤遍地，这周围的海水都变成了猩红色……父王和母后已经赶去天庭了。我躲在这里静观句芒有什么动静。不过我觉得就算请来了天兵天将也无济于事，毕竟句芒有了阴神的力量，上神和阴神的力量合二为一，他又不受理智的控制，事情很可能变得不可收拾。"

云萝望了望水晶宫，咬了咬唇："你是说，句芒现在在水晶宫里？潮汐，不如我去劝说他。"

"他现在被阴神摄去了心魄，你没办法说服他的。"潮汐望了望上方，"对了，金乌国和大宋国的军队不是在岸上吗？我们得趁句芒这会儿消停，赶紧去通知他们。"

句芒也会对承湛和婳嬅他们动手？

云萝打了个冷战，太阳穴突突地跳，一股不祥的预感涌上心头。

从血洗水晶宫的那一刻起，句芒就不是句芒了，而是蜕变成了一个极度危险的人物。假如将来他们刀兵相见，她能否真的做到与他为敌？

刹那间，那个在月光下温润如玉的翩翩佳公子在眼前一晃，就消失不见了，取而代之的，是四周幽暗的海水和远处阴森的水晶宫。云萝只觉心一抽一抽地疼，她痛苦地捂住了眼睛。

"云萝姑娘，我知道你心里也不好受，但是眼下必须尽快商量出一个对策。"潮汐将她的胳膊拉起来，"走吧。"

向海面浮游去的时候，她回头望了一眼水晶宫。依然是金碧辉煌的亭台楼阁，想当初他们曾在这里把酒言欢，没想到如今却变成了修罗场。

潮汐变回真身，一路冲上海面，迎着呼啸海风向海岸冲去。云萝坐在龙身上，强忍着扑面而来的劲风，眯着眼睛看到距离海岸不远处的金乌族人和宋国军队，不由得握紧了手中的竖琴。

待落到地面上，潮汐变回人形，大步向营地走去。云萝浑身湿透，又在海水中浸泡了那么久，被海风一吹，脚步有些发虚。然而刚走了两步，就有人惊喜地唤她："云萝！"

她抬头，看到婳嬅正向这边扑来。她如今化身为凤凰，身后一对金羽在天光的照耀下流光溢彩，魅惑异常。

"婳嬅……"她哑着嗓子上前几步。

婳嬅越过潮汐，一把将她抱住："你一走就是一天一夜，可把我担心坏了！句芒大人呢？"

原来已经离开这么久了吗？云萝有些茫然，抬头望了望初升的朝阳，恍如隔世。

潮汐走过来，道："婳嬅国主，恐怕你得撤兵了。"

"为什么？"

潮汐看了云萝一眼，道："阴神设下了一个陷阱，所以我们失败了……如今句芒大人

变成了阴神的宿主，被摄去心智，估计会对我们不利。"

婳嬿倒抽一口凉气，重新看向云萝："他说的都是真的？"

"千真万确，水晶宫的虾兵蟹将已经被句芒血洗，我父王和母后已经去天宫请兵了。"潮汐冷冷地说。

云萝抱紧了怀里的竖琴，呜咽起来："婳嬿，你说我现在该怎么办？"

婳嬿本来心里还存着一丝希冀，如今看到云萝这样悲伤，才察觉潮汐所言非虚。她抱住云萝，安慰道："云萝，我们先回营地商量一下吧。"

回了营地，云萝心情沉重地走进帐篷，无力地倒在榻上。婳嬿连忙取来一件干净衣物帮她换上。

榻边小几上有一面铜镜，镜框是象征鹣鲽情深的缠枝莲花。云萝向铜镜望去，只见镜中女子云鬓松散，一双含水目哭得通红。

婳嬿见她有些伤感，忙揽过她的肩膀，道："云萝，你别急，承湛听说你回来了，马上就要赶过来。"

云萝低头微叹，道："你们还是撤兵吧，句芒不好对付，我一个人和他周旋就可以了。"

正说着，只听帐外有人朗声道："我怎么能撤兵，留你一个人？"

她忍不住心头一热，循声望去，正看到承湛一掀帘子，大步流星地走进军帐。他盔甲在身，手里捧着一顶银白色的头盔，墨色长发高高束起，长眉敛起，果真是收了一身的温润儒雅之风，只余了大将威武的气派。

云萝忍不住多看了两眼，道："承湛，你不明白如今句芒有多可怕。"

"我知道。"他淡淡地说，"可是临阵脱逃，也不是我的作风。"

婳嬿低头思忖了一下，道："龙王和龙后去请天兵天将了，到时候又是一场恶战。云萝，我想句芒大人虽然乱了心智，但是一定有方法可解。"

云萝有些迷茫地看向帐外。此时天光大亮，士兵们已经开始烧火做饭，缕缕炊烟如同轻纱薄缕般升上天际。

她定定地看着，忽然一字一句地道："会死很多人。"

华笙已经死了，并且将自己的竖琴送给了她。这柄竖琴又引起浩瀚海浪的力量，平日里又是华笙思念寄情之物，云萝觉得竖琴愿意跟随自己并不是因为灵性所趋，而是华笙用最后一点灵力帮助她。

就连华笙也预料到，他们和句芒之间的一场恶战在所难免了吗？

"那就这样办，如果事态变得不可收拾，你们一定要先保全自己。"云萝握住婳嬿的手，感觉那纤纤十指玉润冰凉。

婕婳垂下鸦翅般的睫毛："你放心。"

一盏茶工夫，有士兵送粥饭过来。云萝将一碗热粥喝下肚，才觉得力气恢复了不少。

承湛让人送上一壶酒，着人温了温。

云萝有些犹豫："承湛，不知道今天会发生什么事情，还是不要喝酒了。"

他勾唇淡笑，道："我们三个人在一起喝酒的日子还能有多少，云萝，我敬你一杯。"

婕婳也劝道："是啊，再说你在海里泡了那么久，喝一杯去去寒气也是好的。"

云萝推辞不过，便接过酒碗一饮而尽。清酿入肠，一线清冽之后便是火辣辣的灼热感。

"你们不喝吗？"她有些微醉，笑着将酒碗放到身旁。承湛并没有继续倒酒，而是将整壶酒都倒在了地上。

"承湛，你在干什么？"云萝突然觉察到一丝异样。

承湛神色不辨，声音铿锵有力："云萝，你和句芒一起下海，他杀了华笙上仙，又屠了整个水晶宫，唯独没有动你，你知道是为什么吗？"

为什么？

云萝这时才觉察额头火热，一股晕眩感袭来。她极力维持着理智，颤声道："承湛，你什么意思？"

难道……这酒里被下了药？

她难以置信地看向婕婳。

婕婳若无其事地将酒碗收拾起来，对她道："云萝，我来帮你回答吧，句芒唯一不会杀的人，就是你。"

"所以呢？"云萝喃喃地问，"所以你们打算将我怎么办？"

婕婳和承湛对视了一眼，叹气道："云萝，你在这里休息，我们去应付句芒。"

"不！"她已经预感到他们要做什么，挣扎着想要起身，"阴神的下一个目标很可能是我，句芒一定会找来这里！到时候你们不要和他硬碰硬，要把我交出去，知道吗？"

"云萝！"婕婳见她踉跄，忍不住伸手扶住她。云萝抬头，看到有清泪从婕婳的眼中滑落："句芒大人已经变成了那样，我不能再让你有任何闪失。因为只有你，才能让真正的句芒大人回来！"

恍恍惚惚中，有士兵进帐禀报："国主，不好了！海上有异象！"

是句芒！

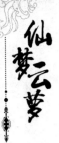

　　云萝心中大震，估摸着几个时辰过去，句芒发现她不在海之极深，必然会大为震怒。她挣扎着睁开眼睛，却只看到婳嬺和承湛双双出了帐篷。

　　隐隐传来一声长啸，让大地都跟着微微颤动。一声御敌的号角声响彻云霄，接着帐篷外传来刀剑相撞的声音。

　　"华笙，帮帮我……"云萝极力不让自己昏睡过去，伸手去摸竖琴。当手指触及冰冷的琴身时，原本混沌的头脑终于清醒了一些。

　　她试着想要站起来，可是两腿还是发软。其实喝下醉仙酒这么久，她还能动弹，已经是很难得了。

　　"扑通"一声，帐篷外飞进一人，重重地倒在地上。云萝坐在床上，支起身子问："谁？"

　　那士兵从地上爬起，露出一张血迹斑斑的脸，正是凉歌。

　　"云萝姑娘，国主命我带你先回金乌国！"凉歌双臂用力，将身后的一对黑翅展开。

　　云萝失声问："外面到底怎么了？"

　　他神色凝重："是句芒大人……"

　　云萝失魂落魄地坐在床沿上。他终于还是动手了，以这样残酷的方式。

　　凉歌看着她的神色，犹豫地道："云萝姑娘，国主还交代，让你千万不能再接近句芒大人。所以……你现在就跟我动身吧！"

　　"凉歌，你听我说……"云萝并未应允，只是苦苦一笑，示意他走到跟前，"你知道我在成仙之前是梦貘兽，会唱一首很动听的歌，句芒大人也很喜欢听……说不定，我能用这歌声唤起他心中的良知。"

　　"真的？"凉歌半信半疑。

　　云萝见他走到了跟前，微微点头，便轻轻地唱起了那首《如梦小令》。清脆婉转的歌声传出，凉歌顿时露出了赞叹的神色，听得如痴如醉。没过多久，他的眼神就呆滞起来，然后往地上一坐，发出了轻微的鼾声。

　　云萝这才停止歌唱，舒了一口气。

　　他中计了。

　　她不愿意回金乌国，所以只能用这种方法骗凉歌。

　　云萝轻声道："凉歌，对不起。"然后伸手在他额头上一抹，就抓出了一个梦境。

　　果然，这是一个噩梦，放在手心里乌黑一团，散发着阵阵恶臭。云萝深吸一口气，将梦境吞了下去。一阵恶心之后，她哇的一声将喝下的醉仙酒都吐了出来。

　　吐出酒水之后，她顿时觉得神清气爽，身体轻松了许多。

云萝抱着竖琴向帐外冲去，顿时大吃一惊。营地里已经乱成了一团，无数士兵飞快地向后方奔去，边跑边大喊："撤退！撤退！"

她抬头望去，只见目之所及火光熊熊，浓烟将长空染成了一片漆黑。此情此景，真是可怖之极。

她想也没想，就往营地外奔去，迎面而来的兵马，或死或伤，都扑面带来一股血腥之气。奔到营地外面，她仰头往海上望去，只见婳婳飞在半空中，正率领着一队金乌军士和一条巨龙恶斗！

地面上，承湛正指挥着军士向巨龙放箭。可是那些箭雨射到龙身上，却没有任何杀伤力。

"承湛！"云萝抱着竖琴，向他跑过去，"这里危险，先撤退！"

承湛回头看见是她，双目欲裂，大刀一横，道："云萝，你来这里做什么！"

"承湛，你不是他的对手！"云萝气喘吁吁地跑到他面前，"句芒比以前更强了，无人能够制止他！我们要想别的办法！"

"哪怕知道希望渺茫，我也要试一试！"承湛斩钉截铁地道，"句芒会一天比一天强大，我们拖不起。"

最可怕的事情并不是句芒一天比一天更强大，而是一天比一天更邪恶。

蓦然，战局稍顿，变身为巨龙的句芒在半空中瓮声瓮气地吼道："云萝？"

承湛闻言，忙举起盾牌，将云萝整个人盖在下面。他低声道："句芒一直在找你。云萝，直觉告诉我，你是阴神完全苏醒的关键！所以你千万不能跟他走。"

"我知道。"云萝此时已经冷静下来，"我有办法对付他。"

突然有尖厉的声音破空而来，两人预感不妙，齐齐往半空望去，却被眼前景象惊得呆住了。

是婳婳。

她被青龙的巨尾击中，那对漂亮的金羽无力地垂下，然后整个人从空中直线跌落。巨龙想要扑上去对她进行致命一击，却无奈被潮汐拖住。

"婳婳！"承湛发出撕心裂肺的一声喊，不管不顾地跑过去，将她抱起来。

"保护皇上！"周围的士兵向前跑去，接着更密集的箭雨扑向巨龙，可相较于句芒的力量而言，这些箭雨无异于螳臂当车。

巨龙在海浪中一转身，龙爪击在潮汐头上，他顿时整个人飞起，重重地摔在沙滩上。

巨龙失去了最后的敌人，终于平静下来，巨大的龙头翻转着看向云萝。就在这一瞬，云萝也抬头看它。

四目相对，她不由得浑身一震。

海风劲猛地席卷而来，将她的青丝扬在空中。云萝伸手撩开乱发，咬了咬唇，向海中走去。

"云萝，回去！"承湛向她大喊。

婀婳躺在他怀里，嘴角流血，向她无力地伸出手，仿佛也在示意她不要过来。

云萝凄然一笑，眼角酸涩起来。

回去，谈何容易？放手，又怎么舍得？

就好比是一场棋局，已经厮杀到此处，敌我力量悬殊，她怎么可以拿所有人的性命去赌？

一阵金光浮现，然后慢慢变淡，巨龙的影子在缩小，变窄……最后恢复了句芒的模样。

他依然是那样英俊，依然是气压万夫，只是额心上一块红色火焰的封印妖艳似血。

"云萝。"句芒邪邪一笑，"跟我回海里去，我许你一个天下。"

"句芒，我不要天下。"她微微仰头，语调清淡，"我们找一个小岛，过着神仙眷侣的生活，不好吗？"

他低头轻笑，踏着海浪一步步向她走来。原本汹涌如潮的海浪，纷纷驯服于他的足下。句芒一边稳步向海岸走来，一边摇头道："你错了，是天下要与我们为敌。"

云萝并不说话。

他继续道："你是云萝也是骊姬，应该明白仙凡不能结合的痛苦。如果我们要在一起，整个仙界都会反对。所以解决问题的唯一办法就是，让我来主宰一切！"

云萝怔住，犹豫地问："句芒，这就是你的真实想法吗？"

他眼中阴云密布，半晌才回答："不错。"

一刹那，仿佛风烟俱静。云萝感觉到心底是前所未有的宁静，就在这一瞬，她做了决定。

她泪凝于睫，将指头放在竖琴上，一字一句地道："句芒，对不起。"

他这才发现她怀里多了一件物什，眯了眯眼睛，问："华笙的琴怎么在你那里？"

"华笙要帮我赢，自然要将琴送给我了。"她意有所指地说完这句话，然后猛然拨动琴弦。那竖琴的几根琴弦齐齐震动，迸发出的音调尖锐无比，逼人气势直冲云霄，那力量几乎可以穿云裂天！

华笙可以用竖琴掀起滚滚海浪，所以这把竖琴的力量也应该能够抵抗句芒！

句芒一惊，只觉脚下原本温顺的海水顿时沸腾起来，一股无法掌控的力量在迅速壮大，磅礴气势几乎可以将他瞬间吞没！

"云萝！"他努力使用仙力来掌控身形，"连你也要背弃我吗？"

云萝周身沐浴在一片银光之中，如同漱冰沐雪。她闭上眼睛，手指在琴弦上用力一拨——

海水瞬间爆裂，一片迷蒙水雾扑过来，眼前什么也看不清楚。云萝抱紧竖琴，尽力稳住身形。一盏茶工夫之后，那呼啸声渐渐平歇了。

她呆呆地站在那里，心里一片悲凉，往海上看去，却什么都看不见，只能听到远处有龙啸回荡在半空。

媱婳的咳嗽声隐隐传来，云萝这才如大梦初醒般，跟跟跄跄地跑过去。

方才那一场大战，岸上诸人看得惊心动魄，此时回神，却发现身上都结满了冰凌，如同在九天冰水里浸过一般。承湛和媱婳衣上覆着一层白色薄霜，被海风一吹，冷得他们生生打起了哆嗦。

云萝跑过去，将圣焱真火捧到媱婳怀里。在幽蓝火光的温暖下，她苍白的脸才有了一丝血色。

"媱婳，你怎么样？"云萝哽咽着问，颤抖着手擦去她嘴角的血迹。

媱婳咳嗽了两声，强笑道："你们干吗一副哭丧脸？我好得很。"

云萝心中愧疚，更是不敢看她的笑脸，一抬头便看到承湛眼中有晶亮的眼泪。他使劲抹了一下脸庞，回头大喊士兵过来帮忙。

从认识承湛以来，云萝还是第一次看到他的眼泪，当下便愣在原地。

他总是温和的、隐忍的，却又带着天生的王者气质，这样失态还是第一次。云萝有些唏嘘，将媱婳的手握住："媱婳，回到营地里，我马上就为你疗伤，你莫怕。"

媱婳疲惫地闭上眼睛，微微点头。

士兵们休整了一下，有两人抬来了担架，承湛将她轻轻地放上去，媱婳却轻轻摇头："承湛，将我放下来。"

"你的伤势有些重，不要逞强了。"承湛轻蹙眉头。

媱婳却吃力地从他怀中挣脱出来，对那两名士兵道："你们先回去吧，我要步行回营地。"

她的身子是那样单薄，仿佛风中弱柳，很容易就被折断。云萝终于忍不住，道："媱婳，你何必这样为难自己？"

"我现在身份不同，是金乌国的国主，怎么能在人前示弱？不然金乌族和鸦族人还能无条件地支持我吗？"媱婳扶着她的手背，慢慢地道，"云萝，你没有跟句芒走，那么句

芒必然会在明日卷土重来。越是这个时候，我越是不能动摇军心。每个人生在这世上，都有属于自己的责任。我现在的责任就是统治整个金乌国，阻止句芒毁了六界。"说出这番话的时候，她的眼神坚韧如磐石。

承湛轻搂她的肩膀，低声道："媿姮，我懂。"

第十六章

若你相思成锦灰⋯

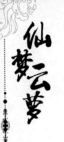

潮汐的伤势比婍姵的还要重，躺在榻上了无生气，双目紧闭。云萝用圣焱真火为他疗伤，他才终于苏醒，也恢复了一些气力。

承湛去整顿军务，而婍姵在帐中陪着云萝煎药。终于等到闲暇下来的时候，云萝却心乱如麻，有一下没一下地拨弄着琴弦。

潮汐躺在榻上，突然勾一勾嘴角，道："云萝，天宫有上仙来访。"

"上仙？"

话音未落，帐顶就投下细碎仙光，一位白衣上仙从仙光中步出，白衣胜似雪，手执玉骨扇，笑意温润，不是蓐收还能是谁？

婍姵和云萝惊喜连连，忙礼道："原来是蓐收上仙。"

蓐收将扇子一收，伸出两指点在潮汐的肩膀两穴上。只是片刻工夫，潮汐的脸便恢复了一些血色。他从榻上坐起，拱手道："多谢上仙搭救。"

"不用谢我，天宫派我来这里收拾残局。"蓐收看向婍姵，"如今情况，我已经人概知道了。"

"句芒大人被阴神摄取了心魄，已经不留情面，我方死伤众多，恐怕无法抵挡。"婍姵黯然回答，鸦翅一般的睫毛垂下，盖住了眼中的担忧。

蓐收笑了笑，道："你怎么知道是被阴神摄取了心魄？"

"难道不是？"云萝皱了皱眉头道，"骊姬和阴神合作，他明明就是被阴神所迷惑。"

蓐收若有所思地道："可是之前华笙应该也告诉过你，阴神在人心。也就是说，是句芒心中先有了欲念，阴神不过是让这个欲念无限膨胀而已。"

云萝失魂落魄地跌坐在地上："是我让他生出了欲念，他想要和我永远在一起。"

"你不能这么说。"蓐收走到她跟前，轻轻拍了拍她的肩膀，"仙帝和西王母还有一件事没有告诉你。"

云萝瞠目结舌地问："还有一件事？"

"就是关于星盘，当时星盘测出你注定会唤醒阴神，仙帝和西王母打算将你封在太虚山下一万年。这件事，你还记得吗？"

怎么会不记得，当时句芒为了她在天宫大闹，这件事足以让她刻骨铭心。

"是我的错，如果我当时答应去太虚山，这一切都不会发生了。"云萝悔不当初，声音里又有了哭腔，"也许一切都是注定，是我太自私，才害了句芒大人，害了大家。"

婍媔轻轻地握住她的手，摇了摇，仿佛在暗示她不要再说。云萝抬起一双泪眼："蓐收上仙，现在还有办法吗？哪怕让我挫骨扬灰，我也在所不惜！"

蓐收轻轻地叹气，抬起扇尾在她额头上一敲，笑道："我只说了一句，你就承受不了了？告诉你，仙帝和西王母之所以答应你们下界，还有一个原因。那就是星盘的这个预兆也有另一个解释，你虽然能够唤起阴神，却也是能够杀掉阴神的千古第一人。"

"什么？"帐中数人齐齐惊叫。

潮汐有些不甘心，道："蓐收上仙，你没有搞错吧？论起仙力，云萝仙子还不如我！如果不是有华笙上仙的竖琴，她根本就没有办法打败句芒，怎么可能是杀掉阴神的千古第一人？"

云萝也摇头："蓐收上仙，是否搞错了？"

蓐收苦笑："我也觉得搞错了，但是世事如棋，谁能说得清呢？如今我们和句芒硬碰硬，赢的机会很小，哪怕我亲自和他一战！"

婍媔这时才发觉了事态的严重："蓐收大人，你和句芒大人同为四方之神，仙力势均力敌，怎么可能会不敌呢？"

"你们别忘了，句芒大人吸收了阴神的力量，他的仙力在成倍地增长，注定所向披靡。"蓐收幽幽地说，"我带来的天兵已经集结到海边，但是我真的没有多少胜算。云萝，以前我和句芒联手对付天兵天将，你应该还记忆犹新。"

当时，那些天兵天将根本就不能靠近他们，一直被打得落花流水。更何况现在，句芒的力量在无限膨胀！

这句话一出，帐中的人纷纷露出了绝望的神色。

云萝蹲在角落里，依稀看到了火光冲天、生灵涂炭的惨状。如果不阻止句芒，他一定会用邪火焚尽天下，问鼎天宫！

她想起他在月光下的身影，想起他送的白玉螺壳，想起他为她仗剑抗群仙……往事历历在目，而她已经没有了回味的心情。良久，云萝低声问："我真的是杀掉阴神的千古第一人？"

"至少星盘是这么说的。"

"如果杀掉句芒，那么就能杀掉阴神？"

蓐收神情一滞，收了笑意，低头沉默不语。他款步踱到帐门旁，望着天上的一道上弦月，淡淡地道："是的，杀掉句芒，就等于杀掉阴神。因为阴神失去了句芒这个宿主，就没有办法再作乱。"

云萝的声音像在笑，又像在哭："没有其他办法了吗？"

"没有。"

她再也忍不住，低声啜泣起来。

婳媚完全怔住，忽然抬头愤愤不平地问："蓐收上仙，一点儿余地都没有吗？"

蓐收道："我也不想对句芒动手，但他已经不是昔日的青龙大人，天宫也没有任何办法。云萝，我不会逼你，因为我自己也下不了手。"

云萝站起身，向他施礼："多谢上仙，我想一个人静一静。"

抱着竖琴走出军帐时，她听到身后有叹息声。

没有人觉得对付句芒是一件易事，他太强大，又太执着，无人能够与他抗衡。

也没有人相信，她会真的杀掉句芒。

月光如水，洒在沙滩上，如同水银流泻。不远处有几堆篝火，有受伤的士兵坐在堆旁烤火，也有人在夜色中低声唱着家乡的歌谣。

云萝漫无目的地走着，迎面有巡夜的士兵向她打招呼，她也只是淡淡地点头。就快要走到听不到那些歌声的地方了，她才停了下来，却不知道自己该往哪里走。

她突然问："你还要在那里躲多久？"

身后一片寂静，然后传来窸窸窣窣的声音。一人从帐影中走出，对她道："你从一开始就知道我在这里？"

"我能猜到有人，但不知道是你。"云萝回身淡笑，看着来人，"承湛，婳媚伤得厉害，你还是去看看她吧。"

月光下，他的目光深邃而悠长，仿佛停留在她身上，又仿佛在遥望着远方的某个地方。

云萝定定地看了他一会儿，突然哑然失笑："承湛，虽然你和前世的你生得不一样，但是我觉得这样的你才是真正的你。"

他被这一句轻松的话逗得情绪也松弛下来，笑了笑，问："是吗？"

云萝突然心潮澎湃，忍不住蹲下来捡起一根树枝，在沙地上画出一张人脸，然后在头顶上画出两只犄角："你看，你前世就长这个样子。"

他很认真地歪着头看了一会儿，捡起另一根树枝将犄角涂掉："应该是这样的。"

她不满地丢掉树枝："你真无趣，开个玩笑你都不愿意笑两句。"

他嘿嘿了两声，道："谁说我不笑？云萝，其实我真的很喜欢你给我的画像。"

"为什么？"

他定定地看着她："因为我还是想做回那个喜欢着你的我。"

云萝呆住，不知所措地站起身，跟跄着往后退了两步："承湛，不要再说！你已经有了媲姌……"

"我知道。"他没有看她的窘状，而是抬头仰望着天际的月牙儿，"今生我们再也无缘。"

云萝低头看着自己的脚尖，不敢抬起头："承湛，如今再说这些，又有什么用呢？"

世事如棋，变幻莫测。命运如一条溪流，行到此处时，她已经心有所属，而他也已经佳人在侧。再提起往事，除了发出一声唏嘘，还能如何呢？

他答非所问："你们刚才的谈话我都听到了。云萝，我觉得蓐收上仙说得对，只有你才能杀掉句芒。"

"可是我并没有太强的仙力。"见他转移话题，她也不好再继续说下去。

承湛道："杀掉句芒，本来就是在于决心而非仙力强弱。你应该明白的吧，句芒从始至终都没有对你动手，只有你才能接近他。"

云萝恍然大悟："原来是这样……承湛，你打算说服我去杀掉句芒吗？"

他点头："你有没有发现一个奇怪的现象？"

"什么？"

"从你的描述里，我发现句芒在血洗了水晶龙宫之后，并没有立即上岸，而是在水晶宫里修养。"

云萝失声道："是的！难道说，他其实并没有蓐收大人所说的那样强大？"

承湛低头思忖，若有所思地道："我仔细算了一下句芒攻击的时刻，发现他在白天修养，在夜晚特别强大，所以我推论，也许阴神要完全操纵句芒也需要一段时间，他的力量尚未完全苏醒。"

云萝接着说："而且，他好像根本就离不开深海……也就是说，阴神还是有弱点的？"

"不错。"承湛赞许地看了她一眼，走上前拉起她的手，"云萝，现在的局势刻不容缓，你要趁句芒最虚弱的时候杀掉他。"

云萝感觉一股寒气从脖颈蔓延到全身，她喃喃低语："不，我下不了手，我下不了手！"

"我会帮你。"承湛抬头看了一眼天色，"很快就是月上中天，如果我没有算错，句芒体内的阴神力量会达到顶峰。"

他真的会卷土重来吗？

云萝又惊又怕地看了海上一眼，海面上漆黑一片，什么都看不到。她凄然道："承湛，我真的做不到。"

后背一暖，是承湛贴了上来。她惊惶回头，却发觉他正低头看她，眸中神色难辨。

"你……"云萝愕然。

他也只给了她说出这一个字的机会，然后紧紧地拥住了她。

三百年的缱绻相思，无数个日日夜夜的苦涩离情，最后关头的隐忍放手，全都在这一刻爆发。承湛抱着云萝，一滴泪从眼角滑落。

也许，这是最后的机会了。

许久，他才放开她。

云萝犹如在梦中，在看清了眼前的人之后，一把将他推开。

"承湛，我们……"她捂住嘴唇，痛苦地道，"我们不能背叛嫦娥。"

他默默地看着她，没有说话。

云萝拎起裙摆就想要逃开，然而刚走了几步，就看到嫦娥站在月色中，正静静地看着她，也不知道是何时来的。

"嫦娥……"她惊慌失措地轻唤，上前几步，"嫦娥，你听我说……"

"不用说了，云萝。"嫦娥笑得宁静，"刚才有线人来报，皇宫有内乱，我只是来请示皇上，该如何应对。"

承湛淡淡地道："嫦娥，你回去平定内乱吧，这里一切有我。"

嫦娥沉默片刻，那双漂亮的眼睛里终于盛满了泪光："好，我先行一步，皇上保重。"说完，她振了振身后的金羽翅，利箭一般冲向天空。

"嫦娥！"

云萝急了，打算驾云去追，却被承湛一把抓住了胳膊："云萝，别去！"

"你到底怎么了？难道不该跟嫦娥解释一下我们刚才的所作所为吗？"云萝愤怒不已，想甩开他的钳制，却被他抓得更紧。

承湛盯着她，一字一句地道："云萝，我想要嫦娥恨我，你明白吗？"

"为什么？"云萝大喊，"她是你的妻子，将来要做你的皇后，你为什么要这样对她？"

"我没有选择！"承湛从齿缝中挤出几个字，"包括皇宫内乱，其实也是我派人误报，好让嫦娥离开的！"

云萝怔住。

就在这当口，暗处突然传来一声轻笑，绵软又暧昧。

云萝结结实实地吓了一跳，回头怒道："蓐收大人！"

蓐收从暗处走出，白衣依旧飘逸。他摇着扇子道："看好戏看到现在，我也累了。云萝，你怎么就不懂承湛的苦心？"

他将扇子合起，一边用扇骨敲着额头，一边踱步走到两人跟前，道："承湛，你觉得自己根本无法活下来，又怕婳婳孤独终身，所以才想出这个激将法，好让婳婳忘记你，心安理得地度过余生，是吗？"

云萝震惊地望向承湛："你？"

"不错，我是这样打算的。"承湛苦笑，将头盔慢慢取下捧在手上，"我是一国之君，却第一次感受到这样无助。上仙，成全我，行吗？"

蓐收微微点头。

云萝恨声道："承湛，你在想什么！我不要你死，你们每个人都要好好地活着！"

"现在已经来不及了。"蓐收用扇骨指了指月亮，"你看，月祟出现了。"

月祟！

云萝猛然抬头向夜空看去，发现月牙儿不知何时变成了一个又大又圆的月亮，不禁骇然。

承湛急道："我的预料果然没错，句芒的力量在月上中天的时候会达到顶峰！"

"我想，就别吹号角了，省得无谓的人送死。"蓐收冷冷地说，"承湛，机会只有一次，我会和你合作。"

"要我如何做？"

"既然阴神采取的是攻心的办法，我们就以牙还牙，想办法让句芒记起自己作为青龙的责任！"蓐收道，"我拖住句芒，你趁机以身化梦，让他昏睡不醒。"

云萝在旁边听得心惊肉跳："可是承湛是凡人，不是梦貘！"

"我会将他变成梦貘，只有一次机会。"

"承湛能做到的，我也能做到！"云萝心急如焚，"蓐收，我也是梦貘，所以我也能胜任。"

蓐收垂下眼帘，道："云萝，你别忘了，我和承湛光做这些还不够，还要你给句芒最后一击！"

她顿时脸色煞白。

说时迟，那时快，天上那轮明月已经越变越大，不远处的海水却异常地平静下来，竟然没有一点儿海浪声，此情此景无比诡异。

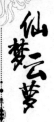

蓐收伸出两指，向夜空一伸，顿时仙光大盛，数千天兵从天而降。他们表情肃穆，对蓐收齐齐下跪："大人！"

"听我号令，严防青龙句芒！"

"是！"

就在这说话的当口，海面突然沸腾起来，海水咕嘟嘟地冒着泡。蓐收眉心一蹙，大喝一声："小心！"

天兵天将齐刷刷地飞往海面之上，等待着句芒的出现。承湛扳过云萝的身体，趁她不备将她的穴道点住，紧紧盯着她："云萝，来生再见！"

"承湛！"她发出撕心裂肺的一声呼喊。

可是他没有再回头，而是牵着蓐收的衣袖，齐齐向海面上飞去。云萝想要施行仙术，无奈仙穴被承湛点住，整个人动弹不得。有士兵从后方跑过来，看到海上异象，惊慌失措地大喊："快去通知国主！"

"让娩娲来！"她扭头大喊，"还有，让凉歌过来！"

士兵们忙不迭地答应了，但是很快就重新跑回来，声音里带着哭腔喊道："哪里都找不到娩娲国主！"

"云萝，怎么了？"凉歌飞落到她面前，"句芒来袭，怎么没有听到号角声？"

此时，海上喊杀声阵阵，正在进行一场恶战。

"别管了！给我解开穴道，然后快让士兵们撤退！"云萝焦急地往海上望去，只见那轮月亮变得无比硕大，连带着夜空都渐渐变成了猩红色。这诡异的景象，只看一眼就让人毛骨悚然。

他为她解开穴道，大声问："可是我们还没有得到国主的命令！"

"快走！"云萝跺了跺脚，怒道，"你们的脑筋怎么这么死板？蓐收上仙都自身难保，何况你们？你们金乌族人和鸦族人带上宋国士兵，回金乌国！"

凉歌咬了咬牙，决然道："就听你的！云萝仙子，你不和我们一起走吗？"

她望了一眼海上异象，摇了摇头。凉歌还想说什么，云萝突然将他一推，然后向海面上飞去。疾风如刀，几乎要将她的身体扯成碎片，她咬牙向前飞去。

越过最耀眼的那层光，眼前一下子豁然开朗，天与地之间无比高远。云萝抬头，只见白虎和青龙正在头顶上方搏斗，无数天兵天将围着龙身厮杀，银蛇般的闪电几乎要劈碎整个夜空。

白虎是蓐收的真身，青龙是句芒的真身，看来他们这一次都拼上了十足的仙力。

云萝将竖琴抱起，使劲一拨琴弦，顿时有一根水柱从海上跃起，将她一直送到战场之中。她眯起眼睛，仔细寻找着承湛的身影，可是火光闪电太强烈，她什么都看不清楚。

倒是青龙在看到她的刹那，动作微微一顿，便抛开和白虎的缠斗，向她扑过来。就在这一刹那，白虎瞅准形势向前扑去，一口咬在青龙的脖颈上，生生撕下了一块皮肉。青头痛得头向上扬起，发出一声震撼天地的龙啸！

直到这时，云萝才看到了承湛。

他已经变成了一只梦貘兽，浑身的毛发黑亮，迅疾地向青龙的伤口里奔去，然后一道强光乍现，云萝被刺得睁不开眼睛。

"承湛！"她急得大喊，可是现在光亮太强，她根本没办法看清楚眼前的任何东西。

等到光亮变弱，她才试着抬起头。天兵天将已经折损了大半，蓐收也变回人形，却已是伤痕累累。青龙闭着眼睛伏在云端，鼻孔里粗粗地喘气，似乎很是痛苦。他脖颈那个被白虎撕咬出的巨大伤口，已经开始慢慢地收缩。

"承湛！"云萝拨动琴弦，奋力跑过去。

蓐收吃力地往她身前一挡，道："没用了……他已经以身化梦，和青龙融为一体。"

"不！"云萝的眼泪汩汩流下，疯狂地大喊，"承湛不会死，不会死的！"

"对不起，云萝。"

轻似鸿羽的一句话，提醒着她冰冷的现实。那个曾经送给她一个美梦的承湛，那个在月光下目光清淡的承湛，那个曾许她红装十里的承湛，已经永远不存在了。

云萝发出了一声撕心裂肺的哭喊。

她最爱的人，杀了她最不愿意失去的人。

伏在云端的青龙开始发出青蓝的光亮，那是变回人形的预兆。泪眼蒙眬中，云萝看到句芒仰面躺在云端上，无声无息。

她擦了擦泪水，低声问："句芒是不是……昏睡过去了？"

"也许。"蓐收将手递给她，示意扶她起来，"我将承湛的元神交给一名天将，你很快就能看到他的来世。只是这一次，他不一定能够记得你们。"

"来世？"她喃喃自语，心头的悲恸终于散去一些，"我还能见到承湛？"

他点头。

她含泪而笑："那这一次，我总算可以为承湛做些什么了……"

再也不要让他像过去的三百年，活得那样孤寂，那样无奈。她要用自己所剩的仙力，许他一个明媚来世，锦绣年华。

蓦然，句芒发出了一声呻吟。

"他醒了。"蓐收向句芒看去，"现在是他最式微的时候，也可能会记起在天宫的一

切。"

云萝心头升起一丝希望，飞落到句芒身边，轻声唤他。他躺在那里，慢慢地睁开眼睛，黑曜石般的眼睛里没有一丝情绪。

看到她，他露出一抹疲惫的笑意。

"云萝。"他支起双肘，摸了摸自己的额头，"我在哪里？蓐收怎么在这里？"

云萝只觉一腔柔情都如鲠在喉，哽咽道："句芒，你总算是记起来了。"

他勾唇一笑，眉间英气瞬间焕发，足以蛊惑世上所有人心。

蓐收静静地靠近，道："句芒，刚才发生了什么，你真的什么都不记得了？"

句芒茫然四望，道："好像有许多天兵天将的元神陨落了……"

"不用想了，不是你的责任，我们先回天宫吧。"蓐收口吻清淡地道，"都在等着你呢。"

句芒站起身，将云萝轻轻搂过来，低声问："你怎么哭了？"

云萝怔怔地看着他的脖颈，那里没有任何破损，就仿佛没有受过任何伤害。她摇头道："句芒，你不要多想了，我没事。"

他一笑，意有所指地道："我以后，再也不会让你哭。"

她怔怔地看着他，忽然觉得眼前的句芒既陌生又熟悉，然而还未回神，句芒已经将她使劲拉往身后。电光石火的一瞬间，她只看到句芒手中射出一道亮光，倏然没入蓐收的身体。

蓐收身体一晃，踉跄回身，道："你……"

云萝呆住："句芒，你这是做什么？"

句芒邪邪一笑，道："方才那一战，终于有了输赢。"

"你还是阴神！"云萝如坠冰窟，用尽全力将他推开，"你竟然骗了我们！"

"我骗了你们，你又何尝没有骗我？"句芒向她逼近，"你对我满口甜言蜜语，转身却又背叛我！还有你——"他愤怒地一指蓐收，"你千方百计地算计我，难道我还要放过你吗？"

蓐收看着自己的身体渐渐变得透明，自嘲一笑："算计自己的好兄弟这件事，真是太痛苦了，我蓐收此生只做这一次。"他温柔地看向云萝，道："你来，我有话和你说。"

云萝扑过去，蓐收在她耳边低声说："其实承湛不用去死的，你知道他为什么非要选择最惨烈的方式吗？"

"为什么？"她越听越心惊胆战。

"因为……"蓐收笑道，"在你心里，除了句芒，承湛就是最重要的人。他一死，才能让你对句芒生出仇恨，你才能杀掉他。"

云萝睁大了眼睛。

承湛想要她恨句芒，他居然用这种方式！

"蓐收，你又想要什么花样？"句芒不耐烦了，开始在手心里聚集仙力。

蓐收的眼中渐渐浮上一层悲哀。他又向云萝低声说了几句话，终于支撑不住，伸开双臂从云端跌落下去，如同一缕轻烟，转眼就没了踪迹。

云萝想要飞身下去，却被句芒一把拉住："放心，蓐收不会死，只是恐怕几百年都没办法和我作对了。"

她整个人僵立在那里，哪怕他牵起她的手，也没有任何反抗。句芒抱着她，从云端向海面跃去。"哗啦"一声，碎雪般的浪花在眼前乱晃，再抬头向上看，夜空上那轮明月已被水面波纹切割成条条块块，缓缓地荡漾。

句芒带着她向深海潜去。为了不让她被寒气侵体，他一直在为她渡送真气。

他杀了许多人，将来还会杀更多人。就是这样一个可怕的人，却在她耳边低声细语："云萝，再也没有人能够将我们分开。"

她想去弹竖琴，他却抢先将竖琴夺走往旁边一丢，意有所指地道："从此以后，你不需要了。"

"句芒，你给我的，我根本就不想要。"云萝看着他，喃喃地道，"收手吧。"

他并未回答，只是一指水底的水晶宫，道："你看，那是我们暂时的栖居地，但是我们不会在这里待很久。"

水晶宫坐落在海底，散发着莹润的光亮，如同一块上好的美玉。句芒带着她落在宫殿门口，柔声道："走，进去看看。"

她木然走进去，发现水晶宫里空无一人，但是摆设已经焕然一新，宫殿八面四角都摆放着无数蚌壳，壳中放着夜明珠，整个大殿被映照得亮如白昼。在大殿之上，放置着一张红珊瑚床，床的上方垂坠着鹅黄色的纱帐。纱帐并未被金钩勾起，随着海波晃动而微微飘扬，如梦似幻。

"喜欢吗？"他从身后搂住她，柔声问。

云萝点头，道："喜欢。"

他见她面色稍霁，这才放心地松了一口气，抚着额头道："云萝，我突然有些困乏，想睡一会儿。"

"我扶你歇息吧。"云萝将他扶到珊瑚床上躺好，然后将纱帐整理妥当。

他微微眯眼，似是呓语般地道："云萝，我们可以光明正大地在一起了，真好。"

真好。

关于骊姬的一切，她已经不记得了。而骊姬对句芒的柔情，她却是一滴不漏地承袭了。

如今他们终于在一起了，真好。

云萝伏在他的胸口，听他的呼吸声渐渐平稳，泪水终于落下。

承湛以身化梦，付出了生命，终于迎来了这样的时刻。

句芒额头火红的封印，颜色开始渐渐变淡，最后完全消失。

——云萝，句芒吞了承湛化成的梦境之后，会渐生困意，最后昏睡过去。而这时，就是他力量最弱的时刻。

——你要记得，在这时给他致命一击。

——句芒死了，阴神失去了宿主，也就没有办法作乱了。

这是蓐收交代给她的话，他从一开始就明白，只有云萝有机会杀掉句芒。

算一算时辰，天该亮了，句芒的力量开始完全沉睡，这正是句芒最虚弱的时刻。蓐收和承湛预料得果然不错，他们将每一步都算到了。

承湛还算到，她终究狠不下心去杀掉句芒。

所以蓐收才会在弥留之际提醒她，你知不知道承湛为什么非死不可？

承湛本来可以不死，为什么他非要以身化梦，牺牲自己？

直到这一刻，她才明白真相。

云萝将句芒抱得紧了些，思绪渐渐清明。

因为他要用自己的死，让她生出恨意，支撑她杀掉句芒。

归根结底，是她的犹豫害了所有人。

不肯在太虚山下受罚，结果害得句芒被阴神所控制，害得天下即将遭遇一场空前劫难。

不肯对句芒痛下狠手，结果害得承湛在战斗中殒命。

造成这一切的，都是她啊。

云萝将嘴唇印上句芒的，泪水一滴滴地落在他的脸上，又滑落到珊瑚床上。小小的水迹，将一小块珊瑚浸润得那样鲜亮，如同谁的鲜血。

她颤抖着手掐了一个诀，那柄凤剑出现在她手中。

云萝慢慢地掀开句芒胸口的盔甲，将剑尖对准了心窝。他丝毫没有察觉，英气勃发的少年郎，眉宇间宁静得仿佛不曾暴戾过。

那是她爱的少年。

往事一波一波地涌来，骊姬的，在天宫的，在人间的……全部汇集成了甜酸苦辣的五味，在她的心头狠狠地碾压。

一剑下去，所有的劫难都会戛然而止。

东西南北四神，一旦有一神殒命，会生出其他的神祇来顶替。同样，青龙句芒殒命，会有新的上神来替代他。

只是在她心里，恐怕再也没人能顶替得了他了。

云萝颤抖着手，将发鬓上的那朵玉香罗摘下来，放在他的枕边。

真不知道这一剑刺下去，这世间没有了他，她会不会相思，还敢不敢相思。

若是相思成锦灰，要相思何用，当初又为什么要相爱？

"句芒，"她哽咽着道，"我最爱的那个你，是一身正气、顶天立地的英雄，而不是为了我背叛天下，让生灵涂炭的你。"

泪眼蒙眬中，她终于加重了手中的力道，眯着眼睛看着凌厉的剑尖。

"句芒，承湛有一点算错了。"她痴痴地笑起来，"他算错了，因为我不会杀你。"

那是她刚刚悟出来的。

阴神需要一个强大的宿主，所以才选择句芒。宿主死，阴神也死。只要她将阴神的力量引到自己身上，再利用最后一丝理智自尽，那么阴神就无法借用宿主兴风作浪。

她仙力这样弱，本来是没办法成为阴神的宿主的，但此刻阴神的力量那样弱，她有把握将阴神渡到自己身上。

于是她放下凤剑，开始唱那首古老的歌谣：

楼外飞花入帘，
奁内青烟疏淡。
梦中浮光浅，
总觉词长笺短。
轻叹，轻叹，
裳边鸳鸯成半。

渐渐地，她看到他的梦境从额头的红色封印飘逸而出。那是一个黑色的梦境，她想都

没想就吞了下去。

于是，她也听到了那个声音，在怂恿她与天下为敌。

那个声音就是阴神。

云萝冷笑，她不会让贪念萌生，欲望膨胀，让整个天下永无宁日。所以此刻她根本没有犹豫，最后看了句芒一眼，捡起凤剑，往自己的胸口狠狠地刺了下去。

只要阴神没有了宿主，就再也无法作乱人间。

她重重地倒了下去，眼前的景象都混乱起来。

最后的一眼，是看到句芒悠悠转醒，然后脸上浮现震惊和悲伤。她被他抱起来，而他痛苦的嘶吼越来越遥远。

她抬手想摸一摸他的脸颊，却在最后关头失了力气。异兽没有前世今生，元神若灭，便已是结局。从此以后天地之间，再也没有一个她，会对他露出笑容。

所以最后的力气，被她用来挤出最后一抹微笑。

句芒，从此山高水远，再不能相见。

大海是她的家乡，她在这里第一次遇到了自己所爱的人，最后海底也成了她的坟墓。

这一生，有始有终，有笑有泪。

但最幸运的是，有你。

尾声

此生不负风和月

细雨如针，纷纷扬扬洒向大地。

承湛在养心殿批折子，旁边的牡丹纱罩灯发出淡淡的光亮。有小太监上前，拿银挑子将那烛火一挑，火光顿时亮了三分。

他这时才看见，搁在右手边第二堆折子最上面的，写着"呼风唤雨之异人"的字样，于是心里一动，便拿了过来。

折子是应天府呈上来的，内里写着黄河一带生有异人，年仅十五岁，就会呼风唤雨，所到之处虫蛇皆避之而走。其他的便是溢美之词了，大多都是夸这名少年刚正不阿、英雄豪杰，洋洋洒洒足有千余字。

承湛仰头笑了出来："他刚正不阿？鬼话连篇。"

太监总管在旁边察言观色，见承湛面有喜色，便低声问道："皇上，可是找着了？"

"是，找着了，朕足足找了他十五年。"承湛将折子合上，"立刻传我口谕，让那名少年入宫觐见。"

"是。"

太监总管颤颤地走开，去传口谕了。

承湛却没了心思再批奏折，索性搁笔走到窗前，抬手推开窗户，一股湿意顿时卷着寒意扑了过来。

"皇上，请保重龙体。"垂手而立的小太监上前劝谏。

承湛一抬手，道："朕以前在南海打过仗，这十几年来南征北战，身子骨还怕这点儿雨水？"

小太监喏了一声，退进阴影里不说话了。

承湛继续看那雨，远处朦朦胧胧的湖边起了一层水雾，如平白无故扬起的一层白练，细碎晶莹，如同那个人的脸庞。

他莫名就烦闷起来。

"永安公主用膳了吗？"他问。

"回皇上，公主这两天有些不适，估摸着还没有用膳。"

"备辇，朕去如妃那边看看公主。"

"是。"小太监犹豫了一下，又问道："皇上是不是要歇在长春宫？"

永安公主养在如妃膝下，居在长春宫。

小太监琢磨着，皇上是去如妃那里看望公主，指不定今晚就留宿长春宫了。这得早早地跟那边知会一声，到头来好让人记档。

谁知承湛几步就走到前头了，边走边道："朕去看公主，不留宿如妃那里。"

小太监暗自叹息，为如妃感到不值。如花似玉的年纪，花朵一般的人儿，伺候皇上也有五年了，结果皇上去她宫里多半是为着公主，心情不佳的时候连留宿都懒得，亏不亏呀。

自从十五年前，皇后娘娘仙逝，皇上眼里就再没有过旁人。小太监揣着手想，这皇上到底是情深，还是凉薄呢？若说情深，没见过皇上写过诗词歌赋怀念皇后；若说凉薄，又是谁都不宠，谁都不爱的样子。

"还愣着干什么？"

忽然，一声厉喝传来。

小太监忙拢拢袖子，紧步跟在承湛身后。

坐上车辇，承湛仍然觉得一阵胸闷。到了长春宫，他索性也没让人通传，就那样径直走了进去。

宫室里有银铃般的笑声传出来，在那里叫嚷着："为什么我跟其他公主不一样，额娘你就告诉我嘛。"

承湛眉头一挑，停下脚步。

"公主，这话怎么说得啊，让皇上知道了还得了？"这是如妃的声音。

"我就要知道！为什么别的公主都许给王公大臣之子，而我就要配给修道异人？是不是父皇根本不喜欢我，要远远地将我打发出去？"永安的声音里已经有了哭腔。

如妃吓得忙去捂她的嘴："永安，你怎可这样揣测圣意？你是嫡出长公主，你父皇自然疼爱你得很。"

承湛再也听不下去，抬步进了宫室，朗声道："永安，你从哪里听到了什么？"

永安一惊，吓得从炕上连滚带爬地下来，"扑通"一声跪在地上。

如妃也是惊慌失措地跪在旁边，道："请皇上恕罪。"

"罢了，朕没有生气。"承湛在旁边坐下，"你们都起来吧。"

永安从地上爬起来，怯生生地看向父亲。今天是阴雨天气，连带着父皇也瞅着和平时

不一样了。说不上来哪里不同，就是觉得，父皇今天特别忧伤。

"永安。"承湛顿了一下，艰难地开了口，"你婚配的人选，已经出现了。"

永安睁大了眼睛。

"是谁？"

"黄河那边出的一名异士，和你同岁，下个月就要入宫。"

如妃也惊呆了，忍不住道："皇上，这人和永安哪里相配？"

她还想说什么，承湛已经将凌厉的目光扫了过来："你以为我想？"

如妃一颗心乱糟糟的。这永安公主虽然不是亲生，好歹也养了五年，心头还是当亲生女儿疼的。如今见好好一个女孩儿家要嫁给民间的异人，心里乱得跟什么似的。也不知道那位从黄河一带出来的小子，该是怎样混账，用了什么不为人知的法子，竟然能高攀上当朝公主。

可皇上说"你以为我想"，这又是什么意思呢？他是这皇朝里头一等一尊贵的人，他想就想，他不想就不想，难道还有人逼他不成？

这些都只能烂在肚子里，如妃是半句也不敢问出口。

承湛沉默了一会儿，就着如兰灯火看永安公主。

十五岁的女孩儿，刚刚及笄，穿一身粉中带绿的宫装，娇嫩得如同那年的桃花，正是一生中最好的颜色。乌黑带水的眼睛盈盈地望着他，充满着疑问。

承湛忽然觉得心头的防线在这一刻全部崩溃，忍不住道："旁人都退下，我跟永安说说话。"

一时间，宫人和如妃都退了出去。只剩下他们父女两人。

承湛拍了拍身边的褥子，道："过来坐。"

永安嘟着嘴在他身边坐下，小心翼翼地问："父皇，你为什么要把我嫁得远远的？"

承湛温和地笑了笑："永安，你信不信宿命？"

永安点头。

"这么和你解释好了，在宿命里，你和那个民间少年就该是一对儿。这一生你们结不成夫妻，那么前世的痛苦就都白受了。"

永安愕然。

"父皇，我不懂。"

"等你见到他，你就懂了。"

承湛抚摸着永安的头发，柔顺的青丝在他的掌心流淌，莫名就让他记起了数百年前那个明眸皓齿的少女。他和她原本是青梅竹马，只是后来他忍受不了数百年的孤寂而选择了离开。

"永安，给你取个闺名，叫作云萝好不好？"承湛低低地问了一声。

永安茫然回看他一眼，重复道："云萝？"

"对。"

"云萝是谁？"

"她是……传说中有情有义的女仙。"

"后来呢？"

"她死了。"承湛说，"十五年前，云萝仙子为了不让心爱的人被阴神邪魔迷惑了心神，就把阴神渡到自己身上，然后自杀，保得了这江山稳固，海清河晏。你呢，就跟她长得一模一样。"

永安根本不信："父皇骗人！你又没见过那云萝仙子，怎么知道女儿和她一模一样？"

承湛只是继续抚摸她的头发，有一句话无法说出口——

因为你，就是她呀。

原本梦貘死后是无法转世轮回的，但是当他从梦中醒来，却发现自己躺在金碧辉煌的皇宫里，南海的军队也早已拔营回朝。只有句芒站在他床前，目光悲怆。更让他讶异的是，身旁躺着一名正在沉睡的女婴。

"我在做梦吗？"他当时难以相信，"我明明已经化梦，不可能还活下来。"

"是娍婳救了你。"句芒简洁地说，"她听闻你和云萝都已经遇难，半路折了回来。"

"可是娍婳并没有起死回生的法力。"

"是幻珠。"句芒有些颓然地垂下眼皮，"娍婳原本是一缕烟，是幻珠给了她身体。当时你只剩一丝元神，为了救你，娍婳用幻珠给你做身体，你才得以复生。而她……"

自然是重新成了一缕烟，烟消云散，爱恨皆休。

他顿时心如死灰。

娍婳将幻珠一分为二，一份给了云萝，一份给了他。承湛知道，她在用这种方式来报复他。

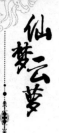

　　他爱过两个女人，一直都不知道谁才是今生最重要的。媜姌那样刚烈，索性就用这种决绝的方式让他想个够。

　　一个永不相见，一个陪伴身侧，所以那个得不到的才是最好的。媜姌临死前，一定这样怨恨地想过。

　　可她不知道，他这十几年来，一直都在思念她。从未写过只言片语，是怕一落笔，心疼就再也止不住。

　　"父皇？"

　　永安的声音终于将承湛的思绪拉回现实，他飞快地抹了一下眼角，道："永……云萝，你大可放心，他一定是你的良人。"

　　语毕，承湛再也忍不住，起身出了宫室。

　　如妃在外面候着，一见他就白着一张脸请罪。

　　他看着她精心打扮后的容颜，哑声道："好好照顾公主。"便重新上了车辇。

　　如妃咬唇，心下凄凉。

　　活人真的是比不过皇后。活人会老，会犯错，而皇后已死，就永远不会老，不会犯错。并且她还会长在他心里，生生世世，永不褪色。

　　一个月后，宋国迎来了一场举国大喜。嫡长公主永安下嫁平民，这不仅让整个皇朝震惊，也传到了邻国。大批异邦人来到帝都观礼，非要看看那驸马爷是怎样一等一的人物，居然娶了嫡长公主。

　　回来的人都添油加醋地举起了大拇指，果然俊美非凡！果然一表人才！果然英雄豪杰！

　　然后就没词了。

　　再说的话，他们自己都觉得难以置信。因为当时公主的彩车刚出了皇朝，便有大批凤凰降落在车顶、送亲车上。凤凰们流光溢彩的羽毛晃花了人们的眼睛。

　　一只凤凰都会让人稀罕得五体投地，更何况是成群结队的凤凰。人们张大嘴巴看着送亲队伍，眼珠子都要凸出来了。

　　"快看快看，那是凤凰吗？"

　　"当然是凤凰！我第一次见！"

"你第一次见怎么知道那是凤凰？莫非我们都在做梦？"

……

"这是怎么一回事，怎么会有这么多凤凰？"永安偷偷将盖头掀起来，将轿帘掀开一角问跟车外的宫女。

宫女看凤凰看得眼花缭乱，一晃神听到公主问话，忙道："公主，别掀开盖头，这不吉利的。"

"怎么就不吉利了，这么多凤凰临世，就许你们看？"永安玩心大起，索性一掀帘子走出来，向凤凰招手。说来也奇，好几只凤凰居然乖乖地落在她的手臂上。

"公主！赶紧回到婚车里！这于礼不合！"宫女们吓得面无人色，乌泱泱地跪了一地。

永安不高兴地撇撇嘴，刚想回到婚车里，就看到红绸铺就的尽头，有一少年骑马缓缓而来。

他穿大红婚服，目光深邃锐利，穿透薄云越过人群，向她缓缓而来。

他唇边带着一抹清淡的笑意，充满骄傲，充满久别重逢的苦涩，只为她而来。

他微微松缰，神情急切，仿佛心中已生了千言万语，每一句都要细细说给她听。

永安这么一瞥，就被他吸引住，再也挪不开目光。

仿佛有什么尘封的东西破土而出，她觉得那少年说不出的熟悉，仿佛是年年归来的春燕，似曾相识，无法言说。

在此之前，她只听说过他的名字，句芒。

直到数只凤凰托起她的身子，永安才恍然回神。身下的凤凰铺成云锦，载着她向他飞去。恍恍惚惚地，她看着他离自己越来越近，然后，她就那样从凤凰背上跳了下去。

她知道他一定会接住她。

"你是神吗？竟然能引来这么多凤凰。"永安躺在他的怀里，仰头问他。

身后的宫女们乱成一团，可她现在都顾不上了。

句芒只淡淡一笑。

"以前是，现在不是。"

就在云萝重生为女婴的那天，他回到了天上，然后脱去了神骨，从此化为一名凡人。

脱去神骨的过程太痛苦，可每每想起她，他都觉得自己值得。

永安松了一口气："那样就好。听说神最终都要回到天上的，我怕你厌倦了人世间的

生活，抛下我去了天上。”

　　句芒将她紧紧抱住，缓缓地，说出了一句话——

　　“云萝，此生，我再也不抛下你。”

后记

　　写完这篇仙侠文的最后一个字，已经是晚上8点多，窗外传来蛙声虫鸣，已是夏末秋初。

　　想起开始写这篇仙侠文的日子，是在2013年的5月，烦闷而无望，想要写一个天马行空的故事，于是就打开文档写下第一个字。只是那时候，还想不到这个故事会完成得这么艰难。

　　起初是灵感泉涌，用了1个月时间写了十几万字。那时真的很疯狂，每天5点钟起床写稿，到7点钟基本上就完成了5000字。然后是想接下来的情节，第二天再很早起床唰唰写稿。

　　可是最后快写到结局，我却发现这个故事不大对劲，没有写出来我想要的效果。于是，和很多作者一样，我"弃坑"了……

　　就是觉得，云萝和句芒还应该再相爱一点儿，再相爱一点儿。

　　因为觉得他们的感情进展没有达到我想要的"情深如许，一生一世"，我就没有再"填坑"。不是浓到火焰、深如大海的感情，我不想写。

　　夏天、秋天都过去了，到了冬天，抽了自己很多鞭子，才终于蜗牛一般填完了这个坑。于是痛苦地修改开始了，我改了第一遍、第二遍……最后这稿子我都不想再看一眼了。

　　到了2014年，这稿子签约了。这时的我下定决心：从头再改一遍！一定要将这稿子改到自己满意的状态！

　　好在，我完成了。

　　期间删掉不少内容，增补不少内容，过程很辛苦很自虐，但是我觉得值。

　　就算没办法获得所有人的掌声，但只要自己努力过，也算一种可贵的回忆和经历。

　　关于全书，可能会有读者问：承湛到底爱云萝还是爱婍婳？在这里做一下分析好了：承湛爱婍婳。

　　婍婳和云萝，其实都是承湛的青梅竹马。当他们都是梦貘兽的时候，云萝和承湛是两小无猜地长大。当承湛后来成了凡人太子的时候，小时候去皇家寺庙里就已经见到了婍婳。

　　大家注意一个细节，开始没多久的地方，承湛和皇后的对话中，有一个摄政王。因为和主线无关，所以摄政王这个人物并没有展开描写。

　　是的，承湛的成长很艰辛，有一个摄政王一直虎视眈眈，想要对他不利，想要杀掉他。而他之所以能够避开凶险，很多都是婳婳的功劳。也许是怜悯吧，婳婳用自己签神的能力帮了他很多。

　　所以从这个角度来说，婳婳也伴随过承湛成长，也算是青梅竹马。

　　但承湛并没有失去前世的记忆，有两个刻骨铭心的青梅竹马，这两个人在他心里来来回回，让他看不清楚内心。但婳婳的地位确实不知不觉地超过了云萝，只是承湛一直没有清晰地认识到。

　　直到婳婳为了救他们而死，承湛才明白自己的真正挚爱就是婳婳。可是那时候已经晚了。伊人已逝，此生不复相见。

　　最后的尾声，标题就是"此生不负风和月"，这是写给句芒和云萝的，也是送给婳婳的。承湛负了风和月，婳婳没有，她一直都是那样坚定。

　　这并不是说，我不喜欢承湛这个人物。相反，我非常喜欢他。我觉得他是个比较真实、比较体现人性的角色。

　　最后提示一句，其实婳婳也没有真正死去。还记得最后句芒和云萝大婚的场面吗，来了许多凤凰，那其实和婳婳有关。

　　最后祝大家看书愉快。

2014.8.17

魅丽优品

新会员 招募令

致亲爱的你:➤➤

魅丽优品网络平台会员大征集!

每月, 史无前例的丰富新人大礼免费送上;

每周, 粉丝活跃大奖不定期发送;

每天, 海量新书、精彩试读、有奖互动!

总有一款
给你
带来惊喜!

现在, 请扫一扫以下二维码,你就能立即加入Merry大家庭,和我们一起畅享快乐文字和精彩活动。

★ 扫一扫,发送#新会员#,即可100%中奖。

魅丽优品贴吧二维码

魅丽优品微博二维码

魅丽优品微信二维码

瞳文社贴吧二维码

瞳文社微博二维码

瞳文社微信二维码